Marcel Schmickerath

Die Reisen des Phil – Außergewöhnliche Begegnungen

Die Reisen des Phil, Band 1

Die Reisen des Phil
- Außergewöhnliche Begegnungen

Marcel Schmickerath

19. Dezember 2019

3. Auflage 2021

Impressum

Verlag: Marcel Schmickerath
Im Jagdfeld 17
52353 Düren
schmiggi88@googlemail.com
Druck: epubli – ein Service der neopubli GmbH, Berlin
epubli GmbH, Berlin, www.epubli.de
ISBN: 978-3-7502-6519-6

I

„Möge das Licht deinen Schritten folgen."

Ein donnernder Blitz schreckte ihn aus dem Schlaf, dann warf ihn die See aus seiner Matte. Ein rollendes Fass schlug ihm in die Seite. Mühselig baute er sich auf, versuchte das schwere Gefäß von seinem schmächtigen Leib zu schieben. Der beißende Geruch von Rum drang in seine Nase. Er verfluchte seinen mickrigen Körper. Er war schwach und schlaff. Was nutzten ihm all die Bücher und der eiserne Wille ihren Worten zu folgen, wenn er nicht einmal ein Fass rollen konnte.

Das Schiff kippte, das Fass rollte zurück und er befreite sich. Augenblicklich rannte er unter die Stufen und versteckte sich.

Über ihm peitschte das Meer. Der Wind pfiff durch die Segel. Er hörte den Hagel trommeln, den Himmel erzürnen und er hörte wie die Mannschaft schrie.

Die Tür sprengte auf und mit ihr stürzte ein tropfender Matrose die Stufen herab. „Wo steckst du, Pfaffe?", schrie er ehe er ihn erblickte. „Der Himmel bricht zusammen und du sitzt hier unten und drehst Däumchen?"

Er kroch halb geduckt aus seinem Versteck. „Ich bin kein Heiliger", entschuldigte er sich. „Ich kann auch keine Wunder vollbringen..."

Er trat dicht an ihn heran. „Pah! Du versteckst dich wie eine Ratte und behauptest auserkoren zu sein? Das Meer und seine Götter sind wütend, weil sie deiner Lügen leid sind!" Der Matrose sprang zurück an Deck. Ehe er die Tür schloss rief er: „Wenn du nichts weiter kannst als reden, dann bete um das Wohl unserer Seelen!“

Der Auserkorene? Natürlich glaubten sie ihm nicht, er konnte es selbst nicht recht glauben. Warum ausgerechnet er und warum jetzt? Er wollte doch nur ihre Worte befolgen, mehr nicht. Dennoch fragte er sich, warum ausgerechnet er?

Es waren gute, tapfere Männer die dort oben ihr Leben riskierten, die ihn voller Stolz und Zuversicht mitgenommen hatten. Sie senkten sogar den Preis, weil sie glaubten mit einem Gesandten an Bord ständen ihnen die Götter bei. Doch sie hatten sich geirrt. Das Land, welches sie zu erreichen suchten, wurde von einem Fluch heimgesucht. Schenkte er Weyas Worten Glaube, wüteten Geister, Untote und die fürchterlichsten Bestien in ganz Tagalan. In eben dieses von Dunkelheit verzehrte Land, sollte er das Licht zurückbringen. Das waren die Worte Weyas. Es war seine Aufgabe. Es war zu erwarten, dass die dunklen Mächte es nicht einfach hinnehmen würden, doch waren es nicht die Seemänner die ihren Zorn verdienten.

„Weya steh uns bei“, flehte er.

Schwankend begab er sich ans Deck. Das Meer schlug ihm ins Gesicht. Es schmeckte salzig und als er sich die Lake aus den Augen rieb, sah er wie eine der Wellen einen der Matrosen über Bord riss.

„Steh nicht rum und glotze, Junge!“, schrie ihn jemand an. „Schnapp dir ein Seil und hilf die Segel einzuholen!“

Der Matrose neben ihm griff nach einem der Taue, der Wind drehte und zog ihn ruckartig nach oben. Hoch oben verlor er den Halt und klatschte wenige Augenblicke später kopfüber in die tosende See.

Er wusste, er hätte das Seil aufheben sollen, nicht der Junge. Wieder schlug ihm die Lake ins Gesicht. Seine Augen brannten wie Feuer.

Donnernd schlug einer der Blitze ins Schiff ein und setzte augenblicklich den Mast in Brand. Teile des Schiffes stürzten ins Wasser.

Dann fasste er einen Entschluss.

Er schwankte ans andere Ende des Schiffes und reckte beide Arme gen Himmel. „Dämonen der Meere", schrie er mit aller Kraft der tosenden See entgegen. „Ausgeburten der Tiefe, Schrecken des Meeres! Ich bin es, den ihr wollt! Nehmt mich und verschont diese Männer!"

Wieder schlug ihm die Lake ins Gesicht.

Schließlich setzte er für den Sprung an. „Möge Weya meiner Seele gnädig sein!"

Gierig verschlangen ihn die Wellen, drückten ihn hinab in die Tiefe. Es war Dunkel und es herrschte Finsternis. Schatten mit rotglühenden Augen zerrten an ihm. Ihr Griff war fest und eisern. Die Luft wich aus seinen Lungen.

Dann verlor er das Bewusstsein und die Dunkelheit löste sich in helles Licht auf.

Kerzenlicht blendete seine schwachen Augen. Seine Lunge brannte wie Feuer, als er versuchte Luft zu holen.

Er hustete.

„Ah, du bist wach", vernahm er eine gedämpfte Stimme neben ihm. Sie entsprang einer Krähe, die neben seinem Bett stand. Dann rieb er sich die Augen und sah noch einmal hin.

Es war ein in schwarz gehüllter Mann mit spitzem Hut, der eine Pestmaske zu tragen schien.

„Wo bin ich?“, fragte er. Sein Hals kratzte beim Versuch zu sprechen.

„In Sicherheit. Zumindest fürs Erste…“, entgegnete der Mann.

„Wo ist der Kapitän? Haben wir den Sturm überstanden?“

„Es gibt hier keinen Sturm. Nur den Tod. Für Jeden von uns.“

„Sind sie…?“ Er glaubte zu verstehen. Er war gefangen, irgendwo zwischen der Welt der Lebenden und der Toten. Der Mann mit der Krähenmaske konnte der Tod selbst oder einer seiner Diener sein, der gekommen war, um ihn zu holen.

Doch der Mann streifte ihm beruhigend über den Kopf. „Ich weiß nicht, wovon du redest, aber du solltest dich ausruhen.“

„Haben wir Tagalan erreicht?“

„Tagalan?“ Der Mann lachte. „Tagalan ist groß. Du musst eine sehr lange Reise hinter dir haben, wenn du so etwas fragst.“ Er hörte seine Lunge ab ehe er weitersprach. „Du bist in Zweikiel, eine Hafenstadt im Westen von Tagalan.“

„Dann haben wir es geschafft.“

„Ich weiß nicht, wen du mit wir meinst“, sagte der Mann. „Außer dir ist niemand in der Stadt eingetroffen. Du hattest Glück, dass dich die Fischer gefunden haben. Sehr viel Glück. Doch um hier zu überleben, benötigst du noch viel mehr davon.“ Er tippte sich an die Nase. „Keine Sorge, ich bin nicht krank. Jedenfalls noch nicht. Es ist reine Vorsichtsmaßnahme. Wem nutzt ein Arzt, der sich mit der schwarzen Seuche infiziert hat, nicht wahr?“

Er holte einen Teller Suppe vom Schrank. „Es sind schwere Zeiten. Wer nicht erkrankt, wird verrückt oder von Bestien zerrissen. Das Elend ist groß und ich nur ein einfacher Mann."

Er reichte ihm den Löffel. „Ich will ehrlich zu dir sein… Hätte ich nicht gesehen, wie wohlhabend du bist, hätte ich dich nicht aufgenommen. Wer interessiert sich für einen sterbenden Mann aus dem Meer, wenn man alltäglich nichts anderes als den Tod sieht?"

„Darum bin ich nach Tagalan gekommen. Weya sandte mich, den Leuten neue Hoffnung zu schenken."

Der Mann lachte. „Pah! Du hast dir den Kopf gestoßen, mehr nicht. Und nun iss."

Er wollte gehen, blieb dann jedoch stehen und drehte sich noch einmal um. „Wie ist dein Name?"

„Phil. Nenn mich einfach Phil."

„Also gut, Phil. Ich hoffe du magst Ingwer, er wird helfen deinen Magen zu beruhigen. Ich muss nach den anderen sehen."

Qualvolle Schreie rissen ihn aus dem Schlaf.

Er sah sich um, er war allein in der Kammer.

Wieder schrie jemand. Es schien vom Zimmer nebenan zu kommen.

Phil stand auf, nahm seine Kleider vom Stuhl und zog sie an. Zufrieden stellte er fest, dass nichts fehlte. Vermutlich weil sie dachten, es bringe Unglück einen Pfaffen auszurauben. Andernfalls, war er sich sicher, hätten sie alles genommen. Sein Gebetsbuch, den Mörser, die Verbände und vor allem das Gold.

Er folgte den Schreien über dem Flur bis ins Nachbarzimmer. Anfangs ließen ihn seine Beine im Stich, doch sie gewöhnten sich sehr rasch an sein geringes Gewicht.

Die Tür stand offen und er lugte vorsichtig hinein.

Auf dem Bett wandte sich eine Frau hin und her. Man hatte sie ans Bett gefesselt, vermutlich damit sie nicht hinaus fiel.

Sie schrie. Es war ungewöhnlich tief für eine einfache Frau.

Mit aller Kraft versuchte sie ihre Fesseln zu sprengen.

Als er näher an sie herantrat, riss sie die Augen auf. Sie glühten rot, schienen seine Anwesenheit zu spüren und drohten ihn zu durchbohren. Eine merkwürdige Aura ging von ihr aus. Es war als flimmerten Schatten um sie herum.

Dieser Blick, er wusste es war keine Seuche, die die Frau heimsuchte, sondern ein Dämon der sich in ihr eingenistet hatte.

Seine Brüder im Tempel hatten ihm Geschichten über Dämonen erzählt, die sich in den Verständen der Menschen niederließen. Sie veränderten sie. Sie machten sie krank, erdrückten sie oder forderten von ihnen Dinge, die sie niemals tun würden.

Er wusste, er musste das Band von ihr lösen.

Seine Hand streifte über ihre Stirn, sie glühte.

„Was hast du hier drin zu suchen?“, ertönte eine Stimme hinter ihm. Wie aus dem Nichts stand der Arzt in der Tür und ließ eine Schlüssel mit Suppe fallen. „Raus mit dir!“

„Du verstehst nicht, ich kann ihr helfen.“

„Niemand kann das.“

„Sie ist besessen. Sie benötigt göttlichen Beistand.“

„Pah! Wusste ich es doch... Ich habe die Schnauze voll von euch Pfaffen. Zum letzten Mal: Raus hier!“

„Vertrau mir, ich benötige nur ein wenig Weihwasser.“

„Glaubst du allen Ernstes, ich hätte das nicht bereits versucht? Mein halbes Vermögen habe ich an euch Pfaffen ausgegeben. Sie wäre alles wert. Doch nichts hat geholfen, es hat nur die Reichen noch reicher gemacht.“

„Ich will kein Geld. Ich will ihr nur helfen“, entgegnete Phil. „Lass es mich in Weyas Namen versuchen.“

„Pah! Mir gleich wie eure Kreationen heißen. Nur die Lebenden können den Lebenden helfen.“

„Dann lass es mich als ein solcher versuchen…“

Der Arzt sah ihm tief in die Augen, er sah nichts Falsches darin, keinen Vorwand, keine Gier. Schließlich gab er nach. „Tu was du nicht lassen kannst, aber dann verschwinde.“

Er nahm eine kleine Phiole mit Wasser aus seinem Beutel. Es zischte, als es auf ihre Stirn tropfte. Sie schrie und krümmte sich vor Schmerzen.

„Das reicht! Weg von ihr!“

Es wirkte nicht. Das Glühen blieb in den Augen. Irgendetwas machte er falsch. „Weya, ich bitte dich“, flehte er. „Steh ihr bei!“

„Ich habe dir gesagt, niemand kann ihr helfen.“

Er dachte kurz nach, ehe er sprach: „Lass es mich mit einem stillen Gebet versuchen…“

„Du hast schon genug getan! Du gehst jetzt!“

Stumm bewegten sich seine Lippen. Seine lautlose Stimme übertönte ihre Schreie, brachte sie zum Schweigen. Und gerade als der Arzt ihn von seiner Frau wegzog, erloschen die Kerzen im Zimmer. „Was geht hier vor?“

Inmitten der Dunkelheit sprach er weiter. Er spürte, dass sie ihm beistand und er wusste, er würde es schaffen.

Schließlich entzündeten sich die Kerzen wieder und sie konnten sie ansehen.

Und sie sahen sie an.

Sie sahen den leblosen Körper und, dass ihr Geist sie verlassen hatte.

Dem Offensichtlichen trotzend hörte er die Lunge seiner Frau ab, ließ dann jedoch den Kopf auf sie sinken. „Du solltest jetzt gehen“, sagte er nach einer Weile.

Es hätte funktionieren müssen. Sie war da, das hatte er gespürt. Sie wollte, dass er nach Tagalan kam. Sie wollte, dass er die Lebenden rettet. Sie wollte, dass er allem Leid ein Ende setzte. Warum hatte es dann nicht funktioniert?

Ausgestoßen und ohne die leiseste Ahnung wohin er gehen sollte, schritt er durch den Hafen von Zweikiel. Den Geruch von faulem Fisch und die Lobpreisungen der Marktschreier nahm er kaum war. Er wollte es einfach nur wissen.

Geistesabwesend rempelte er einen Zwerg an der gerade ein paar Fässer auf ein Schiff rollte. „Heh! Mach die Augen auf, Schwätzer!“, beschimpfte er ihn.

Er entschuldigte sich und fand sich inmitten des Wochenmarktes wieder. Jetzt erst nahm er den strengen Geruch der Stadt war. Eine Mischung aus altem Fisch und schmutzigem Abwasser. Dazu noch ein wenig Meersalz und eine bunte Gewürzmischung von einem der Stände.

Die meisten Leute gingen einfach an den Ständen vorbei, ohne etwas zu kaufen. Nur selten öffnete jemand seinen Beutel. Vermutlich, weil sie kaum etwas besaßen, das von Wert war.

Die Bürger trugen einfache Kleider, meist Lumpen. Jeder wirkte bedrückt, ließ den Blick über den Boden schweifen.

Alles wirkte so grau, so trübselig, so lustlos. Es gab keinerlei Gemeinsamkeit zu seiner Heimat. In Sacre, da blühte das Leben. Man sang, scherzte und lachte auf den Straßen. An den Ständen durfte verkostet werden, so viel man wollte. Hier jedoch, wurde man bereits ermahnt, wenn man einen Apfel ansah ohne ihn zu bezahlen.

In Sacre sangen die Barden von hübschen Prinzessinnen und Rittern, die Drachen erschlugen. Manche priesen die Götter oder liebkosten mit ihren Worten die Jahreszeit. Doch hier in Zweikiel war das anders. Er hörte, wie ein Barde von verschollenen Händlern und grausigen Bestien mit scharfen Klauen sang. Es klang düster, finster, mutlos. Auch passten die Reime nicht sonderlich gut zu einander.

Er sah Menschen in den Seitengassen liegen, hustend und sich krümmend vor Schmerz. Man ließ sie liegen, weil sie ansteckend sein könnten.

Während er sich umsah, schnitt ihm ein Elf den Weg ab und stieß ihn zur Seite. „Aus dem Weg, Mensch!“, rief er.

Er entschuldigte sich, er habe nicht auf seine Schritte geachtet, doch der Elf war bereits wieder verschwunden.

Er sah so viele schlechte Dinge. Er hätte sie am liebsten gleich alle behoben. Doch wie und wo sollte er anfangen? Er warf einem der Bettler ein paar Goldstücke zu, doch der Alte schien es nicht recht zu verstehen und nickte nur schwach.

„Wir brauchen noch einen Gesegneten“, vernahm er eine Stimme unweit von ihm. „Jemanden, der sich ein wenig mit Heilung auskennt und unter dem Schutz der Götter steht.“

Er tat als habe er es nicht gehört und ging einfach weiter. Er war kein Gesegneter, auch kein Heiliger. Er hatte die Matrosen verloren und er konnte auch nicht der Frau des Arztes helfen. Er brachte den Menschen um ihn herum mehr Unglück als Glück. Das unbekannte Land Tagalan war nicht ganz betreten, da begann er bereits an den Worten Weyas zu zweifeln. Wem sollte er so nutzen?

Jemand fasste ihm auf die Schulter. Es war ein fester, entschlossener Griff. Er musste stehen bleiben, wer auch immer das verlangte. „Du mitkommen?“, sagte ein kräftiger Mann in einem Wolfspelz zu ihm. Die Axt auf seinem Rücken blitzte auf.

Er entschuldigte sich, dachte er habe ihn angerempelt und wollte weiter.

Doch der Mann sagte: „Du Gold bekommen.“

Ein schmächtiger Mann in einfacher Robe kam ihm zu Hilfe. „Ihr seht wie ein Mann des Glaubens aus“, sagte er. „ Genau das, wonach wir suchen. Die Bezahlung ist gut, macht euch keine Sorgen.“

Er sah in das grinsende Gesicht und erwiderte: „Ich bin nicht auf der Suche nach Gold.“

„Nicht?“, wunderte sich der Mann. „Aber ihr seht in euren Gewändern aus wie ein Priester.“

„Genau deswegen lehne ich das Gold ab.“

Der Mann lachte. „Ah, so einer seid ihr also. Nun, dann erlaubt mir mich vorzustellen. Mein Name ist Tharael. Ich kam in diese Stadt, weil ich auf der Suche nach kräftigen Männern bin.“ Tharael sah ihn an und musste Grinsen ehe er fortfuhr. „Und jemandem wie euch… Jedenfalls suche ich Leute, die bereit sind mir zu helfen.“

„Ich bin nur ein einfacher Mann, wie könnte jemand wie ich eine Hilfe sein?"

„Ihr seid nicht aus Tagalan, nicht wahr?"

„Ist das so offensichtlich?"

„Ihr stellt zu viele Fragen, als dass ihr es sein könntet. Sicher habt ihr davon gehört, dass das Land verflucht ist und von Dämonen heimgesucht wird."

„Darum bin ich hier."

„Hoho, dann haben wir etwas gemeinsam. Wie ihr sicher bemerkt habt, bin ich ein Gelehrter. In gewisser Weise so wie ihr einer zu sein scheint. Nur, dass ich mich den Zauberformeln anstelle der Götter verschrieben habe."

„Jetzt wollt ihr mir erklären, dass Magie helfen kann, wo der Glaube versagt?"

„In gewisser Weise ja. Es gibt dort draußen mächtige Zauber, mit unvorstellbarer Kraft. So mächtig, dass sie mit nur einem Fingerschnippen das Land erlösen können."

„Und das soll ich glauben?"

Der Zauberer lachte. „Solche Worte von einem wie euch…"

„Reden nicht bringen Gold", meldete sich der Axtträger.

„Das ist übrigens Tjork. Ein Mann mit einfachem Verstand, aber einem Nacken wie ein Ochse. Und unter uns, für ein bisschen Gold scheint er alles zu tun."

„Der klassische Barbar…"

„Wohl wahr. Aber Recht hat er. Was bringt es uns, wenn wir nur hier stehen und reden. Seid ihr dabei, wenn es darum geht Tagalan zu retten?"

Phil dachte kurz nach ehe er antwortete. „Vielleicht ist es kein Zufall euch hier anzutreffen. Ihr habt Recht, ich bin nicht aus Tagalan und doch bin ich hier, um das Land von allem Bösen zu befreien."

„Dann ist das ein ja? Herr…?"

„Nennt mich Phil. Einfach nur Phil."

„Gut, Phil. Ich besorge uns noch etwas Proviant und dann brechen wir auf. Wir sollten nach Nordosten. Kauf noch etwas ein, wenn du noch etwas brauchst. Aber vergiss dein Wasser oder was auch immer du brauchst nicht. Wir werden es brauchen, glaub mir."

Außerhalb der Stadt, direkt in der freien Natur, konnte es nur besser sein. Die Natur war wild, doch sie war auch voller Überraschungen. Wenn die Frühlingssonne auf die Wiesen fiel und man das Gras riechen konnte, dann war es ein wenig wie in Sacre. Er mochte lange Spaziergänge und vor allem die Botengänge für den Tempel. Am wohlsten fühlte er sich auf Feldwegen, umgeben von Weizen. Nicht zuletzt, weil in dem goldenen Getreide die Liebe Weyas keimte. Man konnte über vieles nachdenken, sich zurückziehen und zugleich ihre Schöpfung bewundern. Es war nicht verwunderlich, dass sie ihm inmitten eines Feldes erschien und zu ihm gesprochen hatte. Doch er dachte, es wäre einfacher. Zumindest hatte er nun jemanden getroffen, der ihm Hoffnung schenkte. Und auch bald würde der beißende Geruch des Hafens seine Nase verlassen haben.

Er sah noch einmal zurück. Menschen reihten sich am Tor, warteten von einer der Wachen abgetastet zu werden.

„Sie müssen vorsichtig sein", erklärte Tharael, als er seinen Blick sah. „Hier draußen gibt es Vampire, Seuchen und anderes Ungeziefer. Sie müssen streng sein, wenn sie die Bewohner davor schützen wollen."

„Wir gehen nach Nordosten?", fragte er schließlich.

„Im Dreispitzgebirge gibt es eine alte Zwergenmine. Gerüchten zur Folge sind die kleinen Krabbler dort auf etwas gestoßen.“

„Gerüchten zur Folge...“

„Ich sehe wir verstehen uns.“

„Tjork will hauen! Gehen durch Wald.“ Er sah den Barbaren an, der ungeduldig seine Axt schwenkte.

„Was unser Freund damit sagen will, wenn wir der Straße folgen, sind wir sicherer. Auch wenn das nicht sicher bedeutet. Wegelagerer, Banditen und das übliche Gesocks könnten uns dort erwarten. Der Weg durch den Wald hingegen schenkt uns ganze zwei Tagesmärsche. Birgt aber gewisse Nachteile...“

„Die da wären?“

Der Zauberer winkte ab. „Ach, nur das Übliche. Ein paar irre Waldnixen und ein tobender Waldgeist. Also nichts dem ein bisschen Magie und ein Barbar in Ekstase nicht gewachsen wäre.“

„Dann wäre ich doch lieber für die Straße.“

Der Barbar rannte wie von der Wespe gestochen los. Tharael folgte ihm mit kleinen Schritten, drehte sich dann noch einmal um und sagte: „Sieht aus, als hätte er sich entschieden.“

Der Wald duftete wie man es erwartete. Die Blätter waren saftig grün und das Gras angenehm weich. Kaum zu glauben, dass in einer solchen Idylle Gefahr lauern würde.

Er sah sich um. Irgendetwas fehlte. Etwas, das eigentlich dazu gehörte.

„Hast du Angst?“, fragte ihn Tharael.

Er strich sich durch das dünner werdende Haar. Dann fiel es ihm ein. Es gab keine Vögel, kein Zwitschern, kein Summen. Eigentlich gab es nichts.

„Die Nixen spüren Angst, du solltest sie verbergen."

„Tjork hauen!", pflichtete der Barbar bei.

Er sah zu dem Barbaren rüber, dann aber wieder zurück. „Die Sache mit den Nixen verstehe ich noch nicht ganz. Ich kenne Waldnixen, dort wo ich herkomme sind sie hilfsbereit, singen und tanzen gerne. Heißen jeden in ihren Wäldern willkommen."

„Sacre… Ich kenne keinen Lebenden, der eine derart weite Reise hinter sich hat", entgegnete Tharael. „Man sagt, kein Schiff der Welt kann den Horizont überschreiten. Der Fluch schirme das Land ab. Ein Wunder, dass du es überhaupt her schaffen konntest. Aber du solltest unbedingt lernen umzudenken, sonst wirst du in Tagalan nicht sehr lange leben."

„Es fehlt mir jetzt schon. Tagalan scheint in jeder Hinsicht ganz anders zu sein …"

„Tagalan ist ganz anders", unterbrach ihn der Zauberer. „Die Nixen hier waren einst wie die, von denen du erzählst. Doch sie haben sich verändert. Man sagt, die Menschen seien schuld daran. Sie haben ihnen nie genug gedankt und als die ersten Nixen unter unerwiderten Liebschaften geboren wurden, legten sie ihren Garn beiseite und wandten sich von denen ab, die sie einst liebten und schworen Hass auf alles Sterbliche."

„Und du glaubst diese Geschichte?"

Tharael lachte. „Du lernst es nie." Seine Miene wurde wieder ernster. „Ob sie stimmt oder nicht, es ändert nichts daran, dass sie uns belauern."

„Tjork Ohren!“ Der Barbar nahm seine Axt vom Rücken und hielt sie beidhändig vor sich.

„Was hat er?“

„Pssst. Hörst du nicht diese Melodie? Sie scheinen nicht weit von hier zu sein.“

„Die Melodie ist viel trauriger als die, die ich kenne.“

„So trommeln und singen sie, wenn sie jemanden hinrichten. Wir sollten weitergehen.“

„Nein, wir müssen sie retten!“

Der Barbar rannte wie gestochen los. Die Beiden sahen sich kurz an ehe sie ihm folgten.

Sie sprangen über Büsche und Gräser, bis sie eine Lichtung erreichten in der eine Schar Frauen in schwarzen Gewändern und mit roten Rosen geschmückt um ein Feuer tanzten und sangen. Zwei Elfen unterschiedlicher Größe waren an einen Scheiterhaufen zwischen ihnen gebunden und riefen um Hilfe.

Aus dem Schwung heraus schlug der Barbar eine der Nixen nieder ehe sie reagieren konnte.

Die übrigen Nixen wurden aus ihrer Trance gerissen, fletschten die Zähne und wetzten die Krallen. Noch nie hatte er Nixen gesehen, die derart bestialisch aussahen.

Er sah, wie sich eine von ihnen auf den Barbaren stürzte und warnte ihn. Augenblicklich drehte er sich um und schlug die heranschwebende Nixe nieder. Und noch in derselben Drehung traf er eine Weitere, die sich von hinten anschleichen wollte.

Scharfe Krallen bohrten sich tief in seine Schulter und zerrten an ihm. Spitze Reißzähne machten sich bereit sich in sein Fleisch zu verbeißen. Doch dann zuckte die Nixe und fiel zu Boden. Hinter ihr erblickte er Tharael, der zufrieden nickte.

„Kannst du mit deiner Magie die Flammen löschen?“, fragte er ihn.

„Ha. Ein Kinderspiel.“ Tharael wirbelte mit seinen Händen einen kleinen Luftzug herbei. Die Flammen neigten sich zur Seite und das Holz flimmerte nur noch. Schnell machte er sich daran die Fesseln zu lösen. Er hatte gerade die kleine Elfin befreit, da sah er in seinen Augenwinkeln, wie sich der Zauberer an den Kopf fasste und schließlich zusammensackte. Augenblick schlugen die Flammen zurück. „Bei Weya!“, entfuhr es ihm. Er warf sich über die Kleine und schützte sie vor dem Feuer. Seine Kutte versengte ein wenig. „Wir müssen springen!“ Er fasste sie fast an der Hand und zog sie mit sich.

„Alles in Ordnung?“, fragte er nachdem sie sicher gelandet waren.

„Nichts ist in Ordnung und nichts wird es je sein“, schnippte die kleine Elfin.

„Nevina!“, herrschte sie die größere Elfin an. „Sei etwas freundlicher zu ihm. Er hat uns das Leben gerettet.“

„Es war nur die Wahrheit, mehr nicht“, stammelte Nevina.

„Ich danke dir“, richtete sie sich an ihn. „Leider haben wir nichts, was wir dir anbieten könnten.“

„Wir haben nur noch eine Sache, die war noch verlieren können und das werden wir auch. Eines Tages.“

„Sei endlich still! Wegen dir sind wir in diese Lage überhaupt erst geraten. Du solltest Ausschau halten, während ich schlief, nicht herumdösen!“

Nevina verschränkte die Arme. „Wer bereits schläft, wenn er kommt, der verjagt ihn nicht mit seinem Geschrei."

Wie aus dem nichts gesellte sich Tharael zu ihnen. „Geht es dir gut?", fragte er ihn. „Es sah aus, als hättest du dich überanstrengt."

„Niemals!", entgegnete er und wandte sich strahlend an die Elfin. „Meine Magie hat euch gerettet."

„Sie hätte uns fast umgebracht!", fluchte sie.

„Man kann ihm nicht entkommen", flüsterte Nevina.

„Fang nicht wieder so an!"

„Mein Name ist Phil", fiel er den Beiden ins Wort. „Dankt nicht uns, dankt lieber Weya, dass sie uns hergeführt hat."

„Penele", stellte sich die Elfin vor. „Und die kleine Göre hier ist meine Schwester Nevina."

„Warum sind Elfen wie ihr alleine in diesen Wäldern unterwegs?", fragte Tharael.

„Wir sind Erfs", sagte sie.

„Erfs?", wunderte er sich. „Leben die nicht ganz im Osten von Tagalan? Ihr habt eine ziemlich weite Reise hinter euch."

„Und doch haben wir nicht gefunden, was wir suchten..."

„Es ist egal was man sucht, am Ende findet jeder dasselbe."

„Nevina! Entschuldigt sie. Sie ist so... eigenartig geworden."

„Verstehe", entgegnete Tharael nüchtern.

„Wenn ich Vater gerächt habe, wird sie wieder zur Vernunft kommen! Das weiß ich!" Die Elfin ballte eine Faust bei den Worten. „Ich werde ihn mit eigenen Händen in Stücke zerreißen! Er soll einen qualvollen Tod sterben!“

Phil sah, wie sich der Barbar über eine der Nixen beugte. „Was macht er da?“, fragte er schließlich.

„Er durchsucht sie nach Wertgegenständen“, erklärte Tharael. „Er denkt sicher, sie haben noch etwas von ihren früheren Belohnungen oder etwas in der Art.“

Phil kniete sich neben eine der Leichen.

„Machst du es ihm bereits nach?“

„Nein“, sagte er. „ich spreche Weyas Segen für sie aus. Möge sie ihre Seelen zurück ins Licht führen.“

„Tu, was immer du nicht lassen kannst. Doch beeile dich. Wir sollten hier nicht lange verbleiben.“

Er betrachtete ihr langes blondes Haar und erntete dafür einen schrägen Blick von ihr. Sie sah aus, wie eine gewöhnliche Elfe, rein, makellos und auf eine elfische Art erhaben. Aber irgendetwas schien an ihr anders zu sein. Er wusste nur nicht was.

Penele war eine Waldelfe, wie sie ihm erzählte. Sie konnte Spuren lesen wie Gelehrte in Büchern lesen, doch was in den Köpfen der Nixen vorging, konnte sie nicht sehen. Und doch konnte sie eine gewisse Wut in den Nixen nachvollziehen.

Er sah zu der kleinen Nevina herüber. Sie war ein gutes Stück kleiner als ihre Schwester, hatte pechschwarzes Haar und trug sehr dunkle Kleidung. Sie wirkte auf keine Art und Weise wie eine Elfe. Ihre Bewegungen waren träge, nicht elegant, der Kopf gesenkt, statt leicht angehoben. Auch das Strahlen im Gesicht fehlte, sie wirkte eher lustlos, schlürfte mit den Füßen über dem Boden.

„War sie dabei?“, fragte er die Elfin.

„Ja“, entgegnete sie. „Ich wünschte, sie wäre es nicht gewesen...“

„Es muss furchtbar gewesen sein.“

„Das war es auch…“

„Habt ihr sie gesehen? Waren es Berserker?“

„Nein, Dämonen“, sagte sie. „Wir waren gerade gemeinsam auf der Jagd, ich wollte ihr den Umgang mit dem Bogen beibringen, als wir den Rauch sahen. Sie brannten einfach alles nieder!“ Ihr Blick wurde eisern. „Wir rannten nach Hause, so schnell wir konnten. Wir hätten es besser nicht getan…. Ich werde nie vergessen, was ich gesehen habe!“ Ihre Fäuste zitterten. „Ihr Anführer reckte den Leichnam meines Vaters triumphierend den Anderen entgegen und lachte. Ich höre ihn noch immer!“ Sie presste die Zähne zusammen, ehe sie weitersprach. „Ich zog sie in eine Seitengasse, wo wir uns versteckten. Wie die Ratten! Pah! Ich hätte sie niederstrecken sollen, diese Ausgeburt!“

„Du hast dich und deine Schwester gerettet.“

„Gerettet… Wir mussten zu sehen, wie sie jeden einzelnen, den wir kannten und liebten, grausam zerstückelten!“

„Ihr… Ihr seid also die Einzigen, die…?“

„Sie töteten Alles und Jeden! Einfach so! Nur Mutter nicht, er nahm sie mit sich! Ich wage mir nicht auszumalen, was er mit ihr anstellt!“

„Denkst du es hilft, wenn ich mit ihr darüber spreche?“ Er nickte zur Kleinen rüber.

„Das habe ich bereits versucht. Sie reagiert nicht, schaltet einfach ab.“

„Ich werde es trotzdem versuchen.“

Penele warf einen flüchtigen Blick zum Zauberer herüber. „Traust du ihm?“

„Was meinst du?“

„Ich meine, was weißt du über diese Schriftrollen, die er sucht?“

„Nichts“, sagte er. „Aber ich weiß, dass ich generell nicht viel von Magie halte. Dennoch glaube ich, dass Weya mich nach Tagalan sandte, um ihn bei seiner Aufgabe zu begleiten. Für mich gibt es keine Zufälle, verstehst du?“

„Du scheinst sehr viel Vertrauen in deine Göttin zu haben, ich hoffe du wirst es nicht so schnell verlieren. Tagalan ist ein furchtbares Land. Niemand glaubt hier an die Götter. Ich kann es auch niemanden verdenken, warum sollte es so viel Leid geben, wenn sie wirklich über uns wachen?“

„Es gibt Vieles, das wir nicht verstehen. Vielleicht wird der Tag kommen an dem sie uns die Augen öffnen und uns ihre Motive offenlegen werden.“

„Ha.“ Sie grinste. „Du denkst wie ein Kind.“ Sie blieb stehen und lauschte. Ein lautes Brüllen ertönte. Es war derart laut und tief, dass es das Laub um sie herum rascheln ließ.

Er sah sie fragend an, sie schien dieses Geräusch bereits zu kennen.

„Er ist hier“, sagte sie schließlich. „Der Geist des Waldes sucht nach den Mördern seiner Nixen.“

Etwas Großes näherte sich ihnen, er spürte den Boden beben als es auf sie zu galoppierte.

„Lauft!“, rief sie, doch Nevina setzte sich entspannt auf den Boden. „Es ist so weit“, sagte sie. Ehe sie es schafften sie aufzurichten, war es bereits zu spät.

Er sah wie ein riesiges Wildschwein Baumstämme wie Streichhölzer zur Seite drückte. Die Augen rot unterlaufen und die Hauer zum Stoßen bereit, hielt es direkt auf die kleine Elfe zu.

Tharael blieb entschlossen stehen, stellte sich dem Schwein, riss beide Arme gen Himmel und konzentrierte sich.

„Er ist wahnsinnig", hörte er Penele sagen, dann sah er wie sich in den Händen des Zauberers ein Feuerball formte.

Er schleuderte die brennende Kugel gegen die Kreatur. Die weißen Symbole auf der Haut glühten auf und ließen den Feuerball einfach abprallen.

Die Angriffe des Zauberers und des Barbaren, machten den Geist des Waldes nur noch wütender, bis Geifer aus seinem Maul schoss und er den Zauberer samt dem Barbaren durch die Luft wirbelte.

„Bei Weya", entfuhr es Phil und rannte zu ihnen. Er hatte Glück, Tharael hatte nur das Bewusstsein verloren.

Er spürte einen heißen Atem in seinem Nacken und drehte sich um. Er sah den Zorn und die Wut in den Augen des Geistes. Er sah die Verzweiflung und das Irre darin. Er sah die Lust sie zu töten. Doch er sah auch, wie sich hinter all den dunklen Nebelschwaden, ein wenig Licht erhob.

Das übergroße Schwein hielt plötzlich inne und bewegte sich nicht als er ihm sanft über die Wange streifte.

Noch in dem Moment, wo er das borstige Fell berührte, hellten sich die Augen auf und das hastige schnaufende Atmen wurde ruhiger, regelmäßiger. Er spürte es. Er spürte, dass es nicht bloß ein wildes Tier war, sondern ein denkendes Wesen mit Herz und Seele. Und sie waren rein, von Zorn und Begierde geblendet und doch rein. Mit seiner Berührung und dem Licht, das er in sich und dem Geist spürte, wich das Irre aus dem Blick und die Symbole an seinen Flanken leuchteten.

Er spürte, wie das Licht durch seine Hände direkt in den Verstand des Geistes floss und er hörte eine Stimme tief in seinem Inneren. Eine Stimme die er kannte, die er bereits einmal gehört hatte. Es war eine sanfte Stimme, aber so schwach und so leise, dass er sie nicht verstehen konnte.

Eine Ewigkeit muss er dort so gestanden haben, bis sich schließlich der Geist des Waldes von ihm abwandte und gemäßigt zurück in den Wald schritt.

Wie aus dem Nichts sprang der Barbar mit seiner Axt herbei. „Tjork Fell!“, rief er und sprang los.

Er wollte ihn zurückhalten, doch es war bereits zu spät. Nur ein unerwarteter Hieb und der Geist des Waldes fiel leblos zu Boden.

Er sank auf die Knie, schüttelte immer wieder den Kopf und musste entsetzt mit ansehen, wie sich der Barbar an Fell und Hauer bediente.

„Er war unschuldig“, stammelte er als die Elfin sich neben ihn stellte. „Sie hat durch ihn mit mir gesprochen. Ich sollte ihn verstehen, ihn heilen, ihn erlösen, nicht ihn töten…“

Vollgepackt mit Fell und Hauern, schleppte sich der Barbar durch den Wald. Vielleicht spürte er den bohrenden Blick auf ihm, vielleicht auch nicht.

„Kein Wort“, richtete sich Tharael an die Elfin.

Sie sah ihn nur fragend an.

„Er spricht kein Wort“, sagte er. „Sehr untypisch für ihn.“

„Ach, meine Schwester auch nicht. Darüber zerbreche ich mir schon lange nicht mehr den Kopf.“

„Du sagtest, er habe den Geist gezähmt?“, wunderte sich der Zauberer.

„Ich weiß nicht, was er da getan hat. Ich habe nur gesehen, wie der Geist des Waldes einfach kehrt machte, nachdem er ihn berührt hatte.“

Tharael grinste. „Ob er auch ein wenig Magie in sich trägt?“

„Du bist der schwächste Zauberer, dem ich je begegnet bin.“

„Was?!“

„Wo hast du deine Magie studiert?“

Er wirkte verlegen. „Ich habe an keiner offiziellen Universität studiert, aber das ist auch nicht wichtig.“

„Aha“, machte sie nur.

„Ein Selbststudium ist ein Werk aus Eifer und erfordert viel Disziplin. Alles was ich weiß, habe ich mir selbst angelesen.“

„Dann kennst du auch die Risiken?“

„Du meinst das Risiko, der Beste zu sein und alle seine Freunde zu verlieren? Dem bin ich mir bewusst und bereit es darauf ankommen zu lassen.“

„Hör dich nur an. Selbst ich kenne die Gefahren die in Magie lauern.“

„Und du scheinst daran zu glauben“, sagte er. „Ich jedoch nicht. Weil es sie nicht gibt.“

„Und du willst Tagalan retten?“, fragte sie. „Du kommst mir nicht nur so vor, du bist jemand der keine Ahnung hat worauf er sich einlässt. Menschen wie dich, gibt es wie Sand am Meer. Könnte nur einer von ihnen den Fluch brechen, hätte es schon längst jemand getan.“

„Glaub mir, einen wie mich gibt es kein zweites Mal!“

Der erste Tag auf Tagalan neigte sich dem Ende zu und noch hatten sie ihr Ziel nicht erreicht.

Das Feuer knisterte und wärmte ihn. Das Brot aus Zweikiel schmeckte eigenartig. Man konnte den rohen Teig schmecken. Stumm hielt er ein Stück über die Flamme. Er spürte wie ihn jemand beobachtete.

„Er frisst wie ein Schwein, nicht wahr?“, sagte Tharael und nickte in Richtung des Barbaren.

Phil sah zum Barbaren herüber. „Er hätte ihn nicht töten sollen.“

„Was genau ist da in dem Wald mit dir und diesem Schwein passiert?“

„Ich weiß es nicht“, sagte er. „Es war… plötzlich alles so klar und deutlich. Der Geist des Waldes war unschuldig, das weiß ich. Sein Verstand war rein, nur ein wenig besudelt. Er war wütend, weil wir die Nixen vernichtet haben, aber es war nicht das, was er wollte.“

„Du meinst uns zu töten? Für mich sah es aber ganz danach aus.“

„Er war verzweifelt, mehr nicht.“

„Phil… Viele sind Unschuldig. Aber nur bis sie es nicht mehr sind. Verstehst du?“

„Du musst mir nicht erklären, was das bedeutet.“

„Du verstehst nicht. In Tagalan ist es anders. Der Fluch kann jeden treffen. Wenn er erst einmal Besitz von einem ergriffen hat, ist man verloren. Verdorben, verstehst du?“

„Wenn alles so aussichtslos ist, warum sind wir dann hier?“

Der Zauberer grinste. „Könntest du deinen Verstand ausschalten, während ich versuche dich zu trösten? Dagegen kommt ja nichts an.“ Sein Ausdruck wurde wieder ernst, als er sah, dass sein Gegenüber keine Miene verzog. „Du solltest dich ausruhen. Penele und ich übernehmen die erste Wache.“ Er wollte sich abwenden, sagte dann jedoch: „Ach und nimm es ihm nicht zu übel. Er ist nur ein Barbar.“

„Wenn er nur ein Barbar ist, warum ist er dann hier?“

„Weil ich ihn und seine Stärke brauche. Zumindest solange ich noch zu schwach bin.“

Wind brach auf, Blitze zuckten und Wellen schlugen gegen das Schiff. Männer schrien um ihr Leben, stürzten ins Meer und ertranken. Das Schiff zerbrach und auch er stürzte in das eiskalte Wasser. Er sah die roten Augen auf dem Meeresgrund, wie sie nach ihm gafften. Sie griffen, zerrten und rissen an ihm. Unter ihnen sah er ein riesiges Schwein, das er als Geist des Waldes kannte. Sein wütend schnaubender Blick wurde zu einem klaren grünen paar Augen, die ihn hilflos und vorwurfsvoll ansahen. Unter ihm tat sich der Boden auf, das Wasser verschwand und er fiel. Er stürzte inmitten der endlosen Finsternis und kein Boden war in Sicht.

Er wachte auf.

Seine Kleidung war nass gebadet vom Schweiß, Perlen sammelten sich auf seiner Stirn. Sein Atem war hastig, das Herz schlug schnell.

Er sah irgendwohin, ohne etwas zu sehen. Dann begriff er, es war nur ein Traum.

Ruhig lehnte er sich zurück und schloss die Augen. Ein leises Wimmern drang in seine Ohren.

Er richtete sich auf und folgte den schwachen Lauten.

Ein schwarzes Flackern umschloss die kleine Elfe. Es war wie ein Schleier aus Schmerz und Qual, in den sie sich bettete.

Und er kannte dieses Gefühl. Er wusste, was es war und er wusste, was er zu tun hatte. Doch er musste sich beeilen ehe die Kleine darunter im Schlaf erstickte.

Er eilte zu Penele, schüttelte sie wach und forderte sie auf ihr zu helfen. „Ein Nachtalb“, erklärte er, mehr musste er nicht sagen ehe sie verstand.

Sie nahm ihren Dolch zur Hand und kniete sich vor ihre Schwester. „Verfluchte Kreatur“, fluchte sie. „Ich werde dir die Kehle aufschneiden!“

„Wir müssen uns beeilen, ehe er sie erdrückt“, mahnte er sie zur Vernunft.

Sie presste ihre Hand derart fest um den Dolch, dass sie zitterte vor Spannung.

„Er wird versuchen mein Gebet zu unterbrechen“, erklärte er knapp. „Du musst schnell sein.“

„Maul nicht, mach!“, herrschte sie ihn an. Noch nie hatte er derart viel Anspannung und Wut in dem Gesicht einer Elfin gesehen. Sicher, Nevina schwebte in echter Gefahr, aber... Egal er musste handeln.

Die Seite in seinem kleinen braunen Buch, welches er sich geschwind aus der Tasche zog, öffnete sich beinahe von selbst. Kniend und mit einer gewissen Unsicherheit, las er die Worte einer längst vergangenen Sprache vor. Es musste einfach funktionieren, dieses Mal musste es klappen.

Er spürte wie seine Hände langsam wärmer wurden.

Licht umhüllte die Seiten des Buches, umschloss es, strahlte aus und suchte sich seinen Weg durch die dunklen Schwaden, die die kleine Elfe umhüllten. Dann legte es sich ganz sanft auf ihren Körper und breitete sich auf ihr längst nach aus.

Ihr Jauchzen verstummte und sie entspannte sich unter dem liebkosenden Licht.

Er sah es, er fühlte es, riss sich zusammen und betete unaufhaltsam weiter.

Die dunklen Schwaden sammelten sich, setzten sich über ihr zusammen, bis sie zu einer kleinen gehörnten Kreatur auf ihrem Oberkörper wurden. Ein pummeliges geschupptes Wesen mit roten Augen, kugelrund und vollgefressen an der Furcht der kleinen Elfin, sah auf und fauchte sie an.

Gerade als es sich auf den Gesandten stürzen wollte, stemmte sich Penele dagegen und stach zu. Unter einem grässlichen Schrei erlosch das Glühen aus den Augen des Nachtalbs und er erschlaffte.

Die Schwaden verschwanden und mit ihnen legte sich auch das Licht zur Ruhe.

Erleichtert atmete er aus, dann schloss er die Kleine in seine Arme und versuchte sie zu beruhigen. In einem Augenwinkel sah er dabei, wie Penele noch immer auf den Nachtalb einstach. Sie schrie, brüllte, stach sich unentwegt in Ekstase.

Irgendwann klopfte er ihr auf die Schulter und gab ihr zu verstehen, dass es vorbei war. Erst beim zweiten Mal hörte sie auf und wich sich das Blut von der Stirn.

Die Mine schien bereits vor langer Zeit verlassen worden zu sein. Die Hütte, die den Zwergen als Unterkunft diente, war verbarrikadiert worden. Denkbar, dass sie darin vor etwas Schutz gesucht hatten, vermutlich vor etwas, das auch durch die Fenster hätte eindringen können. Spitzhacken und Karren lagen herum. Einige waren noch beladen mit Kohle oder Dreck. Was auch immer passiert war, es musste alles schnell gehen.

„Hast du Angst?", fragte ihn Tharael.

„Naja, Zwerge lassen ihr Hab und Gut nicht einfach so liegen." „Vielleicht sind sie in den Tiefen auf den Wächter der Schriftrolle gestoßen."

Er sah ihn fragend an.

„Was es auch ist, sie hatten keine Magie, die sie beschützen konnte. Aber keine Sorge, ich schaffe das mit Links."

„Woher weißt du, dass die Schriftrolle in der Mine ist?"

„Ich… Sie sprachen in der Universität darüber. Es war mein letzter Tag dort. Ich war nicht sehr lange dort. Man fand meine Art zu… enthusiastisch, als dass man mir Magie lehren wollte."

„Du bist also kein richtiger Magier?"

„Ich bin ein Zauberer. Ich habe jede Menge Bücher gewälzt und mir alles beigebracht. Auch Dinge, die man dort nicht lehrt. Und so habe ich nie vergessen, wie sie von den Schriftrollen sprachen. Sie sagten, es sei eine jüngst in den Minen gefunden worden. Viel mehr weiß ich auch nicht."

Er rieb sich über die Stirn und zögerte.

„Ich weiß, was du denkst, aber ich schaffe das, vertrau mir."

„Mein Vertrauen gehört allein Weya. Sie wollte, dass ich dir helfe."

Sie entzündeten ein paar Fackeln, die die Arbeiter hatten liegen lassen und gingen hinein. Die Luft war kühl und feucht und es roch ein wenig stickig.

Bereits nach wenigen Schritten entdeckten sie Skelette von alten Minenarbeitern. Es sah aus als hätte etwas sie niedergeschlagen, mit einem spitzen Gegenstand. In einem von ihnen steckte eine Spitzhacke.

„Sie wurden mit ihren eigenen Waffen getötet“, erklärte Phil.

„Vielleicht waren es Räuber“, mutmaßte Tharael. „Wir sollten weiter. Sie werden uns nicht sagen was hier vorgefallen ist.“

Penele beobachtete ihre Schwester, wie sie mit ihren kleinen Händen an den kalten, nassen Wänden entlang glitt. „Du brauchst keine Angst zu haben“, sagte sie.

Die Kleine schüttelte nur den Kopf und entgegnete: „In der Furcht spürt man das Leben.“

Sie nickte und gab vor sie verstehen. Sie wusste nicht, inwiefern Nevina bereits den Schrecken wegen des Nachtalbs verarbeitet hatte, ebenso wenig konnte sie sagen, ob sie sich verändert hatte. Sie war noch immer so… eigen.

Ein Schmatzen schallte durch die Dunkelheit, dann ein Scheppern.

Phil richtete die Ohren aufmerksam auf und versuchte etwas in der Dunkelheit vor ihnen zu erspähen. Er glaubte ein Flüstern zu hören. „So ein Mist,“ flüsterte jemand „Da kommt jemand.“

Schließlich sah er das schwache Licht einer Fackel flackern. „Ist da jemand?“, rief er.

Es dauerte einen Moment bis ihm jemand antwortete. „Ähm, nein?“

Er machte zwei Schatten aus. Einer war etwas kleiner als der Andere. Er glaubte zu sehen wie einer von ihnen unergiebig aß. „Wir wollen nur reden“, sagte er.

„Das ist manchmal bereits zu viel“, antwortete jemand.

„Seid ihr Minenarbeiter?“

Wieder zögerte die Stimme. „Ähm, ja. Natürlich sind wir das.“

Er entdeckte einen kahlköpfigen Gnom mit Ziegenbart und einen dicken Zwerg, der laut schmatzte.

Er stellte sich und seine Begleiter vor, doch die Beiden schien es nicht sonderlich zu interessieren. Als niemand etwas sagte, sprach der Gnom: „Ähm, ja. Das hier ist Giggles. Mich könnt ihr Jiggles nennen.“

„Ich dachte, du heißt Jorf?“, schmatzte der Zwerg.

„Achja richtig. Danke. Das vergesse ich immer, wisst ihr.“

Er nickte schwach.

„Ihr kommt gerade ungünstig, wisst ihr“, sagte Jorf. „Wir sind noch dabei… Sachen einzusammeln.“

Der Zauberer sah ihn an. „Wo sind eure Spitzhaken?“

„Ähm, draußen im Schuppen.“

„Wirklich?“, fragte Giggles.

„Ihr seht nicht aus, als würdet ihr euch hier auskennen.“

„Doch doch“, nickte Jorf. „Da hinten geht's raus.“ Er zeigte in die Richtung aus der sie kamen. Dann in die andere Richtung. „Und da ist es dunkel.“

„Was wisst ihr über die Skelette, die hier überall liegen?“, wollte Phil wissen.

„Ach die, ähm. Die liegen so rum.“

„Das sind die alten Minenarbeiter“, erzählte Giggles. „Die Geister haben sie geholt.“

„Was für Geister?“

„Die wandelnden Seelen ihrer Vorväter, die sich aus Habgier nicht von dieser Welt lösen konnten und nicht einmal ihren Nachfahren ihren Besitz gönnen.“

„Die Kohle?“

„Ja genau“, sprang der Gnom ein. „Kohle und Dreck. Echt missgünstig die Typen. Aber jetzt müssen wir weiter.“

„Sie bewachen das Gold und Diamanten“, sagte der Zwerg und erhielt dafür einen Schlag in den Nacken.

„Wofür bezahle ich dich eigentlich, Giggles?“

„Damit ich weiter essen kann.“

„Du bist so dumm wie du lang bist!“

„Hört zu ihr zwei“, unterbrach sie Tharael. „Wir sind nicht auf der Suche nach Reichtümern. Wir suchen etwas, das in den Tiefen dieser Tunnel verborgen liegt. Vielleicht seid ihr schon bei eurem Sammeln auf eine Schriftrolle gestoßen?“

„Nein. Haben wir nicht gesehen. Tut mir Leid.“

„Eigentlich haben wir noch gar nichts gesehen, außer Skelette“, gab der Zwerg von sich.

„Du solltest mehr essen, Giggles…“

„Das versuch ich ja“, sprach er mit vollem Mund. „Es geht einfach nicht schneller.“

„Wir sollten weiter“, schlug Tharael vor.

„Sie könnten in Gefahr sein.“ Phil wollte die Beiden nicht in der Dunkelheit allein lassen.

„Die kommen schon klar“, entgegnete Tharael.

„Dieser Foliant“, hakte Jorf nach. „Ist er sehr wertvoll?“

„Er ist unbezahlbar“, sagte Tharael.

„Dann... könnten wir euch bei der Suche eventuell helfen. Wir haben einen sehr großen Beutel, wisst ihr? Also, falls wir Diamanten oder sowas sehen.“

„Gehören die nicht den alten Geistern?“

„Ich denke nicht, dass sie noch etwas damit anfangen können, oder?“

Phil blickte den matschigen Wänden entlang, direkt in das schwarze Auge der Mine. Er wusste, wie ehrgeizig Zwerge waren, wenn es um das Abtragen von Erzen ging, doch so langsam fragte er sich, wie weit die Arbeiten unter die Erde wohl noch reichen würden.

Er sah, wie Tjork dem Gnom folgte. Immer wieder tasteten sie die Wände ab, horchten nach Hohlräumen, suchten nach Erzen. Noch immer hatte er ihm die Sache mit dem Geist des Waldes nicht verziehen. Er war nicht wirklich wütend, er wollte einfach nur verstehen warum.

Am Ende der Schienen erhob sich ein kleiner Holzkeil vom Gleis und stellte ihm ein Bein. Er stolperte, spuckte den salzigen Dreck aus und klopfte sich den Schmutz vom Gewand.

„Was war das?“, fragte Tharael. Phil wollte den kleinen Zwischenfall erklären, es auf die hohe Kante am Ende der Gleise schieben, doch der Zauberer unterbrach ihn. „Hörst du nicht dieses Heulen?“

Er spähte in die Dunkelheit hinein und lauschte. Dann hörte er es. Es war ein schwaches schallendes Heulen. Es wurde lauter und lauter, kam näher und formte sich schließlich zu gelben Nebelschwaden, die sie rasch einhüllten.

Giggles verschluckte sich fast als er schrie: „Geister!“

Das Jaulen, der Nebel und der Geruch nach Schwefel deuteten nicht nur auf einfache wandelnde Seelen hin, es waren Ungunstlinge, Gespinste, unvergängliche Fehlzüge Sterblicher, die nach seinem Verstand griffen.

Er versuchte sich zu konzentrieren, zu widerstehen. „Versucht an nichts zu denken!“, warnte er seine Begleiter, doch es war bereits zu spät.

Er sah wie Penele und Nevina sich krümmten, husteten, sich an den Kopf fassten. Es schien ihnen nicht schwer zu fallen ihre Gedanken zu ordnen. Doch in den Augen der anderen sah er wie sich bereits der gelbe Schleier auf ihre Pupillen legte.

Es dauerte nicht lange, da gingen die Ersten bereits aufeinander los. Jorf und Tjork griffen einander an. „Tjork Diamanten!", brüllte der Barbar und schlug mit der Axt nach dem Gnom.

Geschickt wich Jorf dem wuchtigen Hieb aus und setzte zum Gegenangriff an. Mit seinem Dolch musste er bis ganz an ihn heran. Durch die dicke Fellrüstung, die sich der Barbar aus der Haut des Waldgeistes gefertigt hatte, gelangten seine Stiche jedoch nicht.

Sie reagierten nicht auf seine Rufe, kämpften einfach weiter. Auch der Zauberer und der Zwerg gerieten in einen Streit. Sie stritten nicht um die Diamanten, sondern um den Folianten, den sie zu finden hofften. Giggles wollte ihn essen, während sich Tharael nicht von ihm daran hindern lassen wollte nur aufgrund seiner Fresserei der mächtigste Zauberer von ganz Tagalan zu werden.

Der Zwerg strömte den Morgenstern schwingend auf ihn los, traf jedoch auf eine unsichtbare Barriere mit der sich der Zauberer schützte. Doch er gab nicht auf, immer wieder schlug er gegen die Barriere.

Tharael fasste sich an den Kopf und presste die Zähne zusammen. Lange konnte er die Barriere nicht aufrecht halten.

Verzweifelt rief er Penele und Nevina um Hilfe, sie mussten sie beruhigen, sie voneinander fernhalten.

Doch Nevina matschte nur mit ihren Händen an der Lehmwand herum und sagte: „Oh süßliche Kälte. Ein schöner Ort für unser Ende."

„Penele!", rief Phil erneut, diesmal reagierte sie.

Penele rieb sich die Augen, sah ihre Schwester und ballte ihre Fäuste. „Diese verdammten Dinger! Argh!" Sie kämpfte dagegen an, doch der gelbe Dunst fand einen Weg sich in ihren Augen niederzulassen. „Du hast uns hergebracht!", presste sie zwischen den Zähnen hervor und stürzte sich auf die Barriere des Zauberers.

Er sah hilflos zwischen den Kämpfenden hin und her, rieb sich immer wieder über den Kopf und dachte nach. Schließlich griff er in seine Tasche und berührte die Flasche mit Weihwasser. Er musste es versuchen.

Die schützende Barriere explodierte, schleuderte die Angreifer durch die Luft und im selben Augenblick verlor der Zaubernde das Bewusstsein.

Penele schlug dicht neben ihm auf. Er wandte sich ihr zu, tröpfelte etwas Wasser auf ihre Stirn und sah wie es zu leuchten begann. Er fasste ihr an die Stirn, spürte den heißen stechenden Schmerz und sprach Weyas Worte laut aus, bis sie ihre Augen schloss und mit einem tiefen Atemzug der Ungunstling jaulend aus ihrem Körper entfuhr. Das strahlende Licht riss den gelblichen Nebel noch in der Luft auseinander, löschte ihn aus und verhalf der unglückseligen Seele zur ewigen Ruhe. Auf dass sie im Licht Frieden finde.

Erleichtert sah er die Elfin an, stellte fest, dass sie unbeschadet zu sich kam und sprach ein zwei beruhigende Worte zu ihr, ehe er sich den anderen zuwandte.

Auch die Geister die den Zwerg und Tharael befallen hatten, fanden durch Weyas Gnade ihren Frieden.

Entsetzt sah er zu den anderen herüber. Noch immer kämpfte Tjork mit dem Gnom. Blut tropfte über sein Fell.

Sie mussten sie trennen, ehe sie einander umbrachten.

Giggles hob den Gnom hoch und stützte ihn auf seinen Bauch. Der zappelnde Jorf erinnerte ihn dabei an ein kleines Kind, das mit aller Gewalt und Geschrei versuchte seinen Willen zu bekommen.

Der Barbar hingegen war deutlich stärker und leistete erheblichen Widerstand. Er entzog sich dem Griff der Elfin und stürzte sich auf den wehrlosen Gnom. Gerade als er zum Schlag ausholte, warf sie sich mit ihrem ganzen Gewicht gegen ihn und schaffte es ihn kurzzeitig außer Gefecht zu setzen.

Phil entschied sich, sich erst dem Barbaren zu widmen. Zwar gelang es ihm den Geist auszutreiben, doch er glaubte zu spüren wie er tiefer in Tjork festsaß als in den Übrigen.

Er wartete nicht ab, bis sich der Verstand des Barbaren orientierte und er sich bedanken konnte, sondern richtete sich direkt dem Gnom zu.

Er tröpfelte das Wasser auf seine Stirn. Dieses Mal leuchtete es nicht. Er strampelte, zerrte und schrie unverändert weiter.

Er versuchte es erneut, doch wieder geschah nichts.

Penele schien sein Zögern bemerkt zu haben, legte ihre Hand auf seine Schulter und flüsterte: „Du schaffst es."

Er atmete tief durch, leerte schließlich die gesamte Flasche über dem Haupt des Gnoms und sprach die Worte Weyas derart laut aus, dass er sie beinahe schrie. Dieses Mal funktionierte es. Schreiend fuhr auch der letzte Geist aus dem Körper seines Wirts und verendete im leuchtend klaren Licht.

Noch im selben Moment hörte Jorf auf zu strampeln und sah sich um. „Du kannst mich runterlassen“, sagte er schließlich.

Kaum hatten sie den Angriff der Ungunstlinge überstanden, bemerkte Penele, dass jemand fehlte. „Wo ist Nevina“, rief sie und suchte vergebens nach ihr.

Ein Fauchen ertönte im Tunnel hinter ihnen.

Sofort rannten sie los.

Bald schon legte sich das flackernde Licht der Fackeln auf das Antlitz der kleinen Elfin nieder und zeigte sie inmitten des Tunnels, vor ihr ein Vampir, der sie fest anstarrte. Dann empfingen sie seine spitzen Eckzähne mit einer Umarmung.

„Nein!“, schrie Penele und warf sich zwischen die Beiden.

Fauchend wich die Kreatur der Nacht vor dem Schein der Fackel zurück.

„Ich werde dich zerreißen, du Biest!“ Sie nahm wutentbrannt einen Pfeil aus ihrem Köcher, brach die Spitze ab und bohrte das Holz so fest in das kalte Herz, dass die Bestie mit ihm an der Lehmwand verschmolz und stecken blieb.

Sie drückte noch weiter zu, als die Existenz bereits mit einem Hauch aus dem Vampir gewichen war und er sich langsam auflöste. Erst als er ganz verschwunden war, ließ sie von ihm ab und sah nach ihrer Schwester.

„Ich sah das Leid in seinen Augen…“, sagte sie halb erstarrt.

„Wir sollten diesen Ort so schnell wie möglich verlassen.“

„Es kann nicht mehr weit sein“, tröstete sie der Zauberer.

Sie erreichten eine große Halle, reichlich durchflutet von violettem Licht. Das Licht entsprang von einem Sockel, der inmitten der Halle stand und auf dem Tharael den Folianten entdeckte.

Noch ehe er los stürmen konnte, zerrte ihn die Elfin zurück und stellte ihn zur Rede. „Hast du nicht etwas von einem Wächter gesagt?“

„Ach“, winkte er ab. „Alles nur Aberglaube…“

„Das da sieht für mich nicht nach bloßem Aberglaube aus.“ Sie deutete bei diesen Worten auf eine zusammengerollte Schlange direkt vor dem Sockel. Der riesige geschuppte Körper war mit unzähligen Narben versehen, die sich bis zum Schädel erstreckten. Auf ihm prangten zwei Hörner wie eine kleine Krone.

„Ach, damit werde ich schon fertig.“

„Lass mich gehen“, meldete sich der Gnom. „Ich bin klein und flink. Ich bring dir das Papier. Vertrau mir, ich hab Übung in sowas.“

Der Zauberer dachte nicht einmal nach ehe er den Vorschlag ablehnte. „Nur ich darf ihn berühren!“

„Ha! Wenn du ihn anfassen darfst, dann darf ich das auch!“, erwiderte Jorf.

„Könnt ihr aufhören zu streiten?“

„Sie hat Recht“, sagte Tharael. „Ich sollte ihn einfach holen.“

„Niemals!“

Sie rannten Beide los, schuppsten und zerrten einander, fluchten so laut sie konnten. Schließlich warf der Zauberer den Gnom zur Seite.

Sie hielten den Atem an, als der kleine Gnom gegen den schlummernden Wächter prallte.

Die Schlange züngelte nur, sonst nichts.

Tharael hatte den Sockel erreicht und wollte nach der Schriftrolle greifen, als Jorf schrie: “Wenn ich ihn nicht bekomme, darfst du ihn auch nicht haben!“

Er rammte seinen Dolch in das Schuppenkleid des Wächters, der abrupt aufschreckte und hastige Blicke durch den Raum warf. Der Schweif, spitz und scharf wie eine Klinge, vibrierte warnend und klapperte. Schließlich erspähte sie den Zauberer an dem Sockel hinter ihr, stieß den Gnom zur Seite und schnappte nach ihm.

Entsetzt musste Phil mit ansehen, wie Tharael mit nur einem Biss verschlungen wurde. „Bei Weya“, entfuhr es ihm.

Hinter ihm entsprang ein Schrei, der sich hallend um sie herum erhob. „Tjork Gold!“, schrie der Barbar und stürzte sich blindlings auf die Schlange.

Sie drehte sich um und schnellte ihm mit den Hörnern voran entgegen.

Hilflos drehte Phil sich um und sah wie Penele mit ruhiger Hand ihren Bogen spannte.

Der erste Schuss verfehlte sein Ziel und der Pfeil prallte dicht neben dem Auge vom Schuppenkleid ab. „Verdammt noch mal, halt still!“, fluchte sie. Schließlich traf der zweite Pfeil direkt ins Schwarze.

Die Kreatur wandte sich im Schmerz und Schrecken, schüttelte den Kopf wild hin und her, hämmerte schließlich gegen die Wand, dass der Boden bebte. Es fegte den Barbaren von den Beinen und ein Felsbrocken löste sich über ihm aus der Decke. Im letzten Moment gelang es ihm dem herabstürzenden Felsbrocken auszuweichen.

Doch noch war es nicht vorbei.

Stumm sah Phil mit an, wie sich Jorf hinter der Schlange vorbei schlich und auf den Folianten zu kletterte. Gierig streckte er seine Finger nach dem Stück Papier aus. Eine violette Explosion schleuderte den kleinen Mann durch die Luft über die Schlange hinweg.

Derweil hatte diese sich an nur ein Auge gewöhnt und peitschte mit ihrem Schwanz nach dem Barbaren. Es gelang ihm mit einem Schlag eine Spitze abzuteilen, doch der Moment des Triumphs währte nicht lange, als sie sich zu ihm umdrehte und ihn verschlang.

„Bei Weya“, entfuhr es Phil erneut. Auch wenn die Beiden einen schweren Start hatten, er betete, sie möge ihm beistehen. Der Tod war das Letzte, was er jemanden wünschen würde.

Jorf versuchte sich an der Schriftrolle zu vergehen, sie warf ihn zurück, noch während er durch die Luft wirbelte, schnappte die Schlange zu und verschlang auch ihn.

Phil sah das Blitzen in ihren Augen, als sie sich zu ihm umdrehte und auf ihn ansetzte. Gerade als sie das Maul vor seiner Nase aufriss und er den faulen giftigen Atem wahrnehmen konnte, hörte er Wasser plätschern und noch im gleichen Moment fiel der Kopf der Schlange leblos vor ihm auf den Boden.

Dann sah er es.

Aus der Mitte des Körpers schnitt sich der Barbar frei, dicht gefolgt von einem lachenden Tharael. „Manchmal muss man das Böse von Innen heraus bekämpfen“, feixte er.

Mit reichlicher Verzögerung trat auch der Gnom fluchend aus dem Leib heraus und streifte die Schmiere von sich. Als er aufsah, entrollte der Zauberer bereits die Schriftrolle und las lauthals die fremden Worte vor.

Es waren Worte mit einem harten dunklen Klang, der lange in den Ohren verblieb ehe er verstummte. Erst nach dem die unbekannten Worte verhallt waren, erlosch das violette Licht und zog wie Rauch in dem Mund des Zauberers ein.

Tharael kniff die Augen zusammen, als blendete ihn das violette Leuchten von Innen. Dann riss er sie plötzlich wieder auf und alles schien normal. „Ein unbeschreibliches Gefühl“, sagte er.

Dann wurde er ohnmächtig.

II

„Dunkelheit kann erleuchtet werden, Licht kann erlöschen.“

Drei Tage waren seit den Ereignissen in der Mine vergangen. Nur Weniges hatte sich ereignet.

Kaum als sie die Mine verlassen hatten, trennten sich der Gnom und sein Lakai von ihnen. Sie sagten nicht, wo sie hingingen, oder was sie vorhatten. Nur Weya wusste, was sie als nächstes anstellen würden. Sein Gefühl sagte ihm, er würde sie früher wiedersehen als ihm lieb war.

Auch die Elfin versicherte ihm, nicht mehr lange warten zu können. Es gab dort draußen Dinge, die erledigt werden mussten. Er wusste, sie meinte damit den Dämonenritter. Auf einen bewusstlosen redseligen Menschen zu warten, würde weder ihr noch Nevina helfen die Vergangenheit zu vergessen. Nicht, dass er wollte, dass sie gingen, aber er verstand nicht ganz, warum sie überhaupt noch bei ihm blieb.

Und dann war da noch der Barbar. Der Barbar hätte gehen können, wenn es nach ihm ginge. Zu jeder Zeit, jeden

Moment, jeden Augenblick. Sicher hätte er ihn schnell vergessen. Doch natürlich blieb er. Er blieb, weil er darauf wartete, dass Tharael erwachte und ihn bezahlte. Seine Habgier war wie schwarzer Ruß, der sich überall niederließ, ganz gleich wo er hinging. Aus dem Schädel der Schlange hatte er einen Helm angefertigt, den er unter dem Fell des Waldgeistes trug. Um seinen Hals baumelte eine Kette aus Zähnen. Er saß vor der Hütte am Eingang der Mine und wartete. Wenn es um sein Gold ging, schien er einiges an Geduld zu haben.

„Er wird nicht mehr aufwachen", sagte Penele neben dem Bett auf dem sie Tharael gelegt hatten. „Der Zauber war zu stark."

„Er schafft es, das weiß ich", entgegnete Phil. „Er steht unter dem Segen Weyas."

„Wie lange willst du das noch machen? Wie viele Tage wirst du hier noch sitzen und für ihn beten?"

„Solange wie sein Atem noch Hoffnung trägt."

„Oh Phil. Er ist nicht der Held, der uns alle retten wird. Er ist nur ein größenwahnsinniger Träumer, der seine Existenz verspielt hat als seine Gedanken mit diesem violettem Licht zerschmolzen sind."

„Du solltest nach Nevina sehen…", sagte er lasch.

„Phil, ich kann nicht ewig hier warten, während der Mörder meines Vaters frei herumläuft."

„Lass uns noch einen Tag warten, wenn er dann nicht zu sich kommt, bauen wir ihm einen kleinen Karren und nehmen ihn mit."

„Ihn mitnehmen? Wir wären viel zu langsam." Sie schüttelte den Kopf und stand auf. „Ich verstehe nicht, warum du so an ihm hängst. Er ist nur ein Schwätzer."

„Das würde ich für jeden tun."

„Er hätte uns da unten beinahe umgebracht mit seinem Ich-kann-Alles-weil-Ich-der-Beste-bin."

„Sicher, er hat seine Fehler, doch er ist auch nur ein Mensch. Jeder trägt seine eigenen Fehler mit sich."

„Dann hast du Tjork verziehen?", feixte die Elfe.

Er zögerte einen Moment ehe er antwortete. „Das werde ich wohl müssen", sagte er schließlich.

Sie ging nach draußen zu ihrer Schwester. „Ich werde gehen, Phil", sagte sie ehe sie die Hütte verließ.

Tharael stöhnte als er langsam zu sich kam. „Was… Wo... bin ich?"

Er reichte ihm einen Becher Wasser vom Tisch. „Ganz langsam", sagte er. „Du hast sehr lange geschlafen."

Hastig trank er aus und drückte ihm den Becher zurück in die Hand. „Du warst in meinen Träumen…", sagte er und wollte aufstehen, doch Phil wies ihn an sich erst noch ein wenig zu erholen. „Wir haben keine Zeit", sagte er. „Mir wurde alles erklärt."

„Wovon sprichst du?"

„Du sagtest, ich soll zu hören", sagte er. „Und das habe ich getan. Wir standen in einem dunklen Raum. Nichts war zu sehen. Nur du und ich. Und da war so eine Stimme, die zu mir sprach."

„Eine Stimme? Wonach klang sie? War es Weya?"

„Ich weiß nicht mehr wie die Stimme war. Sie war einfach nur da. Sie rief nach mir. Doch ich hatte Angst."

„Du solltest dich ausruhen."

„Nein Phil. Wir müssen weiter. Drei Schriftrollen fehlen noch. Sind alle vier vereint und werden alle vier Zauberformeln darin ausgesprochen, wird der Fluch auf ewig gebannt.“ Er sah ihm fest in die Augen. „Alles Böse wird in Stücke zerrissen, verstehst du?“

„Weißt du, wo die nächste Schriftrolle ist?“

„Nein“, sagte er.

„Dann werden wir allein nach ihr suchen müssen, ich denke nicht, dass uns die Elfinnen ziellos durchs Land folgen werden.“

„In Dagudar gibt es eine große Bibliothek der Zauberkünste. Sicher finden wir dort mehr heraus.“

„Ist es sehr weit?“, fragte Phil.

„Es sind einige Tagesmärsche. Wir sollten uns entsprechend vorbereiten.“

„Vor allem solltest du dich noch ausruhen. Was war überhaupt dort unten in der Mine passiert?“

„Ich weiß es nicht“, sagte er. „Es ging alles so schnell. Es fühlte sich so gut an, so mächtig, doch dann wurde alles schwarz und ich kann mich an nichts mehr erinnern.“ Er fasste an seine Schulter. „Aber der Traum, der war real, wir müssen nach Dagudar.“

Irgendwann brachen sie nach Osten auf, sie wollten Dagudar so schnell wie möglich erreichen.

Phil nutzte die Zeit, die ihnen die langen Tagesmärsche bescherten und versuchte Nevinas Vertrauen zu gewinnen. Er war froh, dass die Beiden noch bei ihnen blieben und er hatte das Gefühl der Kleinen helfen zu können. Seit der Entführung durch den Vampir, war sie für ihn noch ruhiger geworden.

„Hast du noch immer Albträume?“, fragte er die Kleine

„Nein.“

„Dann träumst du gar nicht mehr?“

„Doch. Aber keine Albträume. Nur Träume, die dem kläglichen Versuch des Verstandes entspringen, all die Qualen dieser Welt verarbeiten zu wollen."

„Willst du darüber reden?", fragte er.

„Nein."

„Ich habe schon viele Träume gedeutet, weißt du?"

„Nein."

„Warum willst du nicht, dass jemand mit dir redet?"

„Weil es nichts ändert."

„Woran nichts ändert?"

„An Allem."

Er dachte kurz nach. Sie war nicht so rau, das wusste er. Es musste einen Weg geben sie zu erreichen. „Es gibt doch bestimmt etwas, das du gerne magst, oder? Ein Pony zum Beispiel. Wie findest du Ponys?"

„Hässlich."

„Was ist mit süßen kleinen Katzenbabys?"

„Die sind noch hässlicher."

„Und Robben? Die mit weißem Fell und so großen Glubschaugen?"

„Noch viel hässlicher."

Langsam glaubte er, sie zu verstehen. „Wenn du Robben schon hässlich findest, was ist denn dann das aller Hässlichste, was du je gesehen hast?"

Für einen winzigen, sehr kurzen Augenblick glaubte er ein schwaches Grinsen in ihrem Gesicht zu sehen. „Dich", sagte sie.

Er musste selbst ein wenig lächeln und freute sich über seinen kleinen Erfolg bei ihr.

Erst jetzt sah er, wie Penele ihn beobachtete. „Zumindest behandelt sie dich so, wie sie es mit mir anstellt." Sie lächelte, während er sich durch sein dünner werdendes Haar strich.

„Phil“, fragte sie schließlich. „Was ist eigentlich deine Waffe? Ich meine, du kannst doch nicht von einem anderen Kontinent in dieses verfluchte Reich kommen, ohne auch nur eine Waffe bei dir zu führen.“

„Genau das tue ich.“

„Ha. Du könntest ebenso gut von einer Klippe springen.“

„Meine Waffe ist mein Glauben. Weya ist die Göttin des Lichts und der Hoffnung. Sie lässt den Weizen wachsen und das Licht die Felder wärmen. Sie steht an der Seite der Schwachen und Erschöpften.“

„Hört sich für mich an, als solltest du lieber einen davon nehmen.“ Sie hielt ihm einen Dolch dar.

„Das kann ich nicht annehmen. Weya verachtet Gewalt in jeder Form. Sie kennt nur Vergebung und Großzügigkeit. Selbst ihren Sohn, der sich als Fürst der Finsternis von ihr abwandte, verschmäht sie nicht, sondern liebkost ihn mit ihrer Fürsorge.“

„Du redest zu viel“, sagte sie. „Tu mir einen Gefallen und nimm ihn, dann fühle ich mich etwas besser.“

Er zögerte. Schließlich verschwand der Dolch doch in seiner Tasche.

„Benutze ihn, wenn du ihn brauchst.“

„Das werde ich nie“, entgegnete er.

„Ha. Ihr Kuttenträger seid doch alle gleich. Nichts als Worte!“

Wie aus dem nichts stand plötzlich Nevina neben ihm. Sie hatte sie wohl belauscht, denn sie fragte: „Die Finsternis ist ihr Sohn?“

„Er ist aus ihrer Liebe zu den Menschen entstanden, als sie sich einem der gütigsten Könige von Sacre zeigte. Doch eines Tages wandte er sich in einem Streit von ihr ab. Man sagt, das Menschliche in ihm, dem er als Halbgott nicht gewachsen war, habe den Zorn auf alles und jeden geweckt. Seither herrscht er über die Dämonen und die Kreaturen der Dunkelheit."

Sie dachte kurz nach, dann sagte sie: „Aha."

Die Stadt war nicht mehr weit entfernt und er fragte sich wie groß sie wohl war. Er hoffte, dass sie nicht so stank, wie die Hafenstadt, deren fauler Geruch noch immer in seiner Nase steckte, sobald er an sie dachte. Es war auch denkbar, neue Tempel oder Anhänger verwandter Götter zu treffen. Eine Stadt mit einer großen umfangreichen Bibliothek war das Zentrum von Wissen und die Quelle der Gelehrten. Es war nicht ausgeschlossen, ein zweites Sacre anzutreffen, vielleicht zeigte sich Tagalan dann von einer ganz anderen Seite, einer besseren Seite.

Eine junge Frau rannte ihnen entgegen und riss ihn aus seinen Gedanken. „Ich flehe euch an", rief sie, das Gesicht blass wie Kreide. „Helft uns, ich bitte euch."

Er versuchte sie zu beruhigen, doch die Panik fesselte ihren Verstand.

„Ich zahle, was immer euer Gott verlangt", sagte sie. Doch bitte helft uns."

Sanfte, aufbauende Worte brachten sie schließlich zur Ruhe, noch immer redete sie hektisch und rang nach Luft. „Erst die Kinder und nun…", erklärte sie. „Habt erbarmen, ich flehe euch an." Sie holte tief Luft, ehe sie sich schließlich erklären konnte. „Wir suchten jemanden, der uns unsere

Kinder wieder bringen sollte, wir konnten nicht viel bieten, doch wir fanden jemanden, der uns Hoffnung schenkte und auch nicht viel zu Verlangen schien. Ein Scheusal ist er und nichts hat er getan. Er frisst uns die Haare vom Kopf, nimmt uns alles was wir noch haben. Wenn ihn niemand aufhält, werden wir vielleicht den Winter nicht einmal mehr erreichen."

„Könnte ein Spaltentroll sein", mutmaßte Tharael. „Sie zwängen sich durch Risse in Raum und Zeit, springen durch Dimensionen und verformen die Realität, sodass sie sich wie gewöhnliche Menschen ausgeben können. Das sollte kein Problem sein, ein zwei Zaubersprüche und er…"

„Es ist kein Spaltentroll, da bin ich mir sicher. Er ist gierig tapsig und tollpatschig. Und er frisst wie ein Schwein."

„Das einfache Auge kann sich leicht täuschen lassen, wir machen das schon. Zeigt uns den Weg, gute Frau."

Sie führte sie über eine kleine Weide hinweg direkt zu einem Gehöft. Es war ein einfacher Hof, schlicht, bescheiden, doch man konnte als kleine Familie sicher gut von seinem Ertrag leben.

Kaum hatten sie die Türschwelle erreicht, hörten sie ein ekelerregendes Schmatzen und Schlurfen, das Phil irgendwie bekannt vorkam. „Giggles?", fragte er. „Was machst du da?"

„Essen", presste der Zwerg mit vollem Mund hervor, er schien sich den strengen Blicken nicht bewusst zu sein.

„Er frisst seit Stunden ohne auch nur Luft zu holen", grüßte sie der Herr des Hauses, ein dünner Mann in einem karierten Hemd, wie man es von Holzfällern erwarten würde. Hinter seinem Rücken verbarg sich ein kleines Mädchen, sie versuchte den neugierigen Blicken der Neuankömmlinge zu entgehen. „Giggles, in Weyas Namen", herrschte Phil den Zwerg an. „Du kannst diesen Leuten nicht alles wegessen."

„Aber es schmeckt so gut." Eine Rübe verschwand in seinem Mund und seine Aussprache wurde schlechter, dumpfer. „Das ist alles Jorf schuld", sagte er und spuckte dabei. „Er hat mich angelogen."

„Ist er auch hier?", wunderte er sich, sein Gefühl hatte sich bei den Beiden wohl nicht geirrt. Natürlich hatten sie wieder etwas ausgeheckt und hier waren sie jetzt, überfielen einfache, unschuldige Bauern.

„Nein, der ist weg", sagte der Zwerg und schluckte schwer. „Er hatte mir Essen versprochen, leckere Törtchen und Käsekuchen. Aber er hat mir nichts gegeben, ist einfach abgehauen. Hat mich hungern lassen. Es war so fürchterlich."

„Bitte Herr", flehte der Mann. „Wenn er einer von euch ist, nehmt ihn mit euch und geht, ich bitte euch." Furcht und Verzweiflung spiegelten sich in seinen Augen.

„Giggles, du wirst noch ersticken, wenn du so weitermachst."

„Das Risiko gehe ich ein." Der Zwerg hustete. „Essen ist die einzig wahre Art das Leben zu genießen." Er biss in den geräucherten Schinken. „Ein nie endender Genuss."

„Aber es gehört dir nicht."

„Doch", widersprach er. „Wenn es in meinem Magen ist, ist es ein Teil von mir."

„Aber du kannst doch nicht…"

„Und ob ich das kann", unterbrach er ihn. „Essen ist sogar das Einzige was ich kann." Er aß hastig weiter.

„Das stimmt nicht“, sagte er. „Du bist ein kräftiger Zwerg und du weißt mit deinem Morgenstern umzugehen, das habe ich in der Mine mit eigenen Augen gesehen.“

„Aber nur, weil ich esse.“

Phil dachte kurz nach ehe er weitersprach. „Du bist doch ein Zwerg, nicht wahr?“

Hastig trank Giggles einen Schluck, nur um dann weiter zu kauen. „Na und?“

„Denkst du, dein Gott mag es dich so zu sehen?“

„Pfosten wacht über jeden Zwerg“, entgegnete er. „Er gab uns den Hammer und die Schmiede, die Kraft und den Gaumen zum Schmecken.“

„Was denkst du, würde er sagen, wenn wegen dir diese Familie hier verhungern wird?“ Er zeigte dabei auf die Bauern, die sich hilflos in einer Ecke des Raumes zusammenpressten.

„Verhungern?“, wunderte sich der Zwerg. „Aber es ist doch genug für alle da. Sie können sich gerne auch etwas nehmen. Ich teile auch.“

„Noch, Giggles, noch. Aber wenn du nicht aufhörst, bleibt nichts mehr für sie übrig.“

„Ich lasse schon etwas übrig...“

Es machte keinen Sinn einem derart einfachen Verstand zu erklären, dass sie für den Winter einlagern mussten, oder dass sie kein Geld besaßen in die Stadt zu gehen und sich neue Lebensmittel zu kaufen. Er musste versuchen wie er zu denken, wenn er ihn wirklich erreichen wollte. „Sieh mal, Giggles“, sagte er schließlich. „Du magst doch sicher ein Bier, nicht wahr?“

„Oho, oder Zwei. Das stimmt.“ Ein Strahlen legte sich auf sein Gesicht.

„Wenn du mit uns nach Dagudar kommst, bekommst du sogar drei.“

„Was?“ Tharael war empört. „Du willst ihn mitnehmen? Dieses Ding wird all unseren Proviant verdrücken.“

„Du lügst, genau wie der Gnom“, sagte der Zwerg.

„Weya würde mich für meine Lügen strafen.“

„Das klingt nicht sehr überzeugend.“

„Vertrau mir. Wenn ich mein Wort nicht halte, bekommst du sogar das Doppelte von Penele.“

Die Elfin nickte zustimmend. „Sogar das Dreifache.“

Der Zwerg überlegte.

„Du kannst nur gewinnen“, sagte Phil.

Schließlich stand er auf und streifte sich sein Kettenhemd über. „Also gut“, sagte er. „Aber den hier nehme ich mit.“ Bei den letzten Worten hob er den Schinken vom Tisch und ließ ihn in seinem Beutel verschwinden.

„Das kann doch nicht…“ Penele wollte die Beherrschung verlieren, doch Phil hielt sie zurück. „Es ist in Ordnung“, sagte er zu ihr. Dann wandte er sich an den Herren des Hauses und reichte ihm etwas aus seiner Tasche. „Es ist nicht viel, doch es wird reichen, um in der Stadt einen Neuen zu kaufen.“

Der Mann verneigte sich. „Habt Dank, Herr. Wären doch nur alle unsere Sorgen so einfach gelöst…“

„Der Zwerg war nicht euer einziges Problem?“

Der Mann trat einen Schritt zur Seite, sodass sie einen Blick auf das Mädchen werfen konnten. „Seht ihr die kleine Luise hier?“

„Sie ist sehr schüchtern“, entgegnete er. „Aber ich glaube, sie wird einmal eine stolze Zofe an einem königlichen Hof werden.“

„Oho“, lachte er. Zumindest sah es im ersten Moment danach aus, doch schnell wurde die Miene wieder dunkler. „Das ist vermutlich der Grund weswegen sie noch bei uns ist. Sieben. Sieben Kinder haben meine Frau und ich, hatten meine Frau und ich.“

„Das weißt du nicht, Herb“, fiel ihm seine Frau ins Wort. „Irgendwo dort draußen sind sie noch.“

„Nur weil du es nicht wahr haben willst,…“

„Was ist passiert?“

„Sie spielten auf dem Feld, das war in Ordnung, sie hatten uns gut bei der Ernte geholfen und ihren Spaß verdient. Doch ihr Springen, Schreien und Tanzen lockte etwas Großes aus den Bergen hervor.“ Er zögerte einen Augenblick, legte eine Hand auf das Haupt seiner Tochter und sprach dann weiter. „Sie hatte sich versteckt, erzählte mir was geschehen war. Es muss furchtbar für sie gewesen sein.“

Phil beugte sich zu der Kleinen herunter, ehe er zu ihr sprach. Er sah ihr dabei tief in die Augen. „Was hast du gesehen, wo sind deine Geschwister?“

Die Kleine antwortete nicht, zog sich lieber wieder hinter ihrem Vater zurück.

„Sie spricht nicht mit Jedem“, erklärte er. „Sie sagte etwas von einem großen hässlichen Mann.“

„Ein Oger?“

„Das wäre möglich“, sagte er. „Ich kann Frau und Kind nicht im Stich lassen, sonst wäre ich…“

„Nein“, unterbrach er ihn. „Ein Oger ist für einen einzelnen Mann viel zu stark.“

„Für uns ist das kein Problem“, sagte Tharael.

„Tjork Gold!“

„Ignoriert den Barbaren“, sagte Phil. „Wir wollen euer Gold nicht. Ihr braucht es mehr als wir.“

„Tjork nicht ohne Gold machen!“

„Du bekommst es von mir“, wehrte er den Einwand ab, dann wandte er sich wieder dem Bauern zu. „Kann sie uns die Stelle zeigen, wo er auftauchte?“, fragte er.

Auf dem freien Feld hinter dem Hof warteten Abdrücke im Schlamm auf sie. Penele sah darin die Fußspuren eines Ogers. „Ich werde dieses Vieh abschlachten!“, sagte sie. Ihm entging ihr verzerrter Gesichtsausdruck dabei nicht. Sie wusste, was ein Oger mit Kindern anstellen würde und er wusste, dass sie alles daran setzen würde Nevina vor einem solchen Schicksal zu bewahren.

Dennoch sah er den Zorn nicht gerne in ihren sonst so makellosen Zügen. „Fluchen bringt uns nicht weiter“, sagte er. „Wir sollten Ruhe bewahren und das Beste für sie hoffen. Möge Weya ihnen beistehen.“

„Ruhe?!“, begehrte sie auf. „Mit Ruhe lassen sie sich keine blutrünstigen Monster erschlagen!“

„Sie hat Recht“, pflichtete der Zauberer ihr bei. „Sicher hat er sie längst verspeist und wir können ihn nur noch heldengleich zur Strecke bringen.“

„Was?“, wunderte sich Giggles, der den Rest der Unterhaltung mitbekommen hatte. „Oger essen Kinder? Bah!“

„Das erzählt man sich, ja“, erklärte Tharael. „Man sagt auch, die ersten Oger sind aus verstoßenen Kindern entstanden. Man hat sie ausgelacht, gehänselt und vertrieben. Sie sind in die Berge geflohen und versteckten sich dort, verbargen sich und ihre grässlichen Gesichter, ernährten sich von der Trauer und dem Wunsch nach Rache, bis sie eines Tages von den Bergen zurückkehrten und beschlossen, die Kinder der Dorfbewohner, die sie einst verstießen, zu entführen und zu verspeisen."

Phil kannte die Geschichten um die Oger, doch in Sacre gab es seit Jahrhunderten keine Oger mehr. Dort wurde aber auch niemand verstoßen, erst recht nicht aufgrund seines Äußeren.

Die Spuren führten sie in eine abgelegene felsige Landschaft, in der sich eine Höhle befand. Schon aus der Ferne hörten sie das Rasseln von Ketten und lautes Stöhnen aus ihr erschallen. Ein Berg aus Knochen lag vor dem Eingang. Er wollte nicht wissen, wem oder was sie einst gehörten.

„Penele, du solltest mit Nevina hier warten", riet er.

„Niemals!", begehrte sie auf. „Ich werde ihn schlachten wie ein Schwein!" Wutentbrannt stampfte sie in die Höhle hinein, der Rest folgte ihr schweigend.

Ein Geruch von brennendem Holz und lautes Knistern kroch ihnen in der Dunkelheit entgegen. Der vermeintliche Oger hatte inmitten seiner bescheidenen Behausung ein Lagerfeuer entfacht, um sich in dem darüber hängenden Kessel seine Mahlzeit herzurichten.

Überall klirrten und klapperten Käfige, die frei von der Decke baumelten. In einem von ihnen entdeckte Phil einen kleinen Jungen. Er hockte in sich zusammengekauert und weinte leise vor sich her.

Eine riesige hässliche Kreatur, auch Oger genannt, mit einem schiefen narbenübersätem Gesicht und Schultern breit wie ein Kutschenbock, griff mit seinen fettgeschwollenen Fingern nach dem Käfig und zog den Jungen heraus. Dann hielt er ihn über den Kessel mit kochendem Wasser und machte Anstalten ihn hineinfallen zu lassen. Doch noch im selben Moment sprang die Elfe schreiend auf seinen Rücken und stach zu.

Brüllend ließ er Jungen dicht an der heißen Brühe vorbeifallen und drehte sich im Reflex um, wobei er Penele von sich warf und noch in der Drehung nach seiner Keule griff, die unweit des Feuers stand. Speichel tropfte aus seinem Maul und schleuderte durch die Luft, während er mit der Keule um sich schlug. Er verfehlte sie nur knapp, schleuderte sie mit der freien Hand hoch durch die Luft.

Phil sah mit an, wie sie hart aufschlug und wie erschlafft liegen blieb, ohne sich zu rühren.

Mit einem Satz sprang der Oger auf sie zu, schlug auf sie ein. Ein dumpfes Geräusch hallte durch die Höhle als der Hieb auf eine unsichtbare Barriere traf, abfederte und er mit Wucht seinen eigenen Schädel traf. Er taumelte, stürzte gegen die Felswand, fasste sich an den Schädel und versuchte sich neu zu orientieren.

Entschlossen raffte Penele sich auf, griff nach ihrem Dolch und warf sich wutentbrannt auf seine Brust. Sie stach ein zweimal fest zu, doch dann packte der Oger sie, drückte sie auf den Boden und stemmte sich mit all seinem Gewicht auf die Beine.

Giggles versuchte ihn abzulenken, schlug ihm den Morgenstern in die Schulter, so hart, dass er darin steckenblieb und er an ihm herabbaumelte, während der Oger sich erhob.

Kaum stand er, schlug ihm der Barbar die Axt ins Bein. Er verletzte den Oger, doch unbekümmert trat er den Barbaren von sich, holte den Zwerg von seinem Rücken hervor und sah ihn fest an.

Auch der Zwerg sah ihm in die Augen und wirkte wie abwesend.

Sie sahen einander an.

Plötzlich setzte etwas die Haare des Ogers in Brand, er ließ den Zwerg fallen und drückte schreiend beide Hände auf das brennende Haupt.

Tharael breitete die Arme aus und lachte, während er erneut einen Feuerball gegen die Bestie schleuderte.

Derweil rappelte sich Tjork auf, brachte ihn mit einem gezielten Schlag in die Kniekehle zu Fall und spaltete noch im selben Moment den Schädel, noch ehe der Oger wusste wie ihm geschah.

Phil rannte zu dem Jungen herüber, hockte sich neben ihm und sah ihm in die Augen. Der Schock klärte seinen Blick, ließ ihn in die Leere schweifen. Die Wangen waren nass und gerötet vom Weinen.

Als er ihn beruhigte hatte, sah er nach Penele.

Sie lag noch immer am Boden.

„Du blutest", sagte er zu ihr.

„Ist er tot?", fragte sie und ignorierte den Hinweis.

„Ja, das wärst du um ein Haar auch, wenn du…"

„Verdammt!", unterbrach sie ihn. „Ich wollte es tun." Sie sah ihn bei diesen Worten an und grinste.

„Ich habe ein wenig Verbandszeug dabei", sagte er.

„Tu, was du nicht lassen kannst."

Er sah sie einen Moment lang an ohne etwas zu sagen.

„So schlimm?", fragte sie ihn.

„Ich muss mich vergewissern, dass keine Rippen gebrochen sind…"

„Oh…"

„Es ist nicht mein erster Verband den ich so anlege“, erklärte er. „Viele Kriegsverwundete habe ich versorgt. Nur noch keine…“

Sie legte ihm die Hand auf die Lippen. „Es gibt immer ein erstes Mal“, sagte sie. „Aber die Anderen sollen weg sehen!“

Der Junge sprach den ganzen Weg zurück kein Wort. Er weinte nur.

Er weinte auch, als er seinen Vater fest in den Arm schloss.

Auch seiner Mutter rannen Tränen über die Wangen und Phil sah auch in den Augen des Vaters das Licht aufblitzen, als er ihm versicherte, dass sie für den Rest der Familie zu spät gekommen waren.

Schließlich zogen sie weiter, sie mussten nach Dagudar.

Phil klopfte dem Zwerg lobend auf die Schulter.

Der Zwerg blieb daraufhin stehen und sah ihn mit großen Augen an. Offenbar hatte er noch nie ein so großes Lob in seinem Leben erhalten. „Das hast du wirklich gut gemacht“, sagte er zu ihm und sah das Grinsen in seinem breiten Gesicht. „Du hast wirklich tapfer gegen den Oger gekämpft und das für eine gute Sache.“

„Ach, das war nichts Besonderes.“ Giggles wirkte verlegen.

„Pfosten ist sicher ebenso stolz auf dich.“

„Glaubst du?“

„Da bin ich mir sicher.“

Der Zwerg dachte eine Weile nach, dann verlor er sein Grinsen. „Weißt du“ begann er. „Ich habe etwas in den Augen des Ogers gesehen. Es hat mir ein wenig Angst bereitet."

„Hunger?", fragte er.

„Ohja", sagte der Zwerg. „Den habe ich schon lange."

„Nein, ich meine: war es sein Verlangen, was du in seinen Augen gesehen hast?"

Giggles zog die Schulter nach oben. „Ich weiß nicht… Es war einfach nur... etwas war darin."

„War es Angst? Hass? Oder Verzweiflung?"

„Oh ich weiß es nicht. Je mehr ich darüber nachdenke, desto mehr Hunger bekomme ich…"

„Dann lass uns über was anderes reden."

„Ich würde jetzt lieber etwas essen als zu reden."

„Die letzte Mahlzeit ist noch nicht lange her, du kannst keinen Hunger haben."

„Und wie", sagte der Zwerg.

„Du bist ein Zwerg, von wo kommst du?", lenkte Phil vom Thema ab.

Der Zwerg zeigte in eine Richtung. „Von dort, genau wie du."

„Sei nicht albern", sagte Phil.

„Ich bin nicht albern, sondern dumm." Der Zwerg kramte in seinem Beutel.

„Was tust du da?"

„Lass mich, ich habe Hunger." Er biss in den Schinken, den er hatte mitgehen lassen.

„Haben sie viel über dich gelacht?"

„Immer." Er schmatzte laut. „Sie haben gesagt, ich wäre ein Trottel und aus mir würde nie etwas werden."

„Hast du deswegen deinen Clan verlassen?"

„Der König des Dreigebirges hat mich ins Echse oder so geschickt."

„Ins Exil", verbesserte Phil.

„Kann sein." Er schluckte. „Nichts konnte ich. Im Wachposten schlief ich immer ein, weil es langweilig war. In der Mine verletzte ich mich immer. Es war sehr anstrengende Arbeit und die Spitzhacken sind sehr scharfkantig, weißt du? Und dann gab es noch die Brauerei." Er schien in Erinnerungen zu versinken. „Da war ich gerne", sagte er schließlich.

„Das glaub ich."

„Ja, aber da durfte ich nicht bleiben, wegen dem Echse. In einem Zwergenclan muss man funktionieren, weißt du?"

„Ja, das weiß ich. Ich kenne Zwerge…" Er sah wie der Zwerg einen großen Bissen hinunterschlang. „Und ich muss sagen, du bist durch und durch ein funktionierender Zwerg."

„Wirklich?"

„Ja."

Giggles hörte auf zu essen. „Wie ein richtiger Zwerg?"

„Ja, wie ein richtiger Zwerg. Wenn wir Tagalan vor dem Bösen bewahrt haben, nehme ich dich mit nach Sacre. Dort wirst du viele Freunde finden, das verspreche ich dir."

„Das würdest du tun?"

„Ich gebe dir mein Wort", sagte er und beobachtete wie der Schinken wieder im Beutel verschwand.

„Ich helfe dir so gut ich kann", sagte Giggles. „Weil ich dich mag."

Das Knistern des Lagerfeuers wurde von dem lauten Schnarchen des Zwergs übertönt.

Es war eine klare Nacht, in der man bis zu den Sternen sehen konnte und seinen Gedanken freien Lauf ließ.

Er sah wie Penele zu den Sternen auf sah und setzte sich zu ihr. „Du vermisst ihn, nicht wahr?“, fragte er.

Sie nickte nur schwach.

„Wir werden diesen Ritter finden, das weiß ich.“ Ihr Gesicht blieb unverändert. „Hast du sehr große Schmerzen?“, fragte er schließlich.

Sie sah von den Sternen herab und blickte ihn an. „Phil“, sagte sie. „Du bist ein sehr fürsorglicher Mensch, du scheinst dich wirklich um jeden sorgen zu wollen. Und doch weiß ich nichts über dich, wo du herkommst, wer du bist, nicht einmal ob Phil dein richtiger Name ist.“

„Bisher hat mich niemand danach gefragt.“

„Genau das meine ich. Stört es dich nicht jedem zu helfen, ohne dass sich jemand für dich interessiert?“

„Es ist nicht wichtig, wer ich bin oder was ich besitze, oder wo ich herkomme. Wichtig ist nur was ich in Weyas Namen bewirken kann.“

„Erzählst du es mir?“

Er holte tief Luft, um sich etwas Zeit zum Nachdenken zu verschaffen. Sein Leben bot kaum Ereignisse, die sich zu erzählen lohnten, noch wurde er je danach gefragt.

Sie sah ihn noch immer an. „Mir ist es egal, wo du beginnst.“

Er sah tief in ihre blauen Augen, die Sterne spiegelten sich darin. „Phil ist nur eine Abkürzung, eigentlich heiße ich Drosophilus Philopus.“

„Ha“, sie lachte. „Vor dem Namen würde ich auch davonrennen.“

„Er ist wirklich etwas gewöhnungsbedürftig und den meisten Menschen wohl zu lang, aber ich flüchte nicht. Weder vor meinem Namen, noch vor meiner Vergangenheit. Ich bin freiwillig hier."

„Wegen deiner Berufung? Dein Glaube ist wirklich stark, du verlässt ein friedliches Land wie Sacre, um nach Tagalan zu kommen, nur weil du einen Traum hattest."

„Es ist mehr als ein Traum." Eine Sternschnuppe glitt über das Panorama aus Lichtern. „Mein Vater war streng, aber gerecht. Er schimpfte mich stets einen Taugenichts, aus dem nie etwas werden würde. Vermutlich hatte er Recht, das wäre ich wohl ohne ihn geworden. Mit Acht steckte er mich in ein Kloster, damit wenigstens ein guter Mönch aus mir würde. Ich weiß, er tat aus Liebe zu mir, er wollte, dass ich Weyas Worten Gehör schenke und in ihrer Gunst lebe, damit auch ich ihren Glauben festigen kann. Es war eine Fügung, meine Bestimmung. Die Vielen, deren Leiden ich seither gemildert habe, werden nicht anders denken."

„Muss furchtbar langweilig gewesen sein, so ganz unter euch Kahlköpfen." Sie lächelte.

„Das war es nie. Die festen Gebetszeiten brachten Ordnung und Rhythmus in den Alltag. Ich lernte schnell Weyas Liebe und Gnade zu schätzen. Ich half wann und wo ich auch immer konnte. Mein Ziehvater nahm mich oft auf seinen Reisen mit, sodass ich viel von der Welt gesehen habe, vermutlich mehr als die Meisten. So lernte ich auch Sacre kennen, eine Stadt die allein Weya geweiht worden war."

„Klingt als hattest du Spaß."

„Oh bei Weya, den hatten wir."

Sie sah ihn fest an. „Und dann?"

„Mein Drang nach mehr Wissen führte mich nach Drako, eine große Stadt. Sehr modern, enorme Bibliotheken und viele Menschen, Elfen und Zwerge. Ich wurde in den Rang der Kleriker erhoben. Besser konnte ich es nicht treffen, aber es war ein wenig eintönig. Irgendwann suchte eine junge Frau meine Hilfe auf. Ihr Mann war im Krieg schwer verletzt worden. Sie wollte, dass ich seine Seele reinwasche." Er warf einen kleinen Stein in eine Pfütze. „Noch heute sehe ich diesen Blick vor mir." Er warf einen weiteren Stein. „Da wurde mir bewusst, dass ein Leben in der Stadt für mich auf Dauer nicht vorgesehen war, meine Vorhersehung war ein Leben als Wanderprediger. Ich musste helfen, so Vielen wie ich konnte. Egal ob Bettler oder Kranker, sie alle brauchten meine Hilfe."

„So wie du es in Tagalan versuchst…"

„Tagalan ist anders. Das Leid hier ist nicht mit den Leiden in meiner Heimat vergleichbar. Noch nie habe ich so viel Leid gesehen."

„Du hast keine Vorstellung, wie grausam das Schicksal in Tagalan wirklich sein kann."

„Das muss ich auch nicht wissen, wichtig ist nur, dass wir es beenden werden."

„Das werden wir! Tsch!" Sie fasste sich an den Verband.

„Ich sollte ihn wechseln und nachsehen wie die Wunde verheilt", sagte er und beugte sich zu ihr.

Sie lächelte ihn schwach an. „Da ist wohl Jemand auf den Geschmack gekommen."

„Sei nicht albern, mit einer Entzündung ist nicht zu Spaßen." Er schob ihr Oberteil nach oben und betrachtete den Verband. Er fühlte sich nass an, zeigte kleine rote Flecken.

Als er ihn abwickelte stieg ihm ihr Geruch wieder in die Nase. Er erinnerte ihn an Kirschblüten.

Ein Heuwagen hielt vor den Toren der Stadt an, verharrte eine Weile und setzte dann seinen Weg hinter den steinernen Mauern fort.

„Ihr seid die mit Abstand schwächsten Söldner, die mir je unter die Augen gekommen sind“, grüßte sie einer der Stadtwachen.

Hinter ihnen bildete sich bereits eine kleine Schlange von Wagen, deren Insassen die Wachen bereits zu kennen schienen und grüßten, dennoch wurde jede Kutsche ausgiebig inspiziert.

Die Wache musterte ihn von oben bis unten. „Ein Pfaffe?“ Er nickte schwach und dachte nach ehe er weitersprach. „Verstehe. Leichter kann man sein Gold wohl nicht verdienen. Doch in Dagudar werdet ihr nur mit Worten nicht lange genug überleben. Habe jedenfalls noch keinen von euch wieder rauskommen sehen, nicht das es mich stört oder so. Ist auch egal. Also, wer hat euch angeheuert? Der Markgraf oder die Gräfin?“

„Was? Nein“, entgegnete Phil. „Weder noch. Wir wollen nur zur Bibliothek mehr nicht. Wir sind, weder eine Gefahr noch eine Bedrohung, niemand wurde gebissen oder ist erkrankt.“

„Das ist immer noch meine Entscheidung, Pfaffe. Ist es nicht merkwürdig, dass ihr in diese verfluchte Stadt wollt, bloß um ein paar Bücher zu wälzen? Entweder verbergt ihr etwas oder ihr seid verrückt. So wie du aussiehst, würde ich sagen, ist dir eins deiner Weihrauchfässer an den Kopf geschlagen.“

„Was ist daran ungewöhnlich eine Bibliothek besuchen zu wollen?“

„Nichts“, sagte die Wache. „Aber niemand würde freiwillig in diese hier wollen. Das solltet ihr doch wissen.“ Phil schüttelte schwach den Kopf. „Ihr wisst es nicht? Ihr kommt nach Dagudar und habt noch nichts von dem Fluch gehört?“

„Das ganze Land ist verflucht, genau deshalb müssen wir in die Stadt.“

Die Wache verzog das Gesicht und dachte nach. „Also doch verrückt, ihr müsst Bücher lesen, weil das Land verflucht ist? Ja, mir egal. Dieser Fluch ist schlimmer als der schwarze Tod. Überall in den Gassen hört man Ketten rascheln, Geister jaulen durch die Straßen und Menschen verschwinden, als lösen sie sich einfach so in Luft auf. Und dann diese Biester, die überall auftauchen wie Ratten. Mit funkelnden Augen lauern sie in den Kanälen auf ihre Opfer. Immer mehr der Bürger fallen ihnen und diesen Gespenstern zum Opfer. Die Miliz ist zu schwach und zu wenig bemannt. Viele sind geflohen oder bereits verschwunden. Man sagt, der Markgraf würde alles geben, um die Stadt zu retten, doch wir sehen nur, wie er Unmengen an Gold für Söldner auszahlt, die fast täglich an den Toren warten. Menschen mit langen Kutten, großen Schwertern oder glänzenden Brustpanzern. Sie alle wollen das Schicksal der Stadt abwenden, doch keiner von ihnen wurde je wieder gesehen, nach dem sie einen Fuß in diese Stadt gesetzt haben. Es ist keine Schande, wenn ihr umkehrt. Was auch immer ihr in Dagudar zu finden erhofft, es wird nicht euer Leben wert sein.“

„Aber… Wie...?“

„Man erzählt sich viele Geschichten, nicht zuletzt, weil Geschichten zu erzählen das Einzige ist, was den Bürgern noch bleibt. Den Gerüchten nach soll die Markgräfin einen Pakt mit den abscheulichsten Kreaturen abgeschlossen haben, um sich am Markgrafen zu rächen und all seine Ländereien heimzusuchen."

„Deshalb die Frage, wer uns sandte", sinnierte der Zauberer.

„Wieso sollte sie das tun?", hakte Phil nach, eine Gemahlin würde nicht um den Besitz ihres Gatten geifern, noch Unschuldige sterben lassen.

„Man sagt, er habe sie mit einer einfachen Zofe hintergangen, mehrmals täglich. Muss ja ganz schön auf Zack gewesen sein die Kleine. Jedenfalls soll eine so leidenschaftliche Liebe entstanden sein, dass die Markgräfin nicht mit ihr umzugehen wusste. Daher der Pakt mit den Dämonen, sie halfen ihr all sein Hab und Gut zu verfluchen."

„Und ihr glaubt diese Geschichte?"

„Ehrlich gesagt, ich weiß nicht, woran ich noch glauben soll. Das Einzige was ich weiß, der Fluch, der ist echt…"

„Wir könnten mit dem Markgrafen sprechen."

„Niemand hat ihn seit jeher gesehen. Man sagt, der Fluch habe ihm den Verstand geraubt, ihn wahnsinnig werden lassen, bis er sich in seiner Kammer einschloss und nie wieder hervortrat. Also, wenn ihr was Gutes tun wollt, dann kehrt einfach um, ich würde es auch tun."

„Das können wir nicht, Weya hat uns in diese Stadt gerufen und nur ihre Worte können mich noch von ihr fernhalten."

Die Wache nickte. „Also doch ein Pfaffe. Deine Arroganz trieft dir bereits aus deiner Nase, aber nur zu, tut was ihr nicht lassen könnt. Wenn ihr in den sicheren Tod gehen wollt, werde ich euch nicht davon abhalten. Futter für die Ratten, mehr seid ihr für mich nicht. Nur Schade um das Gold, das sie euch geben, vielleicht findet es sich ja irgendwo bei euren Leichen.“ Er durchsuchte die Gruppe nach dunklen Flecken oder Bissspuren, um seiner Aufgabe als Wache gerecht zu werden. Es schien mehr eine Routine zu sein, der er folgen musste, als wirklich die Stadt schützen zu wollen. Als würde für ihn eine Plage oder Seuche in der Stadt mehr oder weniger nichts ändern. „Möge, wer oder was auch immer, euren Seelen gnädig sein“, waren seine letzten Worte ehe er sie passieren ließ.

Die Stadt fraß sich tief in seine Nebenhöhlen. Dagudar roch ebenso übel erregend wie der Hafen, nur blieb der Gestank von altem Fisch aus. Faules Obst, nasses Heu, Pflastersteine verfärbt vom Pferdemist, dazu ein paar offene Kanalisationsdeckel aus denen Ausdünstungen an die Oberfläche krochen. Die Stadt bot sich von einer Seite dar, die er genau so befürchtet hatte.

Er schluckte, als er an den leeren Ständen vorbei über den Marktplatz schritt.

Die Bibliothek war nicht sehr weit. Sie hob sich mit ihren Marmorskulpturen hinter dem Tor vom grauen Rest der Stadt ab.

Jubeln weckte ihre Aufmerksamkeit und zogen die Blicke zur Seite, weg von dem verzierten Gebäude.

Bürger hatten sich auf dem Platz eingefunden, wedelten mit den Armen, schrien oder klatschten Beifall, während sie den Worten des Herolds folgten.

„Bürger und Mitbürger“, las der kleine Mann von seinem Schreiben ab. „Wieder einmal ist es den fleißigen und tapferen Wachen des Markgrafen gelungen, einen Weiteren der dämonischen Widersacher unserer friedvollen Gemeinschaft bei der Ausführung dämonischer Taten zu fassen. Gemäß der neuen und recht schaffenden Gesetze unseres Markgrafen, soll der hier vorgeführte Barde der Unzucht beschuldigt und hingerichtet werden. Er sei erwischt worden, wie er mit zwei Nixen, einer Dämonin und der Markgräfin Unzucht getrieben habe. Gemäß des Gesetzes sollen seine schmutzigen Hände das Antlitz unserer Stadt nie wieder besudeln und sein baumelnder Leichnam all jenen Dämonen als Warnung dienen, die die Ländereien unseres Markgrafen heimsuchen wollen.“

Phil blieb wie angewurzelt stehen und traute seinen Ohren nicht. „Sie wollen ihn hängen?“

Penele stieß ihn an, damit er endlich weiterging. „Hast du nicht seine Anschuldigungen gehört?“

„Bei Weya! Er ist ein Mensch!“

„Ach, einen Elfen zu hängen wäre in Ordnung?“

„Du verstehst nicht. Egal ob Mensch, Elf oder Zwerg. Die Lebenden dürfen nicht über das Leben anderer entscheiden. Das ist Mord!“

„Phil“, seufzte sie. „Das hier ist nicht Sacre, schon vergessen? Hier gelten andere Gesetze, Gesetze die Leid und Elend eindämmen sollen. Ohne sie würde das Böse mit jedem Tag stärker.“

„Es sind nicht die Gesetze, die uns daran hindern sollen Böses zu tun, sondern die Vernunft“, sagte Phil.

„Phil… Gerade als du mir allmählich sympathisch wurdest, fängst du wieder mit deinem friedliebendem Geplapper an… Es wird uns nicht helfen auf das Böse bloß einzureden! Was, wenn wir den Dämonenritter finden, wirst du mir verbieten wollen ihm für seine Taten die Kehle aufzuschlitzen?“

„Gewalt ist keine Lösung und wird es nie sein. Gewalt ist nur der Grund für noch größere Gewalt.“

„Manchmal ist sie das schon!“

„Wenn es deinen Zorn schmälert, Dämonen sind Ausgeburten. Es sind keine Lebenden. Es sind Inkarnationen des Bösen, welche uns vom rechten Weg abbringen wollen.“

„Bist du jetzt fertig? Ich würde gerne weiter. Auf diese Klinge hier wartet noch eine Kehle.“

„Nein, ich bin nicht fertig. Wir müssen ihn retten.“

„Bist du verrückt? Sie werden uns gleich neben ihn hängen.“

Tharael stimmte ihr zu. „Sie hat Recht, Phil. Wir sollten uns lieber beeilen und die Bibliothek aufsuchen. Auf diese Weise können wir mehr Leben retten als nur dieses Eine.“

„Dann geht ohne mich weiter. Ein jedes Leben zählt.“

„Phil! Tharael, hilf mir ihn festzuhalten.“

Während die Beiden Phil zurückhielten, beendete der Herold die Anklage. „Die Großzügigkeit des Markgrafen gewährt dem hier angeklagten Justus von Eida nun seine letzten Worte an uns zu entrichten.“

„Ähm“, begann der Barde zu stottern. „Ich, ähm…“

„Nein!“, schrie Phil. „Ich werde es nicht zulassen, dass sie einen Unschuldigen ermorden!“

Alle drehten sich zu ihm um.

„Ich habs“, der Angeklagte grinste zwischen den Hölzern des Jochs hindurch. „Ich möchte, dass der da meine letzten

Worte spricht. Er sieht aus, als könne er viel, ähm, gut reden."

Fluchend lies Penele ihn los. „Du hast es nicht anders gewollt…" Etwas blitzte bei diesen Worten in ihren Augen, etwas was er nicht zuordnen konnte. War sie wütend auf ihn? Oder machte sie sich etwa Sorgen?

„Brüder und Schwester", ergriff er schließlich das Wort. „Dieser Mann mag von Lastern erfüllt sein, doch liegt es nicht in der Hand von Sterblichen ihn dafür zu richten."

Ein Raunen für durch die Menge. „Das ist Hochverrat!"

„Er stellt die Worte unseres Markgrafen in Frage!"

„So begreift doch", sagte er. „Es mögen schwere Zeiten und dunkle Taten sein, doch andere zu richten macht uns nicht besser als all die Plagen und Dämonen die uns heimsuchen. Seht ihn an und er sieht zu euch zurück."

Sie drehten sich um um ihn anzusehen, doch der Barde war verschwunden. „Der Dämon ist geflohen!"

„Der Pfaffe hat ihm zur Flucht verholfen!"

„Nieder mit ihm!", riefen sie.

„Phil", wandte sich Penele an ihn. „Wir sollten von hier verschwinden."

Noch ehe sie losrennen konnten, traten ihnen bereits die Soldaten des Markgrafen entgegen und stoppten sie. Jemand schlug ihm von hinten auf den Kopf und alles wurde schwarz.

Die Schwärze zog sich zurück und wich einer von Licht angehauchten Kammer mit Stäben in der Mitte. Der ganze Raum dröhnte von Decken und Wänden herab. Der dumpfe Klang presste sich fest auf seinen Kopf.

Er fasste sich an den Kopf und sah sich um. Schließlich fand er sich in einer kalten und feuchten Gefängniszelle wieder.

„Ich habe solchen Hunger“, jammerte Giggles. Enge Räume verursachten immer Hunger bei ihm.

„Sei endlich still“, herrschte Penele. „Ich will nicht, dass die letzten Worte die ich je hören werde, ich habe Hunger sein werden.“

„Liebkosender Tod, erlöse uns von den Qualen des Irdischen.“ Nevina malte geistesabwesend Kreise an die von Lehm besudelten Wände.

„Ich kann uns hier im Handumdrehen herausholen“, sagte Tharael.

„Dann schwafle nicht, tu es!“

Der Zauberer konzentrierte sich, schloss die Augen und hob die Hände vor sich. Blitze zuckten aus seinen Fingerspitzen, glitten über den Boden und kletterten am Stahl entlang, bis sie das Schloss erreichten und es fest umschlossen.

„Argh.“ Augenblicklich erlosch das Licht und er fiel ohnmächtig zu Boden.

„Ich werde noch verrückt!“ Penele sprang auf und schlug wild auf die Gitter ein. „Was seid ihr nur für ein erbärmlicher Haufen…“ Plötzlich sackte sie in sich zusammen, krümmte sich und fasste sich an die Wunde.

Phil stand auf, legte seine Arme um sie und zog sie zurück auf die Beine. „Bitte passe etwas mehr auf dich auf.“

Sie sah ihn an.

Er sah sie an.

Sie wollte etwas entgegnen, doch sie tat es nicht.

Ein Klirren riss sie aus ihrem Schweigen. Es erinnerte an das Rascheln von Ketten.

„Habt ihr das auch gehört?", erkundigte sich Giggles. „Es war wie ein…" Er schrak zusammen. „Seht nur!"

Wie aus dem Nichts stand eine weiße Frau vor ihnen. Ihr weißes Kleid und das schneeweiße Haar schimmerten und wirkten durchsichtig und doch war sie so weiß, dass ihr Anblick fast schmerzte.

Er stellte sich abschirmend zwischen sie und Penele. „Du bist nicht wegen ihr hier!"

„Phil?" Penele war verwundert mit welcher Entschlossenheit er sich der Gestalt stellte.

„Es ist eine weiße Frau", erklärte er. „Sie bringen Unglück, meist sagen sie den Tod von Sterblichen voraus."

Die weiße Frau schwebte durch die Zelle auf Nevina zu und legte ihre Hand auf ihr Haupt. Das Mädchen erstarrte, blickte in die Leere und sprach mit heller Stimme die Worte, die die weiße Frau ihr in ihren Verstand legte. „Ihr seid tapfer, junger Mann. Doch ihr könnt es nicht aufhalten. Es gibt kein Entrinnen."

Kaum waren die Worte gesprochen, verschwand die Gestalt und die kleine Elfin wirkte wieder völlig normal.

Sie sahen ihn fragend an, hofften er könne das Gesehene erklären. Doch er verstand es selbst nicht.

„Eine weiße Frau", versuchte er zu erklären. „Der Geist einer Verstorbenen, der sich nicht aus der Welt lösen konnte. Meist aufgrund eines traumatischen Ereignisses. Wenn sie jemandem erscheinen, prophezeien sie damit den letzten Tag desjenigen, dem sie erscheinen."

„Nett", sagte Penele. „Aber überflüssig. Wir wussten auch ohne sie, dass uns der Galgen droht."

„Ich habe ihr Leid gespürt“, sprach Nevina, ihre Stimme klang fade wie sie immer klang, wenn sie sprach. „Es war so traurig, so kalt, so grausam.“

„Die Seele einer weißen Frau wird durch Leid und Schmerz an die Welt der Sterblichen gebunden. Was immer ihr widerfahren ist, es war sehr schrecklich. Es tut mir leid, dass du es fühlen musstest, aber hab keine Angst uns passiert nichts.“

„Wir werden nur gehängt“, fuhr Penele fort. „Danke, Phil.“

„Hallo?“, rief jemand über den Gang.

„Noch ein Geist?“, wunderte sich Giggles und presste sich an die Gitter. „Hast du was zu essen dabei?“

„Was? Nein. Ich bin kein Geist. Jedenfalls noch nicht.“ Der junge Barde trat näher an die Zelle heran. „Mein Name ist Justus. Ihr habt mir das Leben gerettet, erinnert ihr euch?“ Es klackte, als er geschwind die Zellentür aufschloss. „Damit sind wir dann wohl quitt.“

Nacheinander traten sie mit fragendem Gesicht aus der Zelle. Phil stellte schließlich sich und die anderen vor.

„Du bist ein Mann von Ehre, Phil. Das gefällt mir. Nicht wie all die anderen Männer, die ich kenne“, sagte Justus. Doch dann entdeckte er plötzlich etwas. „Oh, wer ist diese Schönheit dort?“

„Das ist Penele“, sagte Phil.

„Sie ist wunderschön. Sie ist das Schönste, was ich je gesehen habe.“

„Also Justus.“ Phil reichte ihm die Hand. „Vielen Dank, dass du uns hier befreit hast, aber wie du schon sagtest, sind wir nun quitt. Außerdem müssen wir jetzt gehen, nicht wahr Penele?“

Die Elfin grinste.

„Penele?“

„Anscheinend hast du da einen kleinen Charmeur gerettet, Phil.“

„Ja, und er ist jetzt in Sicherheit“, sagte er. „Also Tjork, nimm bitte Tharael auf die Schultern, wir müssen zur Bibliothek.“

„Vielleicht sollte ich euch begleiten. Ohne jemanden, der sich in der Stadt auskennt, werdet ihr nicht weit kommen.“

„Das schaffen wir schon“, winkte Phil ab.

Penele grinste noch immer. „Er könnte uns den Weg zeigen.“

„Natürlich kann ich das“, entgegnete Justus. „Es gibt eine unterirdische Kanalisation, welche quer durch die Stadt führt. Wir wären im Nu an der Bibliothek, ohne von den Wachen gesehen zu werden.“

„Hey“, meldete sich Giggles zu Wort. „Du hast meine Frage noch immer nicht beantwortet. Hast du nun was zu essen oder nicht?“

„Nur diesen Apfel.“

Der Zwerg biss hastig hinein. „Also ich mag ihn.“

Phil seufzte. „Dann werde ich dich stützen, Penele.“

„Diese Bürde kann ich dir gerne abnehmen, mein Freund.“

„Hey!“, wehrte sich die Elfin. „Ihr nehmt Beide eure Hände weg! Ich kann selber laufen!“

Dank dem Orientierungssinn des Barden, war es ihnen gelungen innerhalb des Verlies ihre Waffen wiederzufinden. Mit ein wenig Überzeugungskraft des Barbaren bei den Wachen durften sie diese dann auch bei ihrer Flucht mitnehmen.

Nachdem jeder seine Waffe wieder hatte und auch der Magier wieder bei Bewusstsein war, führte sie Justus hinab in die Kanalisation von Dagudar.

Der beißende Geruch infiltrierte seine Nebenhöhlen und drückte ihm das Wasser aus den Augen. Nichts machte in den warmen und engen Kammern auch nur den Anschein, daran etwas ändern zu wollen. Im Gegenteil, der Weg unterhalb der Stadt nahm kein Ende, schien nicht enden zu wollen. Hinter jeder Ecke warteten Dreck, Matsch und andere Dinge auf ihn, die er lieber nicht gesehen hätte. Es war wie ein Albtraum aus dem er nicht aufwachte.

Er bemerkte den Blick der Elfin auf seiner Schläfe. „Wenigstens wird uns hier unten niemand entdecken", sagte sie tröstend.

„Niemand, habe ich nicht gesagt", wandte Justus ein. „Zumindest wird uns hier keine der Wachen finden."

„Aber ich dachte, der Weg sei sicher?"

„Sicher ist in Dagudar nur der Tod. Die Rattenmenschen sind im Moment jedoch das geringere Übel. Sie wollen einen zumindest nicht am Galgen hängen sehen."

„Rattenmenschen?", fragte sie.

„Ihr kennt sie nicht? Man erlebt kein Morgengrauen in der Stadt ohne nicht mindestens einem von ihnen begegnet zu sein. Sie sind überall. Hinter jeder Ecke. In jedem Winkel, in den kein Licht einfällt. Sie warten in den Schatten auf ihre Opfer. Sicher, sie sind nicht so gefährlich wie wütende Ehemänner, aber unterschätzen sollte man sie nicht."

„Dann versteckst du dich nicht zum ersten Mal hier unten?", fragte Phil.

„Ist das so offensichtlich?“, wunderte sich der Barde. „Diese Ratten sind der Fluch der auf Dagudar lastet. Sicher, ich weiß mit ihnen umzugehen, aber glaubt mir, mit ihnen ist nicht zu Spaßen.“

„Du weißt mit ihnen umzugehen?“, wiederholte Phil.

„Im Prinzip ist es recht simpel“, erklärte er. „Sie haben ein sehr empfindliches Gehör und reagieren gestresst auf schrille Laute. Man blähst einfach in eine Flöte wie diese und schon rennen sie davon wie die Hasen.“ Er holte eine Flöte aus der Tasche und hielt sie hoch. Sie wies einige Kratzer und Dellen auf. Phil glaubte, Bissspuren an ihr zu erkennen.

„Woher hast du sie?“

„Ähm“, er dachte kurz nach. „War ein Geschenk.“

„Deswegen dachten sie, du würdest mit den Dämonen zusammenarbeiten.“

„Die Menschen sind verzweifelt und dumm“, sagte er. „Wie sollten ein oder zwei Liebschaften, die ich eventuell hier und da hatte, schuld an mordhungrigen Kreaturen sein, die die Straßen von Dagudar heimsuchen? Da fällt mir ein, wie geht es dir Penele?“

„Bestens“, sagte sie nur.

„Falls du dich ausruhen möchtest, konnte ich auch einen recht angenehmen Schlafplatz anbieten.“

„Nein, wir sollten uns beeilen“, wandte Phil ein. „Du scheinst viele Geschichten zu kennen. Was weißt du über eine weiße Frau?“

„Ihr habt sie gesehen?“

„Ja, und du siehst aus, als wüsstest du, was es bedeutet.“

„Bei den Göttern. Dann seid ihr dem Tode geweiht. Wer genau hat sie gesehen?“

„Wir alle."

„Verstehe", sinnierte er. „Dann könntet ihr genauso gut in die Zellen zurückkehren."

„Du hast sie also noch nicht gesehen?"

Er tat als habe er die Frage nicht gehört, doch seine Mimik sprach etwas anderes.

„Was weißt du über sie?"

„Sie soll eine Mätresse des Markgrafen gewesen sein", sagte er schließlich. „Der Graf und ich, wir haben zwar ein paar Meinungsverschiedenheiten, aber Geschmack hat er..."

„Dann kanntest du sie?"

„Wer kennt sie nicht. Sie begegnet den Menschen in der Stadt, um die Sterbenden zu warnen. Und bei den Göttern, es sterben viele Menschen in der Stadt."

„Seelen wandeln nicht ohne eine traumatische Bindung zwischen den Welten. Was ist ihr widerfahren?"

„Was spielt es für eine Rolle? Ihr habt sie bereits gesehen, das ist mehr als ihr wissen müsst."

„Justus, ich bin hier um Weyas Worten zu folgen. Sie hat sich mir offenbart, weil sie meine Hilfe braucht. Und mit ihrem Beistand kann ich diese arme Seele erlösen, doch ich muss wissen, was ihr widerfahren ist."

„Also gut." Er seufzte. „Man sagt, der Markgraf verliebte sich unsterblich in sie, nachdem sie bereits zahlreiche Nächte zusammen verbracht hatten. So sehr, dass er ihr versprach sie zu ehelichen, sofern das Schicksal ihnen den Weg ebnen würde. Sie nahm ihn beim Wort und erstach ihren unehelichen Sohn, dessen Vater sie lange vor dem Markgrafen verlassen hatte. Sie dachte seine Worte verstanden zu haben."

„Was geschah dann?“

„Man fand die Leiche im Brunnen. Der Markgraf war entsetzt von der Tat. Er verlor augenblicklich jegliche Zuneigung zu ihr und ließ sie Anklagen. Noch während der Anklage, offenbarte sie ihre heimlichen Liebschaften und stellte die Tat als seinen Wunsch dar. Seine Gattin jedoch verstand den wahren Inhalt seiner Worte und schwor ihrem Gatten offenkundig das Ende seiner Herrschaft. Aus reiner Angst und Selbstliebe ließ er die Mätresse hängen und glaubte, so wieder den Frieden in seine Gemächer zu bringen. Doch die Markgräfin verschwand nach der Hinrichtung. Seit jenem Tag ist sie nicht mehr gesehen worden. Und dann kamen irgendwann die Ratten.“

„Das ist grauenvoll.“

„Es ist schlimmer als das.“ Er sah abwesend den Tunnel entlang.

„Wie war ihr Name?“

„Die meisten nennen sie Luise.“

„Wir sollten für ihre Seele beten…“

„Tjork Ohren!“, unterbrach sie der Barbar.

„Die Ratten“, warnte sie der Barde. „Sie kommen.“

Ein Quietschen und Trommeln schallte durch die Kanalisation und warf sich ihnen entgegen. Kurz darauf strömten riesige Ratten mit rotglühenden Augen aus der Dunkelheit und stürzten sich auf sie. Ihre Klauen scharf wie Messer und die spitzen Zähne zum Anschlag bereit, sich tief ins Fleisch ihrer Opfer zu bohren.

Ein schrilles Gelächter ertönte hinter ihnen und schallte durch die Tunnel, übertönte die Schreie seiner Begleiter. Er glaubte in der Dunkelheit eine schwarze Gestalt zu erkennen, verlor sie jedoch aus den Augen, als Penele ihn anstieß und eine der Ratten niederstach.

Auch den Anderen gelang es ein paar der Angreifer niederzustrecken. Bis schließlich Justus in seine Flöte blies und so die Kreaturen verjagte.

„Tjork Fell", gab der Barbar von sich und beugte sich über eine der Ratten. Doch der Barde hielt ihn zurück.

„Es sind Menschen", entfuhr es Phil.

Mit dem letzten Atemzug schwand auch der Fluch aus dem rattenähnlichen Wesen und offenbarte seine wahre Gestalt. Um sie herum lagen plötzlich überall tote Menschen, wo eben noch Ratten waren.

„Die Ratten", stammelte Phil. „Die Ratten sind die Menschen... Jemand muss sie verhexen... Vielleicht kontrolliert er sie sogar."

„Du glaubst eine Hexe hat das angerichtet?", fragte Penele.

„Ich glaube es nicht nur, ich habe sie gesehen. Jedenfalls ihren Schatten", entgegnete er.

„Und was wirst du tun?", fragte sie. „Wirst du nach ihr suchen, um mit ihr über Weya zu sprechen?"

„Wir müssen sie finden.", sagte er und überhörte die Anschuldigung. „Ehe noch mehr Unschuldige sterben werden."

„Wir müssen erst zur Bibliothek, mein Freund", erinnerte ihn Tharael. „Die Zauberformeln werden all das Leid beenden…"

„Wenn du einem Schatten folgen willst, den nur du gesehen hast, nur zu", warf der Barde ein. „Die Bibliothek ist gleich dort drüben."

Es war ein unbeschreibliches Gefühl durch die Reihen der Bücher zu wandern und dabei den milden Geruch von altem Papier wahrzunehmen. Er fühlte sich so leicht, als würde jedes der Bänder in den Regalen ihm frische Luft zuwedeln wollen.

„Es scheint niemand hier zu sein“, wunderte sich der Barde. „Also wonach genau sucht ihr? Es gibt Bücher über Musik, Geschichte, Liebschaften und andere praktische Werke.“

„Ich träumte von einem dicken Buch mit vielen Verzierungen“, sagte Tharael.

„Moment“, wunderte sich Justus. „Ihr seid in diese Stadt gekommen, weil euer Ohnmachtszauberer von einem Buch geträumt hat?“

„Nicht irgendein Buch“, sagte Tharael. „Es ist das eine Buch. Das Buch, das den Fluch aller Flüche brechen kann. Wenn ich es lese und erfahre wo die Schriftrollen sind, kann ich die Zauber darin erlernen und mit meiner Macht das Land retten.“

„Also ganz unter uns“, sagte Justus. „Bücher wären das Letzte wovon ich träumen würde. Du solltest vielleicht etwas mehr mit Frauen unternehmen. Verstehst du? Nur so ein Tipp.“

„In dem Traum war eine Frau, sie sagte ich solle hier nach dem Buch suchen.“

„Ah, geht doch. Wie sah sie aus?“

„Hilf mir einfach bei der Suche, ja?“, entgegnete er lasch.

Justus wandte sich an Phil. „Ganz unter uns, Phil. Mit deinem Zauberer stimmt irgendwas nicht. Er erinnert sich an das Aussehen eines Buches, aber das Antlitz einer Frau vergisst er…“

„Weya zeigt sich nicht gerne in all ihrer Fülle."

„Achja, ich vergaß, du träumst ja auch…"

Sie schlichen behutsam durch die Reihen der Regale. Buch für Buch zeigten sie dem Zauberer. Doch keines war das Richtige.

Stattdessen bemerkte er etwas über den Regalen. Es war wie ein Knattern. „Was war das?"

„Sie sind hier." Justus holte seine Flöte hervor. „Bleibt dicht bei mir und haltet eure Augen offen."

„Das ist es!" Tharael zeigte auf eine Glasvitrine am Ende des Ganges. Im Inneren befand sich ein angekettetes Buch. Es schwebte über dem Boden und zerrte an seinen Ketten. Es schien fast so, als wolle es in seine Arme schweben.

„Ähm, ich glaube nicht, dass sie es für Fernleihen anbieten, es sieht eher gefährlich aus."

„Das ist es. Da bin ich mir ganz sicher! Tjork könntest du…?"

„Tjork gut!" Als das Glas zersplitterte und der Barbar hartnäckig auf die Ketten einschlug, hallte ein bekanntes Gelächter durch den Raum.

Phil erkannte es sogleich wieder. „Da ist es wieder", sagte er.

Eine schrille Stimme ertönte. „Oh, mein lieber Justus. Wie ich deine Liebkosungen vermisst habe."

„Du kennst sie?", wunderte er sich.

„Äh, nein. Nicht mehr", sagte er schroff.

„Aber, aber. Es gibt keinen Grund es länger zu verschweigen, Justus." Eine schwarze Gestalt trat an ihn heran. Sie formte sich unmittelbar vor ihm aus einem der Schatten. Schwarz wie die Nacht, streifte das lange schwarze Kleid über den Boden. Es war, als würde sie über die Fliesen hinweg schweben.

Sie wich sich das pechschwarze Haar aus dem Gesicht und strich mit langen schwarzen Fingernägeln über seine Wange. „Du weißt doch wer ich bin. Küss mich, Liebster. Wir haben nichts mehr zu befürchten.“

Er wich zurück. „Nein. Ich weiß es nicht mehr. Sieh dich nur an. Du warst einst eine stolze ansehnliche Frau, doch was bist du jetzt?“

Sie kratzte ihn, als sie ruckartig die Hand zurückzog. „Du elender Lügner! Was hast du mir nicht alles versprochen! Nichts als Lügen!“

„Ich will nichts mehr mit dir zu schaffen haben. Versteh es einfach. Es ist vorbei.“

„Pah! So dankst du mir also die Rettung vor dem Galgen, wie?“

„Sieh dich nur an!“

„Pah! Es wäre nie soweit gekommen, hättest du ihn damals einfach erschlagen. Doch du warst feige! Ein Lügner!“ Sie trat zurück in den Schatten ehe sie weitersprach. „Wenn du so lügst wie sie, dann sollst du auch wie sie sterben!“ Sie riss die Arme hoch und scheuchte damit ihre Ratten auf. Sie ergossen sich unmittelbar aus allen Ecken der Bibliothek und strömten auf sie zu.

„Bei Weya, so viele Unschuldige…“, entfuhr es Phil.

Justus spielte auf seiner Flöte und hielt die Kreaturen auf Abstand.

„Die brauchst du jetzt nicht mehr!“ Die Hexe riss ihm das Instrument aus der Hand. „Du hast bereits verspielt, Justus. Ich werde mit Freuden zusehen, wie sie dir das Fleisch von den Rippen nagen.“

Die Ratten griffen an.

Einige von ihnen wurden niedergestreckt. Entsetzt sah er mit an, wie sich ihre leblosen Körper zurückverwandelten. „Bei Weya! Tötet sie nicht!“, rief er.

Es waren zu Viele.

Nevina schrie um ihr Leben, als eine der Kreaturen nach ihr griff. Penele warf sich ihr entgegen, fest entschlossen ihre Schwester zu retten. Immer wieder stach sie auf sie ein. Sie geriet derart in Rage, dass ihre Brust schmerzte und sie den Dolch fallen ließ.

Eine der Ratten hockte sich auf sie und hielt sie fest umklammert. „Nein!“, schrie Phil.

Das Fauchen der Ratte übertönte ihn.

Er erinnerte sich an den Dolch, den sie ihm gegeben hatte. Sie brauchte ihn.

Seine Hand wanderte in seine Tasche, schob das Gebetsbuch zur Seite und holte den Dolch hervor.

Die Welt stand still, als er das Blut an seinen Händen sah und eine leblose Frau vor ihm zusammensackte.

Er zog den Dolch heraus. „Weya, vergib mir…“

Er erstarrte.

Penele sah ihn flüchtig an, sammelte ihre Kräfte und stand auf. Dieser Kampf musste ein Ende finden.

Sie nahm Pfeil und Bogen zur Hand und legte an. Mit nur einem Schuss streckte sie die Hexe nieder.

Stöhnend fiel sie auf den Boden. „Wie kann eine einfache Mätresse wie du, mich bezwingen?“

Der Zauber war gebrochen. Eine nach der anderen Ratte wurde wieder zu einem Menschen. Nach nur einem kurzen Augenblick standen sie inmitten nackter Bürger, die einander fragend ansahen.

Doch als Penele sich umsah, war die Hexe verschwunden. Sie wandte sich ab und nahm den stotternden Phil in ihre Arme. Sie tröstete ihn wie eine Mutter ihr Kind tröstete. „Phil…“, sagte sie immer wieder zu ihm, doch er reagierte nicht.

Währenddessen suchte der Zauberer zwischen den Scherben nach dem Buch. Es war verschwunden.

„Was machen wir jetzt?“

Der Barde hatte sein Wort gehalten und ihnen nach dem Angriff in der Bibliothek einen sicheren Unterschlupf anbieten können. Sie übernachteten bei einer Bekannten, wie er sie nannte.

Jene Bekannte besaß erstaunlich viele Zimmer und ein dutzend Mitbewohnerinnen, die dem Anschein nach nicht viel von warmer Kleidung hielten. Jede von ihnen grüßte ihn, freute sich sehr ihn wieder zu sehen. Sie boten ihnen Speisen und Trank an, und auch ein paar Betten in abgelegen Zimmern.

„Wir?“, wunderte sich Tharael. „Ein wir wird es wohl kaum geben. Ich denke, du hast bereits genug getan.“

Giggles schmatzte laut. Die Wildschweinrippchen waren gut angebraten und die cremig braune Soße zerfloss wie zartes Vanilleeis auf seinem Gaumen.

„Du hättest uns wenigstens von ihr erzählen können“, fuhr der Zauberer fort.

„Wozu?“, entgegnete Justus. „Ich bin niemandem Rechenschaft schuldig, noch muss ich irgendjemandem meine Liebschaften offenbaren. Es ist mein Leben, nicht deines.“

„Ich wollte auch nicht wissen, wie liebenswert sie wahr, sondern was aus ihr geworden ist!“

„Du hast keine Ahnung, wie sie war oder wozu sie fähig ist, aber das war sie wirklich…“ Er blickte verträumt an den roten Wandteppich. „Ich weiß nicht, wann und wie sie so geworden ist, ich verstehe auch nicht, warum sie so wütend ist. Ich weiß nur, ich mochte sie, zumindest früher einmal.“

„Ich mag dieses Hähnchen“, warf der Zwerg ein. „Es ist so knusprig gebacken. Wobei die Rippchen sind auch gut.“

„Hör zu“, sagte Tharael. „Das Einzige was mich an dieser Geschichte interessiert ist, wo sie mit dem Buch stecken könnte. Das Buch ist alles, worum es hier geht. Verstanden?“

„Das weiß ich nicht…“

Giggles schluckte. „Kannst du nicht einfach wieder schlafen und von dieser Frau träumen? Klappt bestimmt.“

Die Beiden sahen den Zwerg fragend an. „Du solltest definitiv mehr essen, Giggles. Du bist schon richtig schmal um die Brust geworden“, feixte Tharael schließlich.

„Wirklich?“ Der Zwerg erhöhte seine Kaugeschwindigkeit.

„Also gut, was weißt du noch über sie?“

„Du meinst die Markgräfin? Sie hat ganz bezaubernde…“

„Das will ich nicht wissen!“, unterbrach er den Barden. „Gibt es einen Ort an dem sie sich gelegentlich aufhält?“

„Ehrlich, ich weiß es nicht“, sagte Justus. „Aber ich kenne da jemanden der wissen sollte, wo sie steckt. Es ist immerhin seine Frau.“

„Du redest von dem Markgrafen? Ich dachte, er lässt niemanden zu sich?“

Er grinste. „Es gibt ein paar sehr nette Zofen in der Stube des Markgrafen. Sie werden mich gerne einlassen.“

„Und dann? Weiß der Markgraf von der Sache mit dir und dieser Hexe?“

„Ach das... Wenn er nur halb so durch ist, wie alle sagen, dann wird er mich gar nicht erst wiedererkennen.“

„Du gehst auf keinen Fall alleine, die Sache ist zu wichtig als dass du dich von einer Zofe ablenken lässt.“

„Was soll das denn heißen?“

„Nur so ein Gefühl... Wir sollten auf Phil warten. Im ernst, du solltest ihm das Reden überlassen. Reden kann er.“

„Das habe ich am Galgen gesehen“, entgegnete Justus. „Denkst du er kommt über die Sache in der Bibliohtek hinweg? Es hat ihn ziemlich mitgenommen.“

„Penele ist bei ihm. Sie wird das schon schaffen.“

„Verstehe“, grinste er.

„Tschuldigung“, meldete sich Giggles. „Hat deine leicht bekleidete Bekannte vielleicht noch etwas zu essen? Das war nicht sehr viel für einen Zwerg.“

Stumm glitt das Licht der Abendsonne gedimmt durch die roten Vorhänge am Fenster. Ein stiller Hauch von Parfum erhob sich aus den weichen Kissen und breitete sich ebenso unbeachtet aus wie das Licht der untergehenden Sonne.

Schweigend saßen sie zusammen auf der Bettkante und betrachteten gemeinsam die Leere.

„Phil?“, versuchte sie es schließlich.

Er reagierte nicht.

„Phil?“

Nichts.

„Phil!“, herrschte sie ihn an. „Reiß dich zusammen, Phil.“

„Ich habe gemordet“, stammelte er. „Verstehst du? Gemordet. Eine Unschuldige…“

„Phil, du hast…“

„Gemordet“, beendete er ihren Satz und presste anschließend wieder die Lippen fest aufeinander.

Sie nahm seine Hand, hielt sie fest und sprach: „Als ich dir den Dolch gegeben habe, sagte ich dir, dass es Situationen gibt, in denen man handeln muss, weil Worte nicht reichen.“

„Ich wünschte, ich hätte es nicht getan.“

Sie sah ihm in die Augen. „Dann wäre ich jetzt tot“, sagte sie. „Du hast mich gerettet, Phil.“

Sein Blick blieb unverändert starr.

„Noch nie ist mir jemand wie dir begegnet. Du strahlst Ruhe und Gelassenheit aus. Du möchtest es jedem Recht machen und alle retten. Du riskierst dein Leben, um das Leben eines völlig Fremden zu retten. Du bist etwas ganz Besonderes, Phil.“

„Penele, ich…“

„Pssst.“ Sie presste ihm den Finger auf die Lippen. „Ich sagte doch, es ist nicht immer die Zeit für bloße Worte.“ Dann küsste sie ihn.

Er wich zurück und sah sie erschrocken an. Sein Puls raste, überschlug sich, das Herz schlug ihm beinahe zum Halse hinaus. Doch dann beruhigte er sich, drückte ihre Hand und küsste sie.

Sie umarmten einander und lehnten sich zurück.

Der Moment kam weniger überraschend als er zunächst den Anschein weckte. Sie hatten gespürt, dass zwischen ihnen etwas gewachsen war, dass nun hervorbrechen wollte.

Sie hatten es Beide gewusst und sie fühlten es Beide. Sie wollten es Beide.

Nie würde er ihr Lächeln vergessen, als er sie behutsam entkleidete.

Die sonst so jähzornige Elfin, erwies sich als viel zärtlicher als er es für möglich gehalten hatte.

Sie strich ihm durch das Haar. „Ich will dich nicht verlieren", sagte sie und dann liebten sie einander.

Irgendwann schliefen sie fest umschlungen ein und auch der letzte Sonnenstrahl wich dem kühlen Mondlicht und dem Funkeln der Sterne.

Als sich der Schleier der Nacht über seinen Verstand legte, träumte er von ihrer zarten Haut und dem charmanten Lächeln als er sie küsste. Sie begann zu leuchten, immer heller, bis ihr Leuchten ihn blendete und er die Augen schloss.

„Sieh mich an, Phil", rief ihn eine bekannte Stimme. Sie klang sanft und sorgsam. Und es war nicht Penele.

Die Göttin selbst stand vor ihm. Er erkannte ihre Krone aus Weizen und die aschblonde Tunika.

„Vergib mir, Weya", flehte er.

„Phil, deine Reise hat gerade erst begonnen, doch schon zeichnen sich die ersten Narben auf deiner Seele nieder. Es ist das Land, Phil. Es ist verflucht, es weiß von deiner Präsenz und stellt dich und deinen Geist auf die Probe. Es will dich brechen, dich verbiegen, dich vernichten. Du musst stark sein und widerstehen. Nur du allein kannst es schaffen. Befreie deinen Geist von allen Bürden, die dir dieses Land auferlegen vermag und glaube an deine Bestimmung. Du wirst weder das Land noch sie retten, wenn es auch dich befällt."

Das Licht erlosch und mit ihm verschwand auch Weya. Dunkelheit blieb zurück, als sie verschwunden war.

Ein zärtlicher Kuss weckte ihn, lenkte seinen Blick und fiel tief in ihre Augen.

„Jenny, meine Liebe", empfing Justus liebkosend die Kammerzofe des Markgrafen.

Ihr Gesicht färbte sich rot, passte sich den roten Haaren an und hob die Sommersprossen hervor. Kichernd stieß sie ihn von sich. „Jetzt ist wohl kaum der richtige Moment dafür, findest du nicht?"

„Und doch können wir den Moment genießen."

„Du verstehst nicht", sagte sie. „Es ist furchtbar."

„Bitte fang nicht wieder damit an. Du weißt, ich will mich nicht binden."

„Das meine ich nicht. Viele der Bediensteten sind spurlos verschwunden. Im einen Moment sagen sie etwas von einer weißen Frau und dann husch, sind sie fort und ich habe sie nie mehr gesehen. Ich habe solche Angst."

„Das brauchst du nicht. Ich habe einen Mann mitgebracht, der sich mit Gespenstern auskennt. Böse Geister und Spukereien sind keine Hindernisse für ihn. Sicher kann er die weiße Frau austreiben, nicht wahr?"

„Eigentlich kenne ich weiße Frauen nur aus Büchern", sagte Phil. „Bei uns in Sacre ist schon ewig keine mehr erschienen."

„Was? Konntest du das nicht früher sagen? Wie stehe ich denn jetzt dar?"

„Wie der, der du bist", feixte Tharael.

„Sehr witzig", sagte Justus. „Das ist übrigens der größte Zauberer, den das Land zu bieten hat. Niemand wird so schnell ohnmächtig wie er. Abgesehen davon träumt er gut und gerne. Am liebsten von prallen Büchern."

„Mach dich nicht über mich lustig, mein Zorn könnte dich zerschmettern."

„Schon gut, schon gut. Was er damit sagen will, was der Kahlköpfige hier nicht schaffen wird, das schafft er."

„Freut mich die Herren kennenzulernen."

„Keine Sorge, so gut wirst du sie nicht kennenlernen müssen", winkte der Barde ab. „Ist zufällig die Markgräfin im Hause?"

„Schon ewig nicht mehr", entgegnete Jenny. „Sie ist eines Tages verschwunden. Vielleicht ist sie von einer Klippe gesprungen, vielleicht die weiße Frau oder die Ratten. Wer weiß das schon. Ich meine, niemand hat sie je wieder gesehen."

„Ähm… Das stimmt nicht so ganz."

„Was!", empörte sie sich. „Du besuchst sie und mich nicht?"

„Jenny… ich bin ein freier Mann und freie Männer…"

„Spar dir den Atem. Wenn du wegen ihr hier bist, dann kannst du gleich wieder gehen."

„Nicht, nicht, nicht direkt", stotterte er. „Wir wollten eigentlich zum Markgrafen."

„Ihre Durchlaucht empfängt aber niemanden. Ständig ist diese Neue bei ihm. Sie nimmt das Essen entgegen und lässt nicht einmal mich in seine Nähe kommen."

„Vielleicht ist sie nur vorsichtig…", sagte Justus. „Ich meine, ich kenne dich..."

„Justus, ihre Durchlaucht hat mich vielleicht ein oder zweimal angesehen, mehr war aber nicht. Ich liebe dich, nicht ihn."

„Es ist wichtig, dass wir zu ihm können“, schritt Phil ein. „Er kann uns dabei helfen, den Fluch zu brechen.“

„Das behauptet Jeder, der so ein Gewand trägt“, sagte Jenny. „Doch niemand scheint es zu schaffen.“

„Er sagt die Wahrheit“, pflichtete der Barde ihm bei.

„Justi… Selbst wenn es stimmt, dieser Posten ist mir wichtig. Ich kann nicht einfach alles aufs Spiel setzen.“

„Das musst du auch nicht. Beschaffe uns nur eine Gelegenheit. Mehr nicht. Den Rest erledigen wir.“

„Sie nannte dich Justi“, lachte Tharael. „Was für ein Name.“

„Ha! Sie nennt mich noch ganz anders, glaub mir. Sie gibt mir Namen, die dir deine Bücher niemals geben würden.“

Sie schlenderten über die Flure. Der dicke Teppich unter ihren Füßen knirschte und Phil glaubte seinen modrigen Geruch wahr zunehmen. Auch die Dielen und Vasen an den Seiten sahen nicht aus, als wäre das Personal besonders gründlich in der Reinigung. Hier und da legte sich ein leichter grauer Schimmer Staub auf das Mobiliar.

Penele blieb vor einer der Türen stehen. „Das muss das Zimmer sein“, sagte sie. „Jemand eine Idee, was wir jetzt machen?“

Giggles klopfte an die Tür.

„Spinnst du? Was soll das?“

„Ich dachte, wir wollen da rein. Vielleicht haben sie ja was zum Essen da.“

Niemand antwortete.

Giggles klopfte noch einmal an. Alle sahen ihn stumm an und schüttelten den Kopf.

Wieder antwortete niemand.

Nach einem kurzen Augenblick hörten sie Peitschenhiebe aus dem Inneren. Jemand schrie.

Justus sah in sein verzerrtes fragendes Gesicht und unterbrach ihn noch ehe er etwas sagen konnte. „Ich weiß, dass ihr Pfaffen nicht viel wisst", sagte er. „Zumindest nichts was manche Dinge angeht, aber glaub mir, das heißt nicht unbedingt, dass es ihm schlecht geht." Penele trat die Türe ein. „Wir haben keine Zeit für diesen Unfug. Sieh einfach weg, Phil."

Doch Phil sah nicht weg. Er sah den Markgrafen angekettet an ein Kreuz, Mager bis auf die Rippen. Er schrie während ihn jemand blutig peitschte.

„Ungeduldige Gespielin", fauchte sie jemand an. „Ich sagte doch, niemand darf hinein!" Eine junge Frau trat an sie heran. Ihr rotes Kleid mit weitem Ausschnitt verschlug den Männern den Atem, sie blieben erstarrt stehen ohne sich rühren zu können. „Was haben wir denn hier? Weitere Gespiele?"

Sie umtänzelte den Barden.

Phil sah, wie sein schwacher Geist ihr verfiel. „Was geht hier vor?", herrschte er sie an.

Augenblicklich ließ die Dame von ihrer Beute ab und näherte sich ihm. „Ein Pfaffe? Was macht ein Pfaffe hier?" Sie starrte ihm tief in die Augen. „Doch halt, was ist das? Du bist nicht unberührt. Du kennst das Fleisch und seine Versuchung."

„Phil! Sieh sie nicht an!"

„Oh, eine Elfin?" Sie lachte.

„Oh gehörnte Dienerin der Ewigkeit", durchbrach eine kleine Stimme ihr Gelächter. Nevina trat ins Zimmer.

„Nevina du solltest draußen bleiben!"

„Erlöse uns von unserem Leiden."

„Ein Kind?" Die Frau quietschte. „Nein! Was macht ein Kind hier?"

Phil wusste warum sie keine Kinder in ihrer Nähe haben wollte, denn Kinder sahen etwas in ihr, das sie vor den anderen verbergen konnte. Entschlossen schritt er auf sie zu, die Linke erhoben und in der Rechten sein Gebetsbuch las er einen der Verse Weyas vor und übertönte damit das entsetzliche Schreien.

Es zeigten sich Hörner und Schweif an ihr. Noch im selben Moment bröckelte der Zauber von dem Verstand der anderen und sprengte ihre Fesseln.

„Eine Succubus!", entfuhr es Justus. „Interessant."

„Das ist die Frau aus meinem Traum", stellte Tharael entsetzt fest. „Sie führte mich in diese Stadt. Und sie hat mir von dem Buch erzählt."

Phil ließ die Hand sinken. „Bist du sicher? Eine Succubus würde uns nicht helfen das Land zu retten."

Sie lachte. „Ihr Narren habt ihm wirklich geglaubt? Ihr habt doch nicht den leisesten Schimmer was hier vor sich geht, nicht wahr?" Sie breitete ihre pechschwarzen Schwingen aus. „Dieses Buch war mit einem Bann belegt, der mich an diese Stadt fesselte. Doch nun, da ihr das Siegel gebrochen habt, bin ich endlich frei!"

„Du hast mich belogen! Ich dachte, dieses Buch enthält die Standorte der verbliebenen Schriftrollen."

Sie lachte. „Mir doch egal was da drin steht. Mag sein, dass es dort geschrieben steht. Mag auch nicht sein. Hauptsache ihr Narren habt den Bann gebrochen!" Sie wandte sich dem Markgrafen zu. „Er ist ohnehin zu schwach geworden. Hält einfach nichts mehr aus. Außerdem beginnen die Bürger allmählich an seinen Worten zu zweifeln", sagte sie. „Das macht doch keinen Spaß." Ihr spitzer Schweif durchbohrte die Brust des Mannes.

„Luise", hauchte der Markgraf ehe er zusammensackte.

Wie aus dem Nichts erschien die weiße Frau vor ihm, löste seine Ketten und empfing ihn in ihren Armen. „Es tut mir so leid, Luise", sagte er. Seine Hand strich über ihre Wange.

Die weiße Frau weinte, stützte seinen Kopf und sah, wie er schließlich in ihren Armen starb.

„Wie rührend", fauchte die Succubus. „Als habe er sie je geliebt. Wie dem auch sei. Ich bin hier fertig. Betrachtet euer Leben als meinen Dank." Sie breitete ihre Schwingen aus, erhob sich und flog durch eines der Fenster auf und davon.

Phil trat an den Markgrafen und die weiße Frau heran.

Sie nickte, nahm seine Hand und sprach durch ihn, wie sie es in der Gefängniszelle durch Nevina getan hatte. Er spürte dabei das Leid, welches sie an die Welt der Sterblichen band. Es fühlte sich kalt an, leblos und es stach wie ein Bett aus lauter feinen Nadeln. „Er hat mich immer geliebt", sagte sie durch ihn. „Das weiß ich jetzt. Er ist jetzt für immer bei mir. Doch ihr müsst sie aufhalten, seinen Tod vergelten. Ihr müsst nach Bidor. Dort werdet ihr finden wonach ihr sucht. Geht dort hin und sorgt euch nicht um Dagudar. Ich werde in seinem Namen über die Stadt wachen." Dann verschwanden sie und mit ihr verschwand auch der Körper des Markgrafen.

„Möge Weya ihren Seelen beistehen", verabschiedete er sie.

III

„Wenn die Dunkelheit Wellen schlägt, sei mein Licht dir wie ein Leuchtturm und mein Wort dir wie ein Anker."

Tage vergingen, während die kleine Gruppe umherzog, auf der Suche nach einer Überfahrt zur Insel Bidor. Ihre Suche führte sie zur Hafenstadt Angor. Dort, so erzählte man sich, sollten viele tüchtige Schiffe vor Anker liegen und ein ganzer Haufen aus strahlenden Seemännern leben, die nur darauf warteten, Passagiere wie sie für kleines Geld nach Bidor übersetzen zu können.

Die Stadt war noch nicht erreicht, da stieg Phil bereits ein übler Geruch aus altem Fisch in die Nase und er versuchte sich ein Bild der Bucht auszumalen.

Die Bauern, die sie auf ihrer Reise getroffen hatten, erzählten aus der lebhaften Vergangenheit der kleinen Hafenstadt. Angor war nicht bloß eine kleine Bucht, die das Meer vom Festland trennte, sie trennte auch zwei Länder voneinander. Das Königreich Bandor, unter der Führung von König Beduin und das Königreich Utai, unter der Führung von König Agaran. Dem sollten sie sich bewusst sein, wenn sie sich auf den Weg dorthin machten. Die Stadt lag nicht nur an der See, sie war durch die beiden Königreiche auch ebenso launisch. Frieden war in der Stadt wie eine Ebbe, in der alles offen lag, die Menschen aus ihren Häusern hervortraten und Handel betrieben, angelten nach Fischen und Krabben und genossen das ruhige Leben. Doch wenn keine Ebbe herrschte, so herrschte die Flut, in der das Land von Soldaten, Macht und Gewalt überschwemmt wurde. Wenn der Krieg ausbrach, weil sich eines der beiden Königreiche ihr Eigentum nehmen wollte, war Angor wie leergefegt. Unzählige Male in der Geschichte Angors sollte der Gezeitenwechsel und damit auch der Besitzer der Stadt gewechselt haben.

In der Zeit als Phil und seine Freunde eintrafen, gehörte Angor zum Königreich Bandor und es schien so etwas wie Ebbe zu herrschen. Zumindest roch er das Meer und den Fisch...

Völlig außer Atemn rannte der kleinen Gruppe ein Mann in zerlumpter Kleidung entgegen. „Herr", grüßte er sie. „Habt Mitleid mit mir und meiner Familie." Phil versuchte den Mann zu beruhigen, doch er sprach einfach weiter. „Wir hungern seit Tagen ohne Aussicht auf Besserung."

„Dann solltet ihr Fischen, nicht betteln", wunderte er sich. „Ihr seht aus wie ein fleißiger Fischer, warum fahrt ihr nicht hinaus auf die See und angelt euch euer Abendbrot, statt hier auf der Straße auf einen Haufen Reisende zu warten?"

Der Mann schüttelte eifrig den Kopf. „Das habe ich. Unzählige Male. Es gibt nichts mehr, was man an Land zerren könnte. Die See trägt keine Früchte mehr. Weder Dörr noch Krabbe, nicht einen Fisch gibt es mehr im Meer."

Er glaubte ihm nicht, sah aber wie sehr der Fischer Hunger litt und nahm seinen Geldbeutel aus der Tasche. Der Blick des Mannes blieb starr auf seine Hände fixiert, während er ein paar Münzen abzählte. „Es ist nicht viel, doch es sollte euch helfen. Bis ihr wieder fischen könnt."

„Habt Dank, Herr." Das Geld verschwand augenblicklich in einer der Taschen.

„Dankt nicht mir, dankt Weya, dass sie mich zu euch geleitet hat."

Der Fischer wandte sich ab, doch Tharael hielt ihn zurück. „Wir sind auf dem Weg nach Bidor", sagte er. „Man sagte uns, es gäbe hier ein Schiff."

„Es gibt viele Schiffe in Angor", der Mann sah abwesend zu den Docks herüber. „Doch Keines wird je wieder auslaufen."

„Nicht auslaufen? Was soll das heißen?"

„Die Matrosen sind tot. Zumindest die Meisten von ihnen. Die, die es noch nicht sind, besaufen sich von früh bis spät und beglücken die Wirte."

„Aber wie…?"

„Das müsst ihr sie selbst fragen, vorausgesetzt ihr findet einen von ihnen, der noch in der Lage ist zu sprechen."

„Was ist mit dir?", versuchte Tharael es weiter. „Wie weit fährst du hinaus? Wir zahlen gut, wenn du uns bis nach Bidor bringen kannst."

„Niemals! Kein Gold der Welt bringt mich so weit hinaus! Kein Fischer mit einem halbwegs gesunden Verstand fährt mehr als zwei Meilen hinaus. Die, die der Hunger weiter hinaus treibt, kehren nicht lebend zurück. Nur die See und die schwachsinnigen Matrosen wissen, was dort draußen mit ihnen und ihren Booten geschieht. Ich habe Frau und Kinder zu versorgen, ich kann es nicht riskieren sie alleine zurückzulassen."

„Es gibt keine Möglichkeit euch zu überreden?"

„Niemals! Kein Gold der Welt ist den Tod wert."

„Weißt du, wo wir einen der Matrosen finden können?"

„In der Wirtschaft", lachte er. „Wo auch sonst. Ich zeige euch den Weg, aber macht euch keine Hoffnung, die Matrosen dort sind nicht gesprächiger als die Toten selbst."

Eine Wolke aus Rauch und Lärm warf sich ihm entgegen. In jeder Ecke sang und trank man, keine Spur von Hungernot, Trauer oder Panik, wie sie der Mann auf der Straße verbreitete.

Man genoss das Leben.

Leicht bekleidete Frauen tanzten auf den Tischen und wurden von grölenden Matrosen umjubelt.

Den Leuten hier schien es zu gefallen. Doch es war kein Ort, an dem er sich gerne aufhielt. Es gab keinen Verstand, der hier noch zu arbeiten schien und das Gold wurde nahezu sinnlos verprasst. Noch dazu roch es dermaßen intensiv nach Schnaps und altem Leder, dass ihm beinahe schlecht wurde.

Jemand rempelte ihn an und er bemerkte, wie etwas Kleines durch die Nebelschwaden an ihm vorbei huschte. Vermutlich jemand, der vor dem Geruch von Tabak und Alkohol flüchtete.

„Ein munterer Haufen ist das hier“, schrie ihm der Barde entgegen. „Und diese Wonne.“ Eine der Tänzerinnen lächelte ihm zu, woraufhin er sich sogleich verabschiedete und sich zu ihr an den Tisch begab.

„Gute Idee“, sagte Phil. „Teilen wir uns auf und suchen jemanden zum Reden.“ Er vergewisserte sich, dass die anderen ihn verstanden hatten und näherte sich einem der Matrosen in der hinteren Ecke des Gasthauses. „Eine Laue Nacht draußen, nicht wahr?“, grüßte er den dürren Mann mit den vielen Tätowierungen auf dem Oberarm. Er erkannte einen Anker um den sich eine junge Frau klammerte und mit ihm versuchte ihre Blöße zu bedecken.

Der Mann rülpste.

„Wir sind auf der Suche nach einem Schiff“, versuchte er es weiter.

Hastig griff der Mann nach seinem Krug und trank ihn in einem Zug aus.

„Wir wollen rüber nach Bidor“, sagte Phil.

Der Mann rülpste noch einmal.

„Kannst du uns helfen?“

„Helfen?“, gluckste der Matrose. „Einem Pfaffen ist nicht zu helfen. Wir sind bereits alle gottlos, falls du es noch nicht bemerkt hast. Das sagte ich dem vor dir auch schon.“ Er lallte so stark, dass Phil ihn nur sehr schwer verstand. Angestrengt versuchte er angereihte Wörter und Silben voneinander zu trennen und die fehlenden Lücken im Satzbau auszufüllen.

„Es gibt einen Gelehrten in der Stadt?“, fragte er schließlich.

„Keine Ahnung. War aufjedenfall hier.“ Der Matrose hielt zwei Finger übereinander. „So groß war der“, sagte er und rülpste. Offenbar konnte er rülpsen am besten. „Ungefähr“, ergänzte er anschließend.

„Hat er irgendetwas gesagt? Vielleicht wo er hingeht oder ob er jemanden sucht?“

„Keine Ahnung. Hab gesagt, der soll sich verpissen.“

Er versuchte es noch ein paar Mal, doch es gelang ihm nicht weitere Informationen aus dem Mann zu entlocken. Entrüstet sah er hinüber zu Penele, sie schrie einen der dicken Männer an und verpasste ihm eine Ohrfeige.

„Glaub, der hieß Bill oder so“, lallte der Matrose neben ihm schließlich. „Ihr Pfaffen habt immer so komische Namen, weißt du? Kann sich ja keiner merken. Möchte wetten deiner ist auch so besch…“

„Phil“, unterbrach er ihn.

„Ja genau“, freute sich der Mann vor ihm. „So hieß der auch.“

„Nein, ich meine ich heiße Phil.“

Der Matrose zog die Augenbrauen zusammen und dachte angestrengt nach. „Bist du gewachsen, Bill?“, fragte er schließlich und rieb sich die Augen. „Mir egal“, lehnte er sich beruhigt zurück. „Verpiss dich einfach wieder. Und komm nicht noch größer zurück, klar?“

„Wer ist dein Kapitän?“, fragte Phil. „Ich würde gerne mit ihm sprechen.“

„Der ist ersoffen. Wenn du den sehen willst, musst du von der Klippe springen. Machen die anderen auch so.“

„Selbstmord ist eine Sünde!“, entfuhr es ihm.

„Ja und? Glaubst du hier gibt es auch nur Einen, der nicht sündigt? Was glaubst du, wo all das Gold zum Saufen herkommt? Nicht vom Angeln, sag ich dir.“

„Dann würdest du auch springen?“

„Nein, ich hab ja noch meine Geldbörse.“ Der Mann tastete Hemd und Hose ab. Schließlich wurde er schneller und hastiger, geriet allmählich in Panik. „Wo ist sie?!“, wunderte er sich, dann sah er ihn scharf an. „Hast du mich beklaut, Bill? Willst du, dass ich springe?“

„Das würde ich nie tun“, beruhigte er ihn. „Im Gegenteil, ich gebe dir etwas von meinem Geld. Damit solltest du den heutigen Abend überstehen und vielleicht lebst du noch ein paar Tage länger.“

„Die See wird meine Rechnung begleichen. Jetzt verpiss dich.“ Er nahm das Geld entgegen und rülpste. „Und glaub nicht wir sind jetzt Freunde. Ich hau dich immer noch.“

„Hey!“, rief einer der Matrosen lauthals. „Der Wicht säuft mir den Met weg!“

Giggles trank hastig aus. „Hast du noch mehr?“

Der Matrose stand wütend auf, krempelte die Arme hoch und schlug dem Zwerg den Krug auf den Kopf. Dafür warf Giggles ihn sogleich quer über den Tisch.

Es dauerte nicht lange, da ging ein kräftiger Mann mit dicken Schnurrbart dazwischen. „Ich sagte doch, keine Schlägerei in meiner Stube.“

„Er hat meinen Met getrunken“, erklärte der Matrose. „Einfach so.“

„Dann wird er ihn auch bezahlen.“

Giggles verneinte. „Ich habe kein Geld, nur Hunger... und Durst.“

„Dann hast du jetzt ein Problem, mein Freund.“ Der Wirt zog ihm bei diesen Worten am Kragen hoch.

„Wir sind Freunde?“, wunderte sich Giggles.

„Und wie“, entgegnete der Wirt und hielt ihn fest. „Wie gut bist du mit deinem Morgenstern, Zwerg?“

„Nicht so gut“, sagte Giggles. „Essen kann ich besser.“

„Aber du hast damit schon ein paar Bestien erschlagen, oder?“

Giggles nickte und wurde dafür wieder auf den Boden gesetzt.

„Dann ist heute dein Glückstag“, sagte der Mann und drehte seinen Schnauzer. „Ich suche nämlich Jemanden mit genau deinem Talent.“

„Jemanden der gut und viel Essen kann?“, freute sich der Zwerg.

„Was? Nein! Morgen Nacht ist Vollmond und du wirst mir helfen meine Taverne zu schützen. Mit jedem Mal werden es mehr und keiner dieser räudigen Matrosen ist auch nur ansatzweise bereit auf einen Schluck Met zu verzichten und ein Schwert in die Hand zu nehmen."

„Wovon mehr?", brachte sich Phil schließlich in das Gespräch ein. Er sorgte sich ein wenig um den Zwerg.

„Von den Toten", sagte der Wirt. „Diese dämlichen Matrosen stürzen sich in Scharen ins Meer, wollen der Realität entfliehen, doch sie machen alles nur schlimmer. Ihre schändlichen Leibe bleiben nicht lange im Meer, es spuckt sie aus wie Parasiten oder so etwas. Und wenn sie zurück sind, suchen ihre toten Leiber die Stadt heim. Mit jedem Schiff das anlegt, werden es mehr. Sobald sie ihr Gut versoffen haben, bestehlen sie einander. Und am Ende bleibt ihnen nichts weiter als zu springen. Es spielt keine Rolle unter wessen Flagge sie stehen oder woher sie gekommen sind. Was zählt sind nur ihre toten Leiber, die selbst die See nicht haben will. Für mich sind sie alle gleich, sie sind wie die Geier der Meere, die alles wollen bis sie nichts mehr haben können."

„Bei Weya", entfuhr es Phil. „Das kann unmöglich sein."

„Und doch wird es wieder passieren", sagte der Wirt. „Woher kommt ihr, dass ihr noch nicht von den wandelnden Toten gehört habt?"

„Wir sind auf der Durchreise", erklärte er. „Unser Ziel ist Bidor. Wir hofften hier einen tüchtigen Seemann zu finden."

„Ha", lachte der Mann. „Was auch immer euch dort draußen widerfahren ist, ihr werdet hier niemanden finden der tüchtig ist."

„Es ist sehr wichtig für uns, für uns alle. Wir haben einen Weg gefunden das Land aus seinem Elend zu befreien."

„Ha. Als könnte das jemand. Mir ist es gleich was ihr dort wollt. Wenn ihr mir mit meinem Problem helft, werde ich versuchen auch euch zu helfen. Aber ich kann nichts versprechen. Ich muss zunächst an mich und meine Wirtschaft denken."

„Bei Weya, ihr habt unser Vertrauen."

„Mir gleich bei wem, Hauptsache ihr helft. Wie ist dein Name?"

„Phil", sagte Phil.

Der Mann runzelte die Stirn, dachte für einen kurzen Moment lang nach. „Vorhin war hier ein Gnom, er trug auch so eine Kutte wie du. Nannte sich auch Phil, wenn ich mich recht entsinne. Muss ein sehr beliebter Name bei euch sein. Solltest mal draußen nach ihm suchen. Bestimmt versteht ihr euch blendend, so von Glatzkopf zu Glatzkopf."

„Das werde ich."

„Nun gut. Ich erwarte euch morgen vor Sonnenuntergang. Bis dahin kann ich euch eine Bleibe anbieten."

„Wir werden da sein."

„Ach und noch etwas." Der Wirt hob den Finger und zeigte in eine Richtung. „Der schmierige Typ da vorne, gehört der auch zu euch?"

Phil sah wie der Barde sich halb auf den Tisch lehnte und Sabber aus seinem Mund lief.

„Er heißt Justus", sagte er schließlich.

„Mir gleich wie er heißt", winkte der Wirt ab. „Er soll die Finger von meiner Tochter lassen."

„Oh, ähm ja. Ich werde es ihm sagen."

Ein einfaches Bett konnte so ungewohnt weich sein, so warm und so gemütlich. Es dauerte nicht lange bis er eingeschlafen war.

Doch dann, mitten in der Nacht, riss ihn ein lautes Brummen aus dem Schlaf.

Sofort riss er die Augen auf und lauschte erneut.

Doch er hörte nichts.

Nebenan schliefen Justus und die Wirtstochter. Womöglich schliefen sie auch, er hoffte nur der Wirt würde es nie erfahren. Vielleicht waren sie es, vielleicht waren es auch nur seine Gedanken, die allmählich mit ihm durchgingen. Es gab so viel, was ihn beschäftigte, dass er befürchtete eines Tages den Verstand noch zu verlieren.

Er lauschte noch eine Weile der Stille, bis seine Augen schwer wurden und sich der sanfte Schleier der Nacht über seinen Verstand legte.

Doch gerade als er die Augen wieder schloss, ertönte es erneut. Es war ein dumpfes Brummen und es kam nicht von nebenan. Es schien von draußen zu stammen.

Behutsam wendete er sich aus Peneles Armen und trat an das Fenster heran.

Nichts.

Das Meer war ruhig, die Lichter der Stadt erloschen und mit ihnen schlummerte der gesamte Hafen in einem tiefen Schlaf, abgesehen von ein paar wenigen Matrosen, die ziellos auf den Straßen schwankten.

Doch dann hörte er es erneut. Das Meer leuchtete bei dem Brummen auf, rot wie glühende Lava. Einen Augenblick später war es wieder vorbei und das Wasser beruhigte sich.

„Was ist los?“, fragte ihn Penele wie aus dem Nichts.

Er sah sie stumm an. Es war fast als würde das kühle Mondlicht ihre blasse Haut noch schöner machen.

Sie bemerkte seinen Blick und seine Zurückhaltung. „Ist es wegen mir?“, fragte sie. „Denkst du, das mit uns ist nicht richtig?“

Er zögerte einen Augenblick. „Im Moment bin ich mir nicht sicher zu wissen, was richtig oder falsch ist, aber“, sagte er. „Es fühlt sich nicht falsch an.“

„Du bist der Mann des Glaubens, nicht ich“, lachte sie. „Wenn du es nicht weißt, wer dann?“

„Ich will dich nicht verlieren“, entgegnete er. „Das ist alles, was ich mit Sicherheit sagen kann.“

„Natürlich willst du das nicht“, sagte sie. „Du willst niemanden verlieren.“

Er drehte sich um und sah wieder auf das Meer. „So meine ich das nicht.“

„Schon klar.“ Sie stützte ihren Kopf auf seine Schulter. “Aber die Sache mit den Komplimenten sollten wir noch ein bisschen üben.“

„Dich anzusehen beschert ein einzigartiges Gefühl von Freude und Zufriedenheit.“

„Ja... Schon etwas besser…“

„Und doch hallen die Worte der Succubus in meinem Verstand nach.“

„Das tun sie immer, dafür ist eine Succubus bekannt.“

„Nein, nicht so. Ich meine…“, versuchte er sich zu erklären. „Bisher war ich nie anfällig für…“

„Für?“

„Für Dinge, die ich früher ohne nachzudenken als Laster bezeichnet hätte.“

„Davor ist niemand sicher. Die Einen sind etwas willensstärker als die Anderen, aber sicher ist niemand. Ich meine, kein Mann kann sich einer Succubus entziehen."

„Aber sie war geschwächt", sagte er.

„Sie hat sich durch das Leid des Markgrafen am Leben gehalten bis wir den Fluch gebrochen haben und sie wieder zu einer vollkommenen Succubus wurde. Deswegen ist deine Willensstärke noch lange nicht schwach."

„So fühle ich mich aber."

„Nein, Phil. Du bist ein Mann des Glaubens. Du bist ehrlich, hilfsbereit und rechtschaffend, du würdest deine Seele niemals freiwillig einem Dämon oder gar der dunklen Magie verschreiben, wie die Markgräfin es getan hat. Sicher, ich weiß nicht was sie alles durchgemacht hat, aber man verschreibt seine Seele nicht so einfach der Hexerei und sucht eine ganze Stadt heim."

Er grinste. „Du nimmst sie ja fast schon in Schutz..."

Sie stieß ihn an. „Daran ist dann wohl dein schlechter Einfluss schuld. Vielleicht bin ich ja zu schwach, dass du mich so schnell geändert hast."

Du magst vieles sein", sagte er. „Aber nicht schwach."

„Wie gesagt, das müssen wir noch üben." Sie dachte kurz nach. „Wenn nur Nevina auch wieder zu sich finden würde… Manchmal denke ich, unsere Reise macht für sie alles nur noch schlimmer."

„Wir werden ihr helfen, das verspreche ich."

„Wenn wir von der Insel zurück sind, müssen wir den Dämonenritter finden! Es ist seine Schuld!"

Phil löste ihre Faust. „Wenn wir zurück sind…"

Wieder brummte das Meer. Dieses Mal sah sie es auch. „Was ist das?"

„Das, was mich geweckt hat“, erklärte er. „Es sieht fast aus als sei das Meer wütend.“

„Wütend? Etwa wegen der Fischerei?“

„Es kam mir gerade nur so in den Sinn. Was immer es ist, ich werde Weya bitten für uns bei Nutpen ein Wort einzulegen.“

„Dem Gott des Meeres? Sollte nicht schaden ihn auf unserer Seite zu haben, wenn wir über das Meer segeln.“

Das Brummen und Leuchten wiederholte sich einige Male und sie standen noch eine ganze Weile am Fenster, Arm in Arm, bis die Müdigkeit sie irgendwann zurück ins Bett zerrte.

So ruhig wie die Nacht war, so unruhig wurde der Tag. Schuld daran war nicht das herumtreiben von Fischern, das Beladen und Entladen von Kuttern oder das Grölen der betrunkenen Matrosen, sondern das Wissen über das, was in der Nacht passieren würde. Überall liefen die Bürger hastig hin und her, sammelten Holz, trugen Karren und Kisten hin und her und verriegelten mit Brettern Tür und Fenster. Die Rahmen wurden dabei mit altem Fisch ausgelegt, dessen Gestank die Untoten fernhalten sollte.

Einer der Fischer hämmerte gerade ein paar Bretter an die Fenster seiner Hütte, als ihn jemand ansprach. „Mein Name ist Phil“, stellte sich ihm jemand vor.

Der Mann drehte sich um und sah einen Priester in einfacher Kutte vor sich stehen.

„Ich möchte mit dir über die Göttin sprechen“, sagte der Priester. „Wie hieß die noch gleich? Achja, Meya oder so.“

Der Fischer ließ den Hammer sinken. „Ihr Pfaffen werdet wohl auch immer kleiner, wie?“

„Hey, ich bin der größte Gnom, den ich kenne."

„Hör zu Kleiner, heute Nacht ist Vollmond. Statt über deine Göttin zu faseln, die auch noch all das zulässt, sofern sie überhaupt existiert, solltest du lieber eine sichere Bleibe suchen. Es sei denn du möchtest dich mit den Untoten über die Götter unterhalten. Schätze das kommt ganz darauf an wie gerne du redest. Ich bezweifle allerdings, dass sie dir zuhören werden, während sie genüsslich auf deinem Hirn herumkauen."

„So schlimm kann es nicht sein."

„Glaub mir, es wird noch viel schlimmer. Und jetzt geh, ich muss hiermit fertig sein ehe es dunkel wird." Er drehte sich um und hielt kurz inne. Dann drehte er sich wieder um und rief dem Gnom nach. „Aber erst gibst du mir meinen Hammer wieder, Freundchen."

„Verzeihung, der war mir irgendwie in die Hände gerutscht."

Der Gnom wollte gehen, wurde aber erneut zurückgerufen. „Und meine Nägel!" Der Fischer tastete sich ab. Als er sicher war, alles bei sich zu tragen, sagte er: „Gut. Und jetzt schwirr ab!"

Phil spürte den eisernen Blick des Wirts auf seinen Schultern ruhen, während er half Stühle und Bretter aus dem Keller zu tragen.

„Was hatte ich gestern zu dir gesagt?" Seine Stimme klang zornig.

„Aber wir sind doch hier."

„Halt mich nicht für dumm." Der Wirt zeigte auf seine Tochter. „Ich sehe doch, wie sie grinst und lacht. Denkst du, ich wüsste nicht warum?"

„Sollte es einen Vater nicht erfreuen seine Tochter so zu sehen?“

„Ach? Und was glaubst du, wie lange das anhalten wird? Denkst du wirklich, ich möchte mit ansehen, wie sie sich wegen irgendeines dahergelaufenen Klabautermannes in die Fluten stürzt?“

„So weit wird es nicht kommen.“

„Wenn es nicht tagtäglich passieren würde, wären wir nicht hier und würden mein Hab und Gut verbarrikadieren.“

„Letzte Nacht…“, versuchte er das Gesprächsthema zu wechseln. „Ich... Ich sah wie das Meer leuchtete.“

„Das ist der Zorn der See“, sagte der Wirt. „Das Meer ist wütend auf uns. Jahrelang haben wir es ausgeraubt und ausgenutzt, bis es nicht einen einzigen Fisch und nicht einen einzigen Krümel Bernstein mehr in sich trägt. Und nichts haben wir je dafür zurückgegeben. Stattdessen füttern wir es mit den schändlichen Leibern lebensmüder Matrosen und hungernder Fischer. Vielleicht sind nur wenige wirkliche Piraten dabei, doch für mich sind sie allesamt selbstsüchtige Diebe und Halunken.“

„Und doch zahlen sie für ihren Met“, sprach er.

„Das einzig Gute an ihnen…“, antwortete der Wirt. „Das Leuchten ist der Geist des Meeres, er wütet. Er wütet jede Nacht und jede Nacht etwas mehr. Bis sein Zorn in einer Vollmondnacht wie heute seinen Höhepunkt erreicht und all seine Wut und all die leblosen Leibe ausspuckt wie bittere Galle.“

Phil schluckte, was der Wirt sogleich bemerkte.

„Ich hoffe, du hast einen starken Magen, Junge, denn es ist zehnmal abscheulicher als du es dir vorstellen magst, erst recht, wenn sie jemanden zerreißen, den du kennst."

„Wenn es vorbei ist…", versuchte Phil einen klaren Gedanken zu fassen. „Du meintest, es gäbe einen Weg nach Bidor?"

„Vielleicht", sagte der Wirt. „Manchmal treibt der Wind ein paar Wahnsinnige ans Land, die sich nicht davon abhalten lassen zur See zurückzukehren. Man hört nie wieder etwas von ihnen, aber wenn ihr es unbedingt riskieren wollt…"

„Wir müssen es", entgegnete Phil. „Weya wird uns beistehen."

„Das sollte sie wohl auch heute Nacht tun, schätze ich." Er kniff die Augen zusammen. „Siehst du den Kerl dort drüben?" Er deutete auf einen Gnom. „Das ist der andere Pfaffe in der Stadt. Der, von dem ich dir gestern erzählt habe, weißt du noch? Der sieht ein bisschen aus wie du, findest du nicht?"

Er sah tatsächlich ein wenig wie er aus, nur etwas kleiner und er hoffte, seine kahlen Stellen auf dem Kopf waren etwas besser bedeckt.

Er grüßte ihn sogleich, doch der Gnom wich aus.

Erst beim zweiten Versuch nickte er schwach. Auch als er ihn nach seinem Namen fragte, versuchte er ihm zunächst auszuweichen. Doch irgendetwas war merkwürdig an ihm. Irgendwie schien er ihn irgendwo irgendwann schon einmal gesehen zu haben.

„Phil", sagte der Gnom schwach.

Dann fiel es ihm wieder ein. „Heißt du nicht eigentlich Jorf?"

Der Gnom wirkte verlegen. „Ähm, ja. Das stimmt. Aber Phil ist mein Zweitname."

„Ich wusste nicht, dass auch du unter dem Zeichen Weyas stehst."

„Achja, Weya hieß die. Danke, ich dachte es war Leya oder so."

„Jorf? Was soll die Maskerade und was suchst du hier in Angor?"

„Es gibt Gerüchte, du hättest Dagudar befreit. Man feiert dich dort wie einen Helden."

„Aber ich habe nichts getan."

„Es glauben auch nicht alle... Viele kennen nicht einmal deinen Namen. Andere denken, die Rattenmenschen hielten eine Art Schlaf oder so."

„Das beantwortet aber nicht meine Frage. Warum trägst du dieses Gewand und gibst vor ich zu sein?"

„Ich dachte, ich könnte so sein wie du. Und vielleicht etwas von deinem Ruhm ernten. Also muss natürlich nicht sein, so wie du zu sein ist auch in Ordnung. Aber, aus irgendeinem Grund trieb man mich irgendwann aus der Stadt hinaus und sagte mir, ich solle nie mehr dorthin zurückkehren."

„Und anstatt deine Taten zu überdenken, versuchst du es lieber woanders erneut?"

„Jeder fängt mal klein an..."

„Jorf", seufzte Phil. „So sehr es mich freut Weyas Zeichen an dir zu sehen, wenn dein Glaube nur eine Maskerade ist, muss ich dich bitten dieses Gewand auszuziehen."

Der Gnom tat als habe er es überhört. Doch Phil sah ihn scharf an. „Und du solltest bei deinem Namen bleiben."

„Aber ich trage nichts drunter", widersprach der Gnom.

Phils Blick blieb starr.

„Du hast recht“, sagte der Gnom schließlich und wandte sich aus seinem Gewand. Darunter trug er ein weißes Hemd. Würde er wohl jemals die Wahrheit sagen?

„Kratzte sowieso nur am Hals“ winkte er ab. „Nun gut, dann gehe ich jetzt mal wieder. Also man sieht sich. Oder auch nicht…“

Er nahm ihm das Gewand aus der Hand.

„Ok, das brauche ich nicht mehr. Vielleicht versuche ich es als Fischer oder so“, verabschiedete er sich.

„Jorf? Gib mir bitte mein Gebetsbuch wieder.“

„Oh, wo kommt das denn her? Tut mir leid.“

„Also was hast du wirklich vor?“

„Soll ich ehrlich sein?“

„Das wäre ein guter Anfang“, sagte Phil.

„Okay… Also ich weiß es nicht…“

„Du hattest doch letztes Mal einen Dolch bei dir, nicht wahr?“

„Ja, aber den hatte ich schon vorher…“

„Du bist bestimmt ziemlich gut damit, nicht wahr?“

„Und wie. Ich bin der Beste damit.“ Jorf strahlte. „Eine gute Idee, so ein Dasein als Schurke steht mir viel besser. Raubzüge sind so viel einfacher.“

„Was? Nein! Wir könnten deine Hilfe gebrauchen.“

„Meine was?“

„Heute Nacht werden die Untoten die Stadt heimsuchen.“

„Ja ich weiß, hatte ich auch schon überlegt mitzumachen, aber ich kann nicht so gut stöhnen, weißt du?“

„Sei nicht albern. Wir könnten dich hier wirklich gut gebrauchen. Jemand mit deinem Talent könnte viele Leben retten."

„Wirklich?"

„Du wärst ein richtiger Held", sprach Phil.

„Ein Held? Ich?"

„Ja." Er sah das Funkeln in den Augen des kleinen Gnoms. „Vorausgesetzt du gibst mir meinen Geldbeutel wieder."

„Tschuldigung. Reine Gewohnungheitssache."

„Natürlich..."

„Also wann geht es los?", fragte der Gnom.

„Sobald die Sonne vollständig untergegangen ist, müssen wir bereit sein", warnte sie der Wirt.

„Dieser faule Geruch ist kaum auszuhalten." Überall lag alter Fisch herum, die meisten davon hatte man geöffnet, damit sie ihren gesamten Duft veräußern konnten. Allein der Anblick bereitete dem Barden Übelkeit.

„Das wird nicht das Letzte sein, was dir aufstoßen wird, Junge." Der Wirt sah ihn ernst an, doch Justus blickte ahnungslos zurück.

„Und dieser Geruch hält sie wirklich fern?", fragte Phil ehe der Wirt noch mehr sagen konnte.

„Es stinkt wie sie", erklärte der Wirt. „ Die Fischer glauben, dass die Toten an allem, was nach ihnen riecht, kein Interesse zeigen."

„Dann glaubst du nicht daran?"

„Es reicht, wenn die Meisten es glauben."

Mit den Meisten, meinte er wohl die übrigen Stadtbewohner. Unter ihnen waren Freunde und Gesichter, die er schon über Jahre kennen musste. Es musste nicht einfach sein, sie alle einfach so auszusperren. Statt ihnen, gewährte er den Matrosen Unterkunft, die vermutlich nicht einmal seinen Namen kannten und so betrunken waren, dass sie vermutlich nicht einmal ihren eigenen Namen noch kannten.

„Bisher haben sie es auch immer geschafft. Irgendwie“, sagte der Wirt als habe er seine Gedanken gehört.

Er nickte schwach und fragte sich insgeheim, wie viele, wie viele hatte er wohl bereits verloren. Sicher sorgte er sich deswegen so sehr um seine Tochter, sie und die Gaststätte waren das Einzige, woran er noch festhalten konnte.

Mit einem Brummen erwachte das Meer aus seinem Schlaf und riss den jungen Phil aus seinen Gedanken.

Er konnte spüren, wie der Boden bebte, das Wasser brannte, die Wellen gegen den Strand peitschten und sich die ersten angespülten Körper aus dem Sand erhoben.

„Da sind sie“, hastig schloss der Wirt das letzte Fenster. Was nun geschah, musste er nicht mit ansehen. „Versucht ihre Köpfe zu treffen, scheint ihre Schwachstelle zu sein. Nicht das noch etwas drin wäre, was sie verlieren könnten. Außerdem solltet ihr ein schnelles Gebet sprechen. Es könnten die letzten Worte sein, die ihr voneinander hören werdet.“

Dann ertönten die ersten Schreie vor dem Haus und bald schon hämmerten die Toten an Tür und Fenster. Durch feine Ritze zwischen den Brettern sah er faule Zähne, blutunterlaufene Augen und aufgequollene Schädel.

Noch nie hatte er so etwas Schreckliches gesehen. Vielleicht hatten die Götter das Land verlassen, weil sie sich selbst vor einem solchen Anblick fürchteten.

Hilflos sah er mit an, wie die ersten Fenster barsten und die Untoten eindrangen. Sie waren nicht schnell oder sonderlich geschickt und konnten zügig gestoppt werden, doch es waren Viele. Vielleicht sogar zu Viele.

Als einer der Toten in das Wirtshaus stolperte, sah er hinter ihm einen Schemen auf einer Klippe stehen. Er wusste, was es zu bedeuten hatte.

Er sah zu den anderen und reichte ihnen hastig ein paar Fläschchen. „Weihwasser", sagte er. „Es könnte euch helfen."

Er sah den sorgsamen Blick der Elfe. „Was hast du vor?", fragte Penele.

„Retten, was noch zu retten ist."

„Du bist wahnsinnig."

„Ich werde nicht zusehen, wie er sich das Leben nimmt."

„Wovon redest du?"

„Von dem Matrosen dort draußen. Er wird springen, wenn ich ihn nicht aufhalte."

„Du kannst nicht da rausgehen, die Toten reißen dich in Stücke. Wir brauchen wir dich hier drin, an einem Stück."

„Nein, ihr habt Weyas Segen, der dort draußen jedoch nicht. Ich muss ihn zurück ins Licht führen, solange ich es noch kann."

„Du gehst nicht allein!"

„Genau das werde ich. Denk an Nevina, sie braucht dich."

Einer der Toten griff nach ihr, sie warf ihn um und erdolchte ihn. Als sie wieder aufsah, war Phil verschwunden.

Der Wind schlug ihm das eiskalte Salzwasser ins Gesicht, dass ihm die Augen brannten. Er kniff die Augen zusammen und näherte sich behutsam dem Schemen auf der Spitze der Klippe.

„Ich bin es, den du willst! Nicht sie!“, rief der Mann.

Er musste sich beeilen, wenn er Schlimmeres verhindern wollte.

„Tu es nicht“, rief er dem Mann entgegen. Es fühlte sich an, als verschluckte das Peitschen der Wellen die Worte noch in seinem Mund.

Nach wenigen Schritten rief er noch einmal, diesmal schien er ihn gehört zu haben, denn der Mann drehte sich um.

„Wer bist du?“, schrie der Mann.

„Mein Name ist Phil“, schrie Phil. „Ein Diener Weyas. Ich bin hier um dir zu helfen.“

Der Mann hörte gar nicht richtig zu, stattdessen fragte er: „Phil? Hast du mir nicht die Geldbörse geklaut?“

Er schüttelte schwach den Kopf, setzte an zu erklären, es auf den Gnom zu schieben, doch der Mann sprach weiter.

„Ist auch egal“, winkte der Mann ab. „Wo ich hingehe, brauche ich kein Gold mehr.“

„Zu springen ist eine Sünde“, schrie Phil.

„Das Rauben auf See ebenfalls! Hat mich nie davon abgehalten!“

Phil versuchte Zeit zu gewinnen. Er hatte Glück, dass der Mann überhaupt mit ihm sprach. „Dann bist du ein Pirat?“

„Das war ich! Käpt´n Dicks! Der gefürchtetste Pirat ,den die See je zu bieten hatte!“

„Warum bist du dann hier, Dicks?“

„Das weiß ich nicht…“, sagte Dicks. „Ich sollte längst dort unten sein!“

„Um als wandelnder Toter die Stadt heimzusuchen?“

„Aye!“

„Was treibt einen gestandenen Mann so zu denken?“

„Unerwiderte Liebe“, erklärte Dicks barsch. „ Ich liebte die See wie meine erste Frau, doch was tat sie mir an? Meine ganze verdammte Crew hat sie mir genommen! Dieses alles verschlingende Stück Weib! Ich hätte sie nie hierher führen dürfen! Weg! Verstehst du? Sie sind alle weg!“

„Wovon sprichst du?“

„Die See! Ich habe es gesehen! Es hat Augen, die einem die Seele durchbohren und Zähne, wie ein Reißwolf! Doch das sind die letzten Bilder, die in meinem Kopf sein sollen!“

Phil sah zurück zum Hafen, er hörte wie die Frauen der Fischer schrien und die Männer gegen die Toten kämpften.

Er musste sich beeilen, doch er wusste auch, er musste behutsam sein.

Er erinnerte sich an die Worte seines Ziehvaters. Jeder einzelne Tag im Leben war ein Geschenk der Götter und ein Geschenk der Götter warf man nicht so einfach von sich. Und wie recht er hatte. Was hatte Weya ihm nicht bereits alles gezeigt, hatte sie ihn nicht zu seinen Brüdern geführt? Waren sie nicht wie eine Familie für ihn? War das Wort Weyas nicht etwas, das sich lohnte zu befolgen, es zu erzählen, es zu verbreiten. Den Elenden konnte geholfen werden, Freude und Leid geteilt werden. Er hätte nie den zarten Kuss einer Elfe gespürt, wäre er damals nicht umgekehrt.

„Wie gelang es dir zu überleben?“, fragte er Dicks.

„Auf einem der verdammten Rumfässer! Etwas anderes blieb nicht übrig! All mein Gold ist samt meiner Crew auf den Meeresgrund gesunken! Das muss der Preis sein, den ein Pirat zahlen muss! Meine Schulden sind also beglichen, wie du siehst!“

„Einsicht ist der erste Schritt ins Licht!“

„Ich gehe aber nicht ins Licht!“, schrie Dicks. „Der Meeresgrund ist dunkel, schwarz wie die Nacht! Dort gehört meine verkümmerte Seele hin!“

„Weya ist gnädig zu jenen, die Reue zeigen!“

„Mir ist es egal! Es wird jetzt und hier enden!“ Dicks setzte zum Sprung an, doch Phil ergriff seine Hand, zog ihn zu sich heran und zeigte ihm den Hafen. „Siehst du die Frauen und Kinder dort unten? Sie werden heute Nacht ihr Leben verlieren, wegen Männern wie dir. Verstehst du das?“

„Ein Grund mehr zu springen.“

„Nein, das ist genau die Art der Selbstzucht, die sie im Stich lässt. Willst du wirklich, als wandelnder Toter jene, die heute Nacht überleben, in zukünftigen Vollmondnächten heimsuchen? Immer und immer wieder, bis niemand mehr dort ist, den man heimsuchen könnte?“

Dicks dachte nach.

Er nutzte den Moment, ließ ihn los und griff nach seinem Säbel. Dann hielt er ihm den Griff hin. „Wenn du etwas tun willst, dann nimm deine Waffe in die Hand und rette sie. Wenn du wirklich sterben willst, dann stirb bei dem Versuch sie zu retten.“

Dicks sah ihn schweigend an und nahm die Waffe entgegen. „Aye“, nickte er. Dann stieg er schwankend die Klippe hinab und lief auf die Stadt zu.

Er sah ihm noch eine Weile nach, ehe er sprach: „Ich wusste, du würdest mir folgen.“

Penele kroch hinter einem der Felsen hervor. „Ich brauche dich, Phil.“

„Dann achte darauf, dass keiner dieser Ertrunkenen mein Gebet stört.“

„Du willst hier und jetzt beten?“, wunderte sie sich.

„Wenn es wirklich der Geist des Meeres ist, der die Untoten antreibt, kann ich ihn vielleicht beruhigen. Und wenn es mir nicht gelingt, so hoffe ich, steht die Göttin uns und den Lebenden dieser Stadt bei.“

Sie wusste nicht recht, was sie entgegnen sollte. Vielleicht, dass Worte hier nicht halfen, oder ein Gebet allein nichts änderte. Dass die Götter das Land verlassen hatten? Egal was, sie kannte ihn, wusste er würde daran festhalten. „Aber beeil dich“, sagte sie nur. „Nevina wartet im Wirtshaus auf uns.“

Er wandte sich dem Meer zu, kniete nieder und breitete beide Arme hoch erhoben aus. Dann begann er zu singen. Eine merkwürdige ruhige Melodie, in Worten, die sie nicht verstehen konnte und doch zu wissen glaubte, was sie bedeuten sollten.

Es war ein Lied über das Licht und das Leben. Ein Lied, das Lebende ins Licht zurückführen sollte.

Sie schloss für einen Moment die Augen und lauschte dem Gesang. Seine Stimme klang so sanft und mild. Sie spürte, wie sie ihr Inneres berührte, ihr Herz erwärmte und beruhigte. Mit nichts konnte sie dieses Gefühl vergleichen.

Doch dem Meer schien es nicht zu gefallen. Es setzte sich mit heftigem Brummen zur Wehr und spie immer mehr Tote an Land. Die Wellen schlugen um sich, trafen immer wieder sein Gesicht, versuchten ihn zum Schweigen zu bringen.

Immer mehr Tote näherten sich der Klippe, als entsende sie das Meer den fürchterlichen Gesang zu beenden.

Wann immer sie einen erschlug, stand bereits ein Neuer dahinter. Lange konnte sie sie nicht aufhalten, doch Phil reagierte nicht, schien in einer Art Trance zu stecken und sang einfach weiter.

Selbst die Ertrunkenen im Hafen machten sich auf den Weg zur Klippe. Der Gesang schien sie geradezu rasend zu machen.

Bald schon war die gesamte Klippe von ihnen umringt. Sie kletterten aus dem Wasser den Felsen hinauf, stießen einander aus dem Weg, stöhnten vor Schmerz und warfen sich ihm entgegen.

„Phil!", schrie Penele.

Das Meer tobte, glühte so leuchtend rot, dass es in lichterlohen Flammen brannte. Das Brummen so laut, dass es den Gesang übertönte und Phil schließlich verstummen ließ. Augenblicklich sackte er in sich zusammen.

Sie rannte zu ihm, hielt einen der Untoten von ihm fern und hob ihn hoch. Doch er reagierte nicht.

Erst jetzt bemerkte sie, dass mit dem Gesang auch das Brummen geendet hatte. Und mehr noch. Die Ertrunkenen stiegen plötzlich wieder hinab in das Meer, aus dem sie gekommen waren.

Es dauerte nicht lange, dann blieb alles ganz ruhig und auch der Wind und die Wellen hielten ein.

„Was hast du getan, Phil?", fragte sie.

Doch er reagierte nicht.

Niemand wunderte sich, dass Tharael ohnmächtig geworden war bei dem Versuch ein paar der Toten mit seiner Magie abzuwehren, aber dass nun auch noch Phil damit anfing beunruhigte sie. Es wurde umso schlimmer, als der Zauberer wieder zu sich gefunden hatte und Phil noch lange keine Anstalten zeigte aufzuwachen.

„Ohne ihn wäre ich jetzt ein toter Mann", sprach Dicks aus, was er dachte.

„Dann schuldest du ihm wohl einen Gefallen", sagte Tharael barsch.

„Aye…"

„Dann bring uns nach Bidor. Er würde es auch wollen."

„Ihr müsst wahnsinnig sein, dort hinaus zu wollen", brachte sich der Wirt ein.

„Aye. Doch ich werde auch ohne diese Bitte zurückgehen. Die See ist mein Zuhause. Ich gehöre ebenso wenig an Land wie diese Dinger letzte Nacht."

„Wenn ihr wirklich so dumm seid…", sagte der Wirt. „Es gibt einige unbemannte Schiffe in den Docks. Und ich werde euch etwas an Proviant geben, immerhin habt ihr und euer kahlköpfiger Freund letzte Nacht sehr geholfen, was auch immer er dort draußen getan hat. Möge die See euren Seelen gnädig sein."

„Er hat gebetet", erklärte Penele.

„Wie gesagt", sagte der Wirt. „Was auch immer, ich bin ihm dankbar."

„Wir werden ihn einfach mitnehmen", schlug Tharael vor. „Irgendwann wird er schon aufwachen."

„Aye", sprach Dicks. „Nur die See weiß, wer oder was ihn geritten hat." Er sah den Wirt fest an. „Ich brauche aber noch eine Crew. Mit ein paar Landratten kann ich kein ganzes Schiff führen. Stell mich ein paar der Matrosen vor, die noch halbwegs bei Sinnen sind und sag ihnen, ihr Schicksal meint es gut mit ihnen, sie haben nun einen neuen Käpt´n." Er lachte. „Und den Rest erledigt die See."

„Du willst also wieder zur Piraterie zurückkehren?"

„Aye. Das ist mein Schicksal."

„Aber keine Überfälle bis wir in Bidor sind, klar?“

„Aye“, nickte Dicks. „Ein Pirat steht zu seinem Wort.“

„Aye, ihr lausigen Klabautermänner. Dass ihr mir ja das Deck sauber schrubbt. Ich will hier vom Boden essen können, ist das klar?“

„Aye, Aye, Käpt´n.“

Sie waren bereits einige Tage auf See unterwegs, ohne einen Zwischenfall oder das geringste Hindernis. Mehr noch, Dicks schien wieder ganz der Alte zu sein. „Das gilt auch für dich.“

Der angesprochene Matrose sah ihn fragend an. „Ich? Aber ich bin doch der Steuermann.“

„Ist das etwa Meuterei auf meinem Schiff?“

„Nein, Käpt´n.“ Er ließ das Steuer los, nahm sich Eimer und Besen und begann zu schrubben.

Die Kajüte wurde aufgestoßen. „Was bei Nutpen ist hier los?“ Dicks sah, wie die Matrosen um ihr Leben schrubbten. „Arr. Du bist der Steuermann, was treibst du da?“

„Sagtest du nicht, ich soll das Deck schrubben?“

„Das Deck ist noch nie unter meiner Flagge geschrubbt worden. Der Dreck an Bord ist wie mein zweiter Vorname für mich. Und jetzt zurück ans Steuer mit dir.“ Er stieß einen anderen Matrosen an. „Arr. Zurück auf den Mast mit dir.“

„Aye, Käpt´n.“

Drei weitere Matrosen begaben sich zurück auf ihre Posten. „Siehst du“, sagte einer von ihnen. „Jetzt ist er wieder größer.“

„Aye, das muss Zauberei sein“, bestätigten die anderen Beiden.

Augenblicklich packte Dicks den Gnom, der gerade an ihm vorbeirannte. „Was soll das denn werden, du Landratte?“

„Arr. Ich bin der Käpt´n dieser gottlosen Nussschale hier“, entgegnete Jorf.

„Machst du mich etwa nach? Raus aus meinen Klamotten. Das hier ist mein Schiff.“

„Arr. Das hier ist mein Schiff.“

„Das ist Meuterei!“

„Und wie es das ist!“

Dicks stieß den Wicht schnaubend vor sich her. „Zu den Fischen mit dir! Du sollst heute noch über die Planke gehen!“

„Nein, du sollst über die Planke gehen“, widersetzte sich der Gnom.

„Schluss ihr Beiden!“ Penele stieß die Schreihälse auseinander. „Jorf, du ziehst dich auf der Stelle um! Und Dicks, hier wird niemand über die Planke gehen, solange ich an Bord bin, verstanden?“

„Aye“, nickte Dicks. Er musste nichts weiter entgegnen, denn er wusste, wer hier die Hosen an hatte.

„Darf ich wenigstens den Säbel behalten?“, versuchte es Jorf.

„Beim Klabautermann. Den gibst du mir auf der Stelle zurück!“

„Du hast ihn gehört, Jorf. Gib ihn zurück.“

„Ach menno… So einen habe ich mir schon immer gewünscht. Damit macht man sicher richtig Eindruck bei den Frauen.“

„Aye“, bedankte sich Dicks. „Und zur Belohnung schrubbst du das Deck. Das wird dich auf andere Gedanken bringen.“

Mürrisch machte sich Jorf daran dem Befehl nachzukommen.

Derweil warf Penele nachdenklich einen Blick über die Reling. Sie verstand noch immer nicht, was mit ihm geschehen war, sie konnte nur hoffen er würde bald wieder aufwachen und irgendetwas sagen, was sie deutlich ablehnen konnte. So etwas wie: „Mit Weyas Beistand haben wir die Untoten besiegt, siehst du, die Göttin ist mit uns.“

Dicks stellte sich neben sie und schwieg eine Weile, wollte ihre Gedanken nicht unterbrechen. Schließlich fragte er dann doch: „Welche Geschichten kennst du über die See?“

„Nicht sehr Viele“, entgegnete Penele und wollte damit das Gespräch abwürgen, dann sah sie ihn an. „Ich durchstreiche lieber einen Wald als das Meer.“

„Aye“, nickte Dicks. „Die Meisten sind ohnehin erfunden und erlogen. Aber nicht alle, weißt du? Geisterschiffe etwa, die gibt es wirklich.“

„Und das soll mich aufheitern, weil?“

„Naja, ich dachte du kennst vielleicht die Geschichten über die Troubadeur.“

„Die Troubadeur? Soll die nicht ganze Schiffe versenken und jede Landratte von den weiten der Meere fernhalten? Das sind Geschichten mit denen man kleinen Kindern Angst einjagt, damit sie nicht zu dem werden, was du bist.“

„Ein attraktiver Casanova?“

Sie sah ihn streng an, er wich augenblicklich zurück. „Wohl eher ein überheblicher Pirat.“

„Hmm. Möglich", sagte Dicks. „Mir hat jedenfalls früher niemand irgendwelche Geschichten erzählt..."

Sie lachte.

„Trotzdem", sagte er schließlich. „Es gibt sie wirklich. Ihr Kapitän war einst der mächtigste Pirat auf ganz Tagalan. Kein Gold und keine Frau konnte sich ihm entziehen. Er wollte alles und alles was er wollte, nahm er sich. Seine größte Sorge war, eines Tages alles zu verlieren. Er traute nichts und niemandem. Nicht einmal sich selbst. Schlimmer noch. Jeder, der auch nur einen Kopf größer war als er, wurde geköpft."

„Klingt als hatte er wirklich ein Problem."

„Aye. Selbst das Gold wurde zu einem Problem. Ein vernünftiger Pirat..."

„Wie du", unterbrach sie ihn und grinste.

„Aye", fuhr er fort. „Ein vernünftiger Pirat vergräbt seinen Schatz irgendwo auf einer einsamen Insel, wo ihn niemand finden kann. Aber nicht Dieser. Es hätte früher oder später jemand finden können, meinte er. Jedenfalls häufte er alles auf seinem Schiff an, bis es immer schwerer und schwerer wurde. Zunächst warf er seine Crew über Bord, um das Gewicht auszugleichen, doch das reichte schon bald nicht mehr. Die Last wurde so groß, dass der Bug in einer stürmischen Nacht in zwei Teile zerbrach und das Schiff samt Gold in den Tiefen der Meere versank."

„Bescheidenheit ist eben mehr als eine Tugend." Sie fragte sich bei diesen Worten, ob Phil auch so etwas sagen würde.

„Das Schiff und sein Gold waren verloren, nicht aber seine Gier und sein Neid auf jene, die seinen Schatz bergen würden. So sehr wütete sein Geist, dass er sich an sein

Schiff heftete und damit auch an die Welt der Sterblichen. Seither versenkt er jedes Schiff, das sich seinem Schatz nähert und überfällt Jene, die lohnenswerte Beute führen, um ihn noch größer werden zu lassen."

„Verstehe", nickte sie. „Und du glaubst nicht nur daran, du willst auch diesen Schatz bergen, nicht wahr?"

„Aye, welcher Pirat von Format würde das nicht wollen. Aber keine Sorge, erst bringe ich euch nach Bidor, danach werde ich ihn suchen."

„Was macht dich so sicher an die Troubadeur zu glauben?"

„Weil er mir bereits einmal bei einem Raubzug zuvor kam. Ich weiß, wie er vorgeht."

„Du hast ihn gesehen?"

„Er rammt die Schiffe bis sie zerbersten und samt ihrer Fracht zu ihm auf den Meeresgrund sinken."

„Aber hast du nicht in Angor behauptet, du seist dem Geist des Meeres begegnet? Von der Troubadeur hast du nichts erzählt."

„Aye. Weil nicht die Troubadeur meine Männer auf dem Gewissen hat, sondern das Meer selbst."

„Wenn es alle Schiffe versenkt, wieso dann nicht auch die Troubadeur?"

„Vielleicht weil die Troubadeur etwas in ihm geweckt hat, etwas Dunkles, etwas, womit es bisher nicht umzugehen musste. Möglich, dass die Beiden sogar einen Komplott geschmiedet haben, immerhin liegt das Gold auch im Meer. Das Einzige was ich sicher weiß ist, dass ich weder dem Einen noch dem Anderen unvorbereitet gegenüberstehen will."

„Aber ,wenn du seinen Schatz findest, wird er dich dann nicht heimsuchen?"

„Aye, aber nicht an Land. Und mit dem größten Schatz der Welt gibt es keinen Grund mehr in See zu stechen."

„Dann ist die Piraterie doch auf Dauer zu anstrengend?"

Dicks schüttelte den Kopf. „Aber man soll aufhören, wenn es am besten ist. Und was gibt es Besseres, als der größte Pirat aller Zeiten zu sein? So etwas kann man doch mit einem kleinen Landhaus und einer kleinen Herde von Schafen wohl am besten genießen, nicht wahr?"

Sie lächelte. „Ich kenne keinen Piraten, der davon träumt, während seines Ruhestands Schafe zu züchten."

„Mir ist auch noch nie eine Elfe begegnet, die gerne Hosen trägt."

„Ich wünsche dir viel Glück dabei und ich hoffe für dich, dass diese Geschichte wirklich stimmt."

„Aye", brummte Dicks. „Und ich hoffe, dein Freund wacht bald wieder auf."

„Danke", sagte sie.

Das tosende Gewässer, warf das Schiff wie einen Fremdkörper, den es abstoßen wollte, hin und her. Wo die Wellen nicht reichten, versuchte der aufbrausende Wind zu helfen. Blitz und Donner untermalten den Kampf, den das einfache Holz auf Dauer nicht gewinnen konnte.

Auch unter Deck hatte sich ein Unwetter eingefunden, es heizte die Gemüter der Passagiere an, ließ sie einander anschreien, fluchen, brüllen, aufs heftigste miteinander streiten.

Er öffnete die Augen, lauschte dem Gebrüll und dem tosenden Donner.

Er wusste nicht, wie viele Tage er geschlafen hatte, er wusste auch nicht wie viel Proviant der Zwerg wirklich verdrückt hatte. Er wusste nicht, warum jeder Jorf über die Planke jagen wollte. Er wusste auch nicht, warum Penele den Barden ohrfeigte. Er wusste nicht einmal wo er sich befand. Doch eines wusste er, noch während er den nächsten Donnerschlag hörte.

Auf genau diese Weise hatte Tagalan ihn bei seiner Reise willkommen geheißen. Und er wusste, wie es enden würde. Er wusste auch, es würde wieder geschehen. Doch dieses Mal wusste er, was es zu tun galt. Dieses Mal würden keine unschuldigen Matrosen ihr Leben lassen.

Er sprang auf, stieß Penele im Laufschritt zur Seite und rannte an Deck.

„Phil?", rief sie ihm nach, ehe sie ihm in den prasselnden Regen folgte.

Wellen schlugen auf das Deck ein, Blitze zuckten, der Wind pfiff durch Mast und Segel. Und wieder schrie jemand.

Dicks, das Steuerrad fest in der Hand, brüllte lauthals dem Meer entgegen. „Komm her, wenn du dich traust!"

Phil kletterte auf die Reling und sah hinab auf das sich überschlagende Salzwasser. Dieses Mal nicht.

„Phil? Was tust du da?", rief Penele ihm zu.

„Sie rufen nach mir", brüllte er zurück.

Mehr sagte er nicht.

Sie verstand es nicht. Wie sollte sie das auch verstehen? Wer rief ihn? Was war los mit ihm? „Phil! Ich bitte dich!"

Ertrunkene, stiegen an die Oberfläche, sammelten sich um das Schiff und hämmerten mit blanken Fäusten auf das Holz ein, suchten einen Weg auf das Schiff.

„Sie sind hier!“, rief er, dann blitzte Licht auf und eine Welle zog ihn zu sich in die Masse der Toten.

Penele gelang es seine Hand zu ergreifen.

„Lass mich los“, warf er ihr entgegen, während die Ertrunkenen gierig an seinen Beinen zerrten. „Siehst du nicht, dass sie kommen, um mich zu holen?“

„Sie wollen uns alle holen, du Narr!“

„Nein, du verstehst es nicht! Ich hätte nie in dieses Land kommen dürfen! Das Böse folgt mir und meinen Schritten. Ich bin der Fluch, der das Land heimsucht, nicht ihr!“

Sie zerrte ihn samt einen der Ertrunken zurück an Bord. „Denkst du“, brüllte sie noch während sie den Untoten zurück ins Meer stieß, „ich will, dass du einer von ihnen wirst? Nicht du, Phil. Nicht du!“

„Penele, ich…“

„Aye, ihr Landratten“, schrie Dicks. „Unter die Kajüte mit euch! Das hier ist nur etwas zwischen mir und ihm!“

Es brummte und das Meer glühte rot. Blasen stiegen aus der Tiefe empor und zerplatzten, als sie an die Oberfläche stießen.

Es war als würde das Meer kochen.

Dann erhob es sich in riesigen Wellen, feuerrot wie Flammen, die sich teilten und inmitten der Fluten etwas gebaren, das langsam aus dem Meer aufstieg.

„Da ist er!“, schrie Dicks.

Ein gewaltiger Wal tauchte auf, messerscharfe Zähne und ein Blick, so voller Hass, dass er alles und jeden durchbohrte. Prompt aufgetaucht, warf er sich dem kleinen Schiff entgegen.

„Ich muss zu ihm“, rief Phil.

„Nein, das musst du nicht!“

Dicks lenkte hart ein, ehe der Geist des Meeres sie rammen konnte. „Haltet euch fest!“, rief er, während er das Steuerrad umriss.

Penele stolperte ihm direkt in die Arme. „Siehst du den Zorn in seinen Augen? Er wird euch vernichten, wenn ich es jetzt nicht tun werde. Bei Weya, das lasse ich nicht zu!“

„Woher willst du das wissen?“

„Ich habe es auf der Klippe gespürt. Seinen Hass, seine Wut und seinen Zorn. Es war so gewaltig, dass es mir den Verstand raubte.“

„Ich werde dich nicht loslassen, Phil.“

„Das wirst du müssen“, sagte er und stieß sie noch im selben Augenblick von sich.

„Ist der Bursche irre?“, rief Dicks, als er mit ansah, wie sich der junge Pfaffe in die tosende See warf.

„Nein“, schrie Penele. „Nur zu gut für diese Welt!“ Dann sprang sie ihm nach.

Immer wieder riss er sich aus den gierigen Griffen der Toten los und schwamm direkt dem riesigen Wal entgegen.

Als er ihn beinahe erreicht hatte, riss der Wal sein gewaltiges Maul auf und verschlang ihn.

Es gelang ihr nicht zu ihm zukommen, stattdessen packte sie einer der Ertrunkenen und zerrte sie in die Tiefen, noch während sie zu sah, wie der gefräßige Mund des Wals ihn verschlang. Sie setzte sich kaum zur Wehr, ließ sich einfach in die Tiefe zerren und sah0 wie im dunklen Schleier des Meeres auch der Wal in die schwarzen Tiefen hinabtauchte.

Warum? Warum wollte er nur ihn?

Sie spürte, wie Wind und Meer sich beruhigten, das Brummen verstummte und das Leuchten verebbte. Auch der Ertrunkene, der sie fest umklammerte, verlor seine Kraft und erschlaffte.

Schließlich tauchte sie zwischen zahlreichen reglosen Körpern auf, hustete das besudelte Wasser aus ihren Lungen und rief nach ihm.

Doch er war verschwunden.

Die Flut riss ihn mit sich, tief ins Innere des Wals, wo er schließlich an den Leib des Geistes stieß und ihn berührte. Noch im selben Augenblick umschloss ihn das Licht und er hörte eine zarte Stimme, die zu ihm sprach. Sie war ruhig, gelassen, milde und doch so leise, dass er sie kaum verstand.

Plötzlich übermannte ihn ein stechendes Gefühl in der Brust. Das Leiden des Geistes, dachte er.

Er spürte Hass und Zorn. Eine geballte Wut auf die Fischer, auf die Matrosen, ja sogar auf sich selbst.

Der Hass auf sich selbst musste der Teil des Geistes sein, der sich selbst für seine Taten missachtete und er wusste, er war schuld an dem wie er war, wie er zu dem geworden war, was er war. Es war wie beim Geist des Waldes, eine Schuld die mit einer zarten Büße ihre Unschuld erweisen wollte.

Der Geist des Meeres war nicht das Böse, er suchte nicht das Land heim, er war nicht der Fluch. Der Geist war ebenso ein Opfer wie seine Opfer Opfer waren. Opfer von etwas Größerem. Etwas Komplexerem.

Reue legte sich auf seinen Verstand, verdrängte den Schmerz aus der Brust und er spürte, der Geist beruhigte sich, ließ all seinen angestauten Zorn entweichen.

Er fühlte, er sank zurück in die Tiefen und es war in Ordnung ihn mit zu nehmen.

Es war wie ein Schweben, auch als das Leuchten und die Stimme schon lange verklungen waren. Er schwebte in geborgener Obhut des Geistes, wusste, er würde ihn irgendwann irgendwo wieder sicher absetzen und dann seiner Wege ziehen.

Doch dann, inmitten dieser erholsamen Ordnung, erschütterte alles. Etwas rammte den Wal von unten und zog ihn mit sich zurück an die Oberfläche.

Noch nie hatte sie sich derart schmutzig gefühlt, als das Salzwasser fast schon zäh aus ihrer Kleidung sickerte und auf das Deck tröpfelte.

Unentwegt starrte sie auf die Oberfläche, hoffte er würde wieder auftauchen. Irgendwo. Irgendwann. Irgendwie.

„Denkst du er ist...?“, fragte sie Dicks, der neben ihr stand und sie aus dem Wasser gezogen hatte.

„Aye“, nickte er. „Wie auch immer er ihn besänftigen konnte, es hat ihn erwischt.“

Sie ballte eine Faust, presste die Finger so fest in ihre Handfläche, dass es schmerzte. „Wenn er ihn umgebracht hat, dann…“

„Du solltest deine Kleider wechseln“, sagte Dicks. „Du wirst dich noch erkälten.“

„Mir geht es gut!“, schrie sie ihn an.

„Aye. Nur wie lange noch?“

Sie packte ihn an den Schultern, brüllte ihm ins Gesicht, stieß ihn von sich, hob die Faust und… Und dann entdeckte sie etwas am Horizont. „Phil?“, wunderte sie sich.

Der große Wal, der Phil verschlungen hatte, tauchte wieder auf, stieg höher und höher, bis er schließlich ganz aus dem Wasser hervorragte. Und er stieg weiter auf.

Unter ihm erspähte sie ein Schiff, dessen Mast sich durch den Leib des Wals bohrte.

Er zappelte daran.

„Beim Klabautermann…", entfuhr es Dicks. „Das ist die Troubadeur."

„Phil muss dort sein!", rief sie. „Wende sofort das Schiff!"

„Bist du wahnsinnig? Das Ding hat gerade den Geist des Meeres aufgespießt, was denkst du, wird es dann mit diesem Schiff hier anrichten?"

„Das war keine Bitte, Dicks!", presste sie zwischen den Zähnen hervor.

Immer wieder schlug die schwere Schwanzflosse gegen das morsche Holz des Schiffes, dennoch gab es nicht nach. Es war, als sei das Holz aus einem Material gefertigt, das nicht aus dieser Welt war, ein Material, das morsch aussah, leicht schimmerte und doch nicht zerbarste. Stattdessen zeugten unzählige Risse und Löcher in Bug und Heck, dass die Troubadeur das Sinken bereits hinter sich gelassen hatte und war nicht bereit den Vorgang noch einmal zu wiederholen.

Es dauerte eine Weile, bis der Wal den Kampf gegen das übernatürliche Monstrum verlor und schließlich vollends erschlaffte.

Aus dem weit aufgerissen Maul kullerte ein kahlköpfiger junger Mann heraus und landete hart auf dem Deck der Troubadeur.

Sogleich reckte man ihm einen Säbel entgegen. Eine kratzige tiefe Stimme begrüßte ihn an Bord. „Dieser Wal gehört mir!"

Am anderen Ende des Säbels machte Phil eine kleine Gestalt aus, vermutlich ein Kobold, der sein zernarbtes Gesicht unter einer großen schwarzen Kapitänsmütze versteckte.

„Der Geist des Meeres gehört niemandem", entgegnete er.

„Ha! Glaub nicht, ich hätte es nicht gesehen!"

„Warum?", fragte Phil. „ Warum hast du das getan?"

„Weil er mir gehört. Auf ewig!"

„Du bist wahnsinnig, zu glauben, du könntest dir einfach etwas so Mächtiges aneignen."

„Genau das kann ich!", lachte der Kobold. „Ich bekomme alles! Was ich will, das gehört bereits mir!"

„Alles? Und dann nennst du einen Haufen aus verwahrlosten Brettern dein Schiff?"

„Du bist doch nur wütend, weil ich mir deinen Wal genommen habe." Er dachte kurz nach ehe er weitersprach. „Oder willst du damit andeuten, dass dein Schiff dort hinten besser ist als meins?" Der Kobold wankte ans Steuer. „Keine Sorge, das nehme ich mir auch noch."

„Es gehört Dicks!", protestierte Phil. „Ein Mann von Ehre und Wagemut, nicht wie du!"

„Dicks?" Der Kobold nahm den Hut ab und schritt langsam auf ihn zu, sein verwester Atem stieg ihm in die Nase, als er sprach: „Dicks? Bist du dir sicher?"

„Bei Weya, lass ihn und seine Männer gehen."

„Du drohst mir? Du weißt nicht einmal worum es hier geht. Dicks mag ein Pirat sein, aber auch ein Pirat muss sein

Wort halten, vor allem, wenn so viel auf dem Spiel steht. Er ist ein Lügner und das wird er büßen!""

„Ihr seid euch schon einmal begegnet?"

„Ha!" Er setzte seinen Hut wieder auf. „Was glaubst du, ist mit seinem letzten Schiff passiert?" Er streifte sich über die zerlumpte Brust. „Vor dir steht Bing. Käpt´n der Troubadeur und der größte Pirat, den das Meer zu bieten hat. Ich nehme mir, was mir gefällt, aber ich bin kein Ungeheuer, sondern ein Pirat nach Maß. Ich überlasse jedem Piraten, der glaubt ein größerer Pirat als ich zu sein, die Wahl, sein Leben oder das seiner Crew." Er starrte ihm fest in die Augen. „Und nun rate mal, wofür sich dieser Dicks entschieden hat?"

Phil stand auf. „Das ist abscheulich!"

„Abscheulich?", schrie Bing. „Ich bin alles andere als abscheulich. Ich bin ein Pirat, der Pirat!"

„Für mich bist du nichts weiter als eine Ausgeburt aus dem tiefsten Winkel der Finsternis!"

„Ha! Du bist der erste Pfaffe den ich je so zornig gesehen habe", lachte Bing lauthals. „Das gefällt mir. Ich denke, ich werde dich behalten. Du könntest mich in den stillen Stunden unter See sicher gut unterhalten."

„Weya wird dich für deine Taten richten!"

Bing wich dem Schlag aus und trat ihm ins Knie, sofort fiel Phil zu Boden und spürte das kalte Eisen an seinem Hals. „Du hast wohl nicht richtig zugehört, wie? Er hat meine Frage beantwortet, nicht ich! Und nun sieh ihn dir an!" Er nickte in Richtung Dicks und seiner Begleiter. „Er versprach, die Piraterie abzulegen, und nun? Er hat ein neues Schiff, eine neue verdammte Crew und vermutlich auch noch den verdammten Mumm mir trotzen zu wollen! Niemand lügt mich an, verstehst du das?“ Bing steckte den Säbel zurück, ehe er nach er ein paar Seilen griff. „Und genau deshalb, werde ich sie allesamt versenken!“

Voller Hoffnung noch nicht entdeckt worden zu sein, riss Dicks das Steuer um, als gäbe es kein Morgen mehr.

„Was tust du da?“, stellte ihn Penele zur Rede.

„Unser aller Leben retten.“

„Das ist die falsche Richtung!“, brüllte sie. Sie wurde umgestoßen bei dem Versuch das Rad zu wenden. „Wir müssen zu ihm!“, schrie sie.

„Ich bin hier der Käpt´n, ist das klar?“, entfuhr es Dicks, dann hielt er plötzlich den Atem an.

Die Troubadeur raste schnell wie der Wind auf sie zu.

„Beim Klabautermann“, stammelte er. „Das ist unser Ende.“ Er ließ das Steuer los und reichte Penele die Hand. „Wenn du etwas tun willst, trommle die Mannschaft zusammen, sie sollen die Boote bemannen und das Schiff verlassen.“

„Das werde ich nicht!“

„Tu was ich sage! Was immer dieser Bing auch begehrt, er bekommt es auch!“

„Weißt du, Bursche“, Bing nahm die Hände vom Steuer, „wenn du nicht so amüsant wärst, dann wärst du schon längst unter den Fischen. Nicht, dass du denkst, ich ließe dich bloß am Leben, weil du ein Pfaffe bist. Pah, Götter! Was können die schon ausrichten!“

Phil spuckte aus.

„Ich meinte das ernst. Sieh es eher wie eine Form von Glück. Meine letzte Crew habe ich einfach über Bord geworfen. Das ist Jahrhunderte her. Aber, hey, du bist wirklich aufbrausend und amüsant. Wäre schade um dich."

„Binde mich los!"

„Ha!", rief er plötzlich. „Was ist das? Sie lassen die Boote zu Wasser? Denken sie wirklich, sie könnten mir entkommen?"

Die ersten Boote schlugen ins Wasser und schaukelten sich auf der Wasseroberfläche ein, während Dicks die Seile kappte.

„Was hast du vor, Käpt'n?", wunderte sich einer der Matrosen.

„Das, was ich bereits beim letzten Mal hätte tun sollen, mit dem verdammten Schiff untergehen!"

„Käpt'n!"

„Pass mir auf diese Landratten auf und bring sie sicher nach Bidor, verstanden? Das bin ich ihnen verdammt nochmal schuldig!"

Das Boot trieb davon, während Justus und Tharael eine tobende Elfin davon abhielten über Bord zu springen und etwas zu tun, was sie später vielleicht bereuen würde. Noch war Phil nicht verloren, das wusste sie und dieser dämliche Sturkopf würde das auch noch einsehen.

Dann schlug die Troubadeur ein, trennte mit ihrer Wucht Bug und Heck und glitt ungebremst durch das Schiff hindurch.

Sie sah mit an, wie das Schiff langsam zu sinken begann.

Bing sprang an Bord des sinkenden Schiffs. „Dicks du räudiger Abschaum!", brüllte er. „Du hast mir dein Wort gegeben!"

Der Pirat lag auf dem Boden, sah den Säbel in seinem Gesicht aufblitzen und verlor dennoch nicht seinen Stolz. „Was ist schon ein Wort, wenn man es einem Irren gibt?“, trotzte er.

„Ha!“, lachte Bing. „Große Worte für einen großen Mann.“

„Tue es, aber lass sie gehen!“

„Ha! Dicks. Das war das Angebot, welches ich dir bei unserer letzten Begegnung gemacht habe!. Diesmal gilt es nicht! Diesmal werdet ihr alle untergehen! Niemand lügt den größten aller Piraten an, ist das klar?!“

„Dicks!“, rief Phil vom anderen Schiff herüber. „Du musst das nicht tun!“

„Phil?“, wunderte sich der Pirat und entdeckte sogleich den jungen Pfaffen, gefesselt an den Mast der Troubadeur. „Du lebst?“

„Ein Freund von dir?“ Bing grinste verschwitzt, dann sprang er zurück an Bord der Troubadeur und hielt Phil den Säbel an den Hals. „Er ist jetzt mein Freund.“

Dicks stand auf, zog seine Waffe und setzte zum Sprung an. „Lass ihn gehen, Bing!“, brüllte er noch ehe seine Beine das morsche Holz berührten. „Er ist ein besserer Mann, als du und ich es je sein werden!“

Dann traf Stahl auf Stahl.

„Ich bin kein Mann“, brummte Bing. „Ich bin der größte Pirat aller Zeiten.“

„Der wirst du nie sein! Dafür bist zu klein!“

„Arr!“

Hilflos musste Phil mitansehen, wie sie sich die beiden Piraten bekämpften. Immer wieder gelang es einem von ihnen einem der zahllosen Hiebe auszuweichen und nachzusetzen. Auf den ersten Blick schien es ein ausgeglichener fairer Kampf zu sein, doch das war er nicht. Langsam wurden Dicks Schläge langsamer und weniger energisch, es war, als würde er allmählich müde, noch dazu blutete er.

Schließlich wandte sich Dicks von dem Untoten ab und durchtrennte die Fesseln. „Geh!“, schrie er. „Rette dich, Phil!“ Phil zögerte, wollte seinen Dolch ziehen, ihm beistehen, doch Dicks stieß ihn an und warf ihn einfach über Bord. „Schwimm zu einem der Boote!“, brüllte er ins Wasser hinab. „Mit etwas Glück erreichen du und deine Freunde die Insel.“

Noch während Phil begann sich von den beiden Schiffen zu entfernen, hörte er wie Dicks lauthals aufschrie, als durchfuhr ihn eine der Klingen.

Der Augenblick in dem Phil das Boot erreichte, blieb wohl für viele der Anwesenden lange Zeit unvergesslich.

Während Penele schluchzend und weinend ihn umarmte und liebkoste, fragte der Matrose, der ihn zu ihnen auf das Boot gezogen hatte, nach seinem Kapitän.

Phil schwieg und senkte den Kopf.

Hinter ihnen sank das Schiff und mit ihm auch Dicks.

Es dauerte nicht lange, da zog sich die Troubadeur aus dem sinkenden Wrack zurück und begann die Boote zu jagen, auf denen sich die Besatzung zu flüchten erhoffte. Sie rammte und versenkte Eines nach dem Anderen.

Es musste ein unerträglicher Schmerz gewesen sein, wenn man zum zweiten Mal als einfacher Matrose alles verlor, was man Besaß und für einen wichtig geworden war. Wieder hatte er Kameraden, Schiff und seinen Kapitän verloren und mitansehen müssen, wie alles gewaltsam und schreiend entrissen, zerrissen und versenkt wurde. Es war nicht überraschend, dass ein einfacher Verstand kaum derart stark sein konnte, dass er all dies noch einmal hinnahm.

Natürlich machte Phil sich Vorwürfe, nach ihrer Ankunft auf der Insel Bidor den wohl letzten Matrosen Dicks aus den Augen verloren zu haben, doch als sie seine Leiche am Strand fanden, konnte er es verstehen.

Er kniete sich zu ihm und betete.

Irgendwann, dachte er, sollte Bing dafür büßen müssen. Auf die eine oder auf die andere Art.

Ob es nun Glück, Weyas Beistand oder der Schutzzauber von Tharael war, es gelang ihnen Bidor in nur einem Stück zu erreichen. Und er wusste, was immer es war, Dicks hätte es auch verdient gehabt.

„Ich werde ein Lied über ihn singen“, riss ihn Justus aus seinen Gedanken und klopfte auf seine Schulter.

„Das solltest du“, nickte er. „Er war der größte Pirat, dem ich jemals begegnet bin.“

Der Barde nickte. „Hoffen wir, dass es auch jemand hören wird.“

„Ich denke nicht, dass wir die Schriftrolle finden, wenn wir hier einfach nur am Strand rumsitzen“, unterbrach sie der Zauberer.

„Er hat Recht“, sagte Phil. „Wir werden mit ihr diesen Bing stoppen. Für immer!“

„Ich habe Hunger“, sagte Giggles. „Die ganze Aufregung hat mich ziemlich hungrig werden lassen.“

Er sah zu dem Zwerg hinüber, der sich auf den Magen klopfte und nickte ihm zu.

Wenn die Sonne von Tagalan einen Lieblingsort hatte, dann wohl die kleine Insel Bidor. Und sie liebte sie gerade zu abgöttisch. Es war, als würde der helle Stern direkt über dem Dickicht still stehen und den ganzen Tag auf sie herab grinsen.

Zwar bot die üppige Landschaft aus Pflanzen gelegentlich Schattenplätze, doch die warme und feuchte Luft wurde vor allem gegen Mittag immer unerträglicher.

Schweiß perlte auf seiner Stirn, rann die Wangen hinab und tropfte auf einen der Steine.

Er glaubte dabei ein Zischen zu hören.

Der süßliche Duft, der von den Sträuchern und den zahlreichen Früchten in den Baumwipfeln ausging, war das Einzige, was die Insel erträglich machte. Zumindest für Giggles.

„Du isst wie ein Affe“, hörte er den Gnom feixen.

„Ich bin kein Affe, ich bin ein Zwerg“, schmatzte Giggles laut. „Und wenn ich wie ein Affe esse, dann nur, weil wir auf einer Insel sind, so etwas nennt man Inseltarnung.“

„Ich nenne es verfressen.“

„Er hat Recht“, sagte Phil.

„Natürlich habe ich das. Wie ein Affe.“

„Ich meinte Giggles.“

„Ja... Den meinte ich auch.“

„Jorf, lass den Quatsch.“ Er sah sich um, schien etwas zu suchen, was nicht dort war. Etwas, was zu jeder Insel gehörte. Etwas, das man hören und sehen konnte. „Irgendwas stimmt hier nicht.“

„Stimmt“, lachte Jorf. „Bald wird er keine Bananen mehr haben und nicht nur wie ein Affe fressen wollen, sondern sich auch wie einer von Ast zu Ast schwingen, um neue zu suchen."

„Genau das meine ich", sagte Phil, der gar nicht richtig zugehört hatte. „Hast du schon einen gesehen, seit wir hier sind?"

„Einen Affen?", fragte der Gnom. „Bis jetzt nur den Dicken hier."

„Es ist viel zu still für einen so dichten Dschungel", erklärte er. „Die Insel ist derart fruchtbar, dass es hier nur so vor Tieren wimmeln müsste. Nicht ein Vogel ist zu hören."

„Jetzt wo du es sagst…" Jorf lauschte der Stille.

„Stille ist die Stimme des Todes", sprach Nevina. „Es ist seine Art uns an seine Anwesenheit zu erinnern."

Es waren die ersten Worte, die das kleine Mädchen seit einiger Zeit von sich gegeben hatte. Er wusste gar nicht, wann sie das letzte Mal etwas gesagt hatte. War das vor der Sache mit Dicks? Das Alles musste unglaublich viel sein für einen so jungen Verstand. Wenn sich ihr Verhalten verbessern sollte, durfte er sie nicht länger ignorieren. „Du solltest nicht immer an den Tod denken, Stille ist die Art mit der das Leben uns erinnert auch die ruhigen Augenblicke zu genießen", sagte er.

„Nein", stritt sie ab. „Es ist seine Art uns zu rufen."

„Phil", warf Penele ein. „Du machst ihr Angst."

„Ich habe keine Angst, Schwester", widersprach Nevina. „Angst haben nur die, die nicht bereit sind."

Während sie vergebens versuchten das Kind in Nevina zu wecken, zeigte es sich in jemand ganz anderem.

Tharael lief der kleinen Gruppe weit voraus, sprang ungeduldig hin und her, konnte es kaum erwarten die nächste der alten Schriftrollen in seinen Händen zu halten und von ihrer Macht zu kosten.

Hastig schob er ein paar Blätter zur Seite und spähte hindurch. „Eine Höhle!“, rief er stolz etwas gefunden zu haben. „Da muss sie sein!“

Der Barde war der Erste der ihn schließlich einholte. „Was ist das?“, wunderte sich Justus.

„Sieht wie ein Panther aus“, sagte Jorf. „Nur mit zwei Köpfen und Federn auf dem Rücken.“ Strahlend drehte er sich zu Phil um. „Gut das wir ein Tier gefunden haben, dann kannst du dich ja wieder beruhigen, du machst mich ziemlich nervös, wenn du nervös bist, weißt du? Du kratzt dir dann immer so über den Kopf und so...“

„Kein Panther hat zwei Köpfe und ein paar Flügel.“

„Flügel?“ Jorf sah nach einmal hin. „Tatsächlich. Deswegen die Federn. Ja, prima, dann hast du nicht nur irgendein Tier gefunden, sondern auch einen Vogel. Mensch Phil, wenn er jetzt noch zu Trällern beginnt ist heute echt dein Glückstag. Könntest du dir jetzt noch einen Sack voll Gold für mich wünschen?“

„Das ist weder ein Panther noch ein Vogel“, klärte sie der Zauberer auf. „Diese Chimäre muss der Wächter der Schriftrolle sein.“

„Ich dachte, eine Chimäre ist eine Kreuzung aus Adler und Löwe“, wunderte sich Justus.

„Andere Länder, andere Sitten“, winkte Jorf ab. „Schätze der Vater war ein ziemlich verstohlener Rabe und die Mutter eine heiße Pantherin, kann mich aber auch irren und es ist genau andersherum. Ich kann das aber gerne für unseren neuen Hobbybiologen notieren, wenn er mag. Oh halt, warte, kann ich doch nicht. Ich habe meinen Stift auf dem Schiff liegen lassen, können wir nochmal zurück?"

„Ein Pfeil in jeden dieser entstellten Schädel sollte ausreichen", schlug Penele vor.

„Das solltest du lieber lassen", erklärte Phil. „Chimäre können Gedanken lesen und würden dich zerreißen noch ehe du deine Sehne gespannt hast. Ich wette, sie hat uns bereits bemerkt."

Wie beschworen öffnete das Tier die Augen und sah sich um. Es war, als bohrte sich ihr Blick gerade zu in seinen Schädel.

„Ich werde sie bei lebendigem Leib verbrennen", sprach der Zauberer.

„Das wirst du nicht", lehnte Justus ab. „Du wirst höchstens ohnmächtig und gar nicht spüren, wie sie dich langsam verspeist."

„Und das wäre uns gegenüber unfair", ergänzte der Gnom.

„Aber ich muss da rein!", protestierte Tharael.

„Tjork hauen?", meldete sich der Barbar zu Wort.

Phil brauchte etwas Zeit zum nachdenken, mit einer Chimäre war nicht zu Spaßen. Sie waren unberechenbare wilde Tiere, die ihre Opfer urplötzlich ansprangen und in Stücke rissen. Was sie brauchten, war ein Plan, den dieses Ding nicht aus ihren Gedanken lesen konnte. Aber wie stellte man so etwas an? Plötzlich riss ihn die Elfe mit ihrem Rufen aus seinen Gedanken.

Ganz langsam und vorsichtig schritt Nevina auf die Chimäre zu. „Sie ist verletzt", sagte sie und legte eine Hand auf ihren Bauch. Die Chimäre blieb ruhig liegen und sah sie schnurrend an.

„Jemand hat sie mit etwas Scharfem getroffen", schilderte sie die Verletzung. „Sie liegt hier, weil sie auf jemanden wartet." Sie streichelte ihr fürsorglich über einen der Köpfe. „Sie wartet auf ihn", sagte sie sogleich.

„Bist du wahnsinnig?", schrie Penele. „Sie kann dich noch immer in Stücke reißen."

„Dann hätte sie es bereits getan", entgegnete die Kleine. „Sie weiß, dass ich ihr nichts tun werde. Und ich weiß das auch."

„Könnte es Bing gewesen sein?", wunderte sich Phil.

„Warum sollte er eine Chimäre töten, die uns töten könnte?", fragte Justus.

„Weil kranke Persönlichkeiten wie er, es lieber selbst tun wollen", erklärte er.

„Noch ist sie nicht tot", wandte Nevina ein. „Sie wartet…"

„Du gehst trotzdem weg von ihr!", brüllte ihre Schwester.

„Aber sie ist so wunderschön und ihr Fell ist herrlich weich."

„Es mag wahnsinnig klingen", sagte Phil schließlich. „ Aber ich könnte ihr vielleicht helfen." Er zog ein Bündel Kräuter aus seiner Tasche. „Ich habe noch ein paar Kräuter dabei, die Blutungen stoppen können."

„Fängst du jetzt auch damit an?", schrie sie ihn an. „Dieses Ding hat die gesamte Insel leer gefressen und du willst ihm helfen? Es wird uns zum Dank lebendig zerfleischen."

„Sie ist verletzt", beharrte Nevina. „Sie wird uns nichts tun."

„Hast du mir nicht zugehört?"

Phil stützte sich auf ihre Schulter. „Sieh doch nur“, sagte er. „Wann hast du Nevina zuletzt so euphorisch gesehen? Sie ist wie ausgetauscht.“

Sie sah ihre Schwester an, dann ihn. „Wenn es sie angreift, töte ich es.“

„Dann solltest du wohl lieber Beide im Auge behalten.“

Vorsichtig näherte er sich der Kleinen, bis er sicher war, dass das große Tier ihm nichts antun würde, dann wies er sie an einen der Kopf des Tieres zu halten. Obschon sie einen Zweiten hatte. Aber vielleicht biss sie so nur einmal zu.

Sorgsam tupfte er ein paar der Krusten ab und entfernte das überschüssige Blut von der Wunde. Immer wieder sah er dabei zu Nevina herüber.

Das Tier zuckte und fauchte, ließ ihn jedoch die Verletzung in Ruhe behandeln, vermutlich, weil sie wusste, er wollte ihr helfen.

Er fragte sich, was sie wohl noch in seinen Gedanken fand. Vermutlich den Hass, den er auf Bing hegte. Womöglich sogar die Trauer um Dicks. Vielleicht spürte sie auch seine Zweifel und Sorgen. Die Sorgen um Nevina und Penele, aber auch die Zweifel an sich und seiner Mission.

Was auch immer sie in seinen Gedanken gefunden hatte, kaum war die Wunde versorgt, richtete sie sich hastig auf und flog davon.

„Sie wird es schaffen“, sagte er zu Nevina, während sie zusahen, wie sich das schwere Tier erhob und davonglitt.

Die Höhle war nicht sehr groß und schon bald erreichten sie im Inneren einen kleinen Wasserfall, der scheinbar nur auf sie gewartet hatte.

Und nicht nur der Wasserfall.

„Was tust du hier?“, grüßte Phil seinen Widersacher.

Er stand auf. „Euch töten“, sagte Bing. „Aber zuerst will ich eine Antwort von euch.“ Er schritt auf die Schriftrolle zu. „Warum?“, fragte er. „Seit Jahrhunderten umkreise ich diese Insel. So oft habe ich versucht dieses verfluchte Ding anzufassen, so oft hat es mich abgestoßen, mir nichts von seiner Macht geben wollen. Also warum? Warum sollte dieses verfluchte Ding euch geben, was mir, Käpt´n Bing, der größte Pirat aller Zeiten, verweigert bleibt und mich dieses verfluchte Ding abstößt wie einen schmutzigen Haufen Dreck?“

„Keine Sorge, die Letzte hat mich auch abgestoßen“, tröstete ihn Jorf. „Wir könnten also Freunde sein, wenn du magst. Wir könnten eine kleine Gilde eröffnen, vielleicht die Abgestoßenen oder so. Jedes Wochenende trinken wir zusammen Met, prellen die Zeche und ziehen um die Häuser, treiben dabei etwas Gold für die Gildenkasse ein und so.“

Bing sah ihn fest an. „Ein Gnom?“, wunderte er sich und ging auf ihn los. Er baute sich direkt vor seiner Nase auf, hob dabei das Kinn nach oben, um noch größer zu wirken. „Ich mag Gnome, wisst ihr? Sie sind so klein, so schwach. Sie wollen Alles und haben nichts. Und sie können auch nichts. Ein Gnom ist einfach ein kleiner Haufen von Nichts.“

„Ich könnte dir eine reinhauen“, sagte Jorf scharf.

„Ha! Könntest du nicht.“

Jorf holte zum Schlag aus, spürte dann jedoch das Eisen an seinem Hals.

„Und weißt du auch warum nicht?“, sagte Bing. „Weil du so verflucht klein bist.“

Jorfs Blick fiel auf den Boden.

„Nur ein Zauberer kann sie lesen“, sprach Tharael.

„Woher willst du das wissen?“

„Er hat schon mal so ein Ding gelesen“, erklärte Jorf.

„Schweig, Gnom! Du sprichst nur, wenn ich es erlaube.“

„Ich bin nicht bloß irgendein Zauberer“, sagte Tharael. „Wenn ich alle Zauberformeln in mir vereine, werde ich der größte Zauberer von Tagalan sein.“

„Ha!“ Bing lachte schrill. „Ihr Narren folgt einem größenwahnsinnigem Weichei hierher, nur um unter meinem Säbel zu sterben? Seid ihr doof oder so?“

„Er wird das Land befreien“, versicherte ihm Phil.

„Ha! Einen Dreck wird er. Denkt ihr wirklich, wenn es so einfach wäre, hätte es noch nie zuvor jemand versucht?“

„Die Schriftrollen sind durch ein magisches Siegel versiegelt, nicht jeder kann sie öffnen.“

„Ha!“ Der Kobold drückte Tharael den Säbel an den Bauch. „Wenn sie soviel Macht besitzt, dann gehört sie mir. Und du hilfst mir sie zu benutzen.“

„Und wenn nicht?“

„Dann wird sie dir auch nicht gehören, Schwätzer!“

Machtlos sah er mit an, wie sich die Beiden dem Sockel vor dem Wasserfall näherten. Er wusste, er würde ihn töten.

„Ha! Denkst du, ich sehe das nicht?“, brüllte Bing.

„Wovon sprichst du?“, wunderte sich Tharael und rieb sich die Augen. „Mir war etwas Wasser ins Auge gespritzt, mehr nicht.“

„Das wird nicht das Letzte sein, was bei dir träufelt, solltest du mich austricksen! Und jetzt mach das verfluchte Ding auf!“

Tharael entrollte die Schriftrolle. Sogleich strömte violettes Licht aus ihr und erhellte den Raum.

„Jetzt gib sie mir!“ Als Bing nach ihr griff, gab es einen Knall gefolgt von einer violetten Explosion.

Als Phil die Augen wieder öffnete, war die Schriftrolle und Bing verschwunden. Nur Tharael lag noch dort oben, direkt vor dem Sockel. Er leuchtete in schwachem violett und schloss langsam und schwerfällig die Augen.

Die Schriftrolle hatten sie gefunden, wenn sie auch nicht wussten, ob es funktioniert hat. Und irgendwie war es ihnen gelungen Bing zu loszuwerden. Doch nun mussten sie einen Weg finden die kleine Insel namens Bidor wieder zu verlassen. Es gab weder ein Schiff, noch einen Kapitän und auch noch immer keine Antworten.

Warum waren die Schriftrollen wirklich versiegelt worden? Und weshalb war ausgerechnet Tharael der Erlöser? Und wenn, warum wurde er ständig ohnmächtig, wann immer er mit Magie in Berührung kam?

„Zumindest haben wir genug zu essen“, freute sich Giggles und schälte eine Banane.

„Ich kenne diesen Gesichtsausdruck“, meldete sich Penele zu Wort. „Sprich es ruhig aus.“

„Dieses violette Licht steckt in ihm“, erklärte Phil. „Natürlich war Bing kein guter Mensch, und vielleicht ist es auch gut, dass diese Macht ihn vernichtet hat. Aber, wenn wir alle Schriftrollen haben, was dann? Wird die Magie auch uns vernichten? Und was, wenn er sie kontrollieren kann? Werden wir alles Schlechte auf Tagalan einfach so vernichten? Jeden, der scheinbar falsch handelt? Ich meine, was wissen wir über diese Magie und was über Tharael? Wenn er die Macht kontrolliert, werden dann nicht dutzende Unschuldige sterben?“

„Was meinst du?“

„Der Geist des Meeres etwa. Ich habe gespürt, dass er nicht von Grund auf böse war. Etwas hatte etwas Böses aus ihm werden lassen.“

„Der Geist des Meeres hat ganz Angor terrorisiert.“

„Er war besessen von Zorn und wusste nicht, was er tat. Als der Zorn verschwunden war, war er noch immer der gerechte Hüter des Meeres, wie der, der er sein sollte. Es war nur sein Verstand, der vergiftet worden war.“

„Du denkst noch immer, in jedem stecke das Gute.“

„Es fällt mir immer schwerer daran festzuhalten, doch wir sollten unsere Augen nicht vor den kleinsten Anzeichen verschließen, die diese Behauptung rechtfertigen. Und wir sollten Tharael im Auge behalten. Es wäre möglich, dass er sich nicht bewusst ist, worauf er sich einlässt.“

Als Tharael erwachte, leuchtete er nicht mehr. Es schien als habe ihn das Leuchten verlassen. Auf den ersten Blick zumindest. Auf den zweiten Blick konnte man das violette Leuchten noch immer in seinen Augen sehen. Klein und schwach, aber man konnte es sehen, wenn man genau hinsah.

Er sprach nicht viel, auch nicht, wenn man ihn ansprach. Auch zu den Schriftrollen konnte oder wollte er nicht viel sagen. Er wusste nur, irgendwo auf Tagalan warteten noch zwei weitere Schriftrollen darauf von ihm gefunden zu werden.

„Es wäre einfacher, hätten wir noch das Buch, das wir in Dagudar gefunden haben“, erklärte er.

„Selbst wenn wir es hätten“, entgegnete Penele. „Wir könnten daraus wohl kaum ein Floß bauen, nicht wahr?“

„Aber wir könnten Eines aus all den Bäumen bauen", schlug Justus vor. „Ein unvergleichliches romantisches Erlebnis, du und ich auf einer Insel wie dieser gestrandet, bauen wir gemeinsam ein Floß und segeln ganz allein und ohne Ziel der Sonne entgegen."

„Romantisch?" Sie wirkte leicht gereizt. „Das Meer auf einem Floß zu überqueren ist nicht romantisch, sondern lebensmüde. Außerdem sind wir nicht allein! Selbst wenn wir das wären, würde einer von uns Beiden auf Bidor bleiben!"

„Wenn dir das mehr zusagt…"

Der Barde kassierte eine Ohrfeige. „Zum letzten Mal, halt dich von mir fern."

„Aber er hat Recht", pflichtete Phil ihm bei. „Wir können hier nicht einfach nur rumsitzen und zusehen, wie Tagalan vernichtet wird. Obschon ich nicht weiß, was wir noch tun sollen. Weya spricht nicht mit mir. Weder im Gebet noch in meinen Träumen. Ich weiß, weder einen anderen Rat, noch ihr Schweigen zu deuten."

Ein Brüllen ertönte vom Himmel. Dann noch Eins.

„Das ist Boo", freute sich Nevina.

„Wer ist Boo?", wunderte sich Penele.

„Das flauschige Kätzchen, das Phil gerettet hat", erklärte sie und sprang auf. „Er ist zurück gekommen!"

Dann sahen sie sie. Boo, oder besser gesagt die Chimäre, flog direkt auf sie zu. Und sie war nicht allein. Eine kleine Schar aus Chimären begleitete ihn.

„Sieht aus als hätte er seine Freunde zum Essen eingeladen."

Sie landeten direkt vor ihnen am Strand und kaum hatte Boo den Sand berührt, lief Nevina aufgeregt auf ihn zu und kraulte ihn. „Es geht ihm wieder gut", freute sie sich.

„Die sehen ziemlich hungrig aus.“ Giggles holte seine Waffe hervor. „Aber das sind meine Bananen.“

Phil wies den Zwerg an zu warten. „Sie wirken so ruhig“, sagte er und sah zu, wie Nevina auf den Rücken von Boo stieg. „Sie wollen uns helfen“, erklärte sie das Verhalten der Chimäre.

„Wir sollen auf ihnen reiten?“, wunderte sich Tharael.

„Wir haben wohl nichts zu verlieren“, entgegnete Phil. Er traute zwar den Chimären nicht, wohl aber den Gefühlen der kleinen Elfe.

Es dauerte einen Moment bis auch der Letzte seine Furcht überwunden und seinen Platz auf einer der Chimären gefunden hatte. Das Fauchen oder Schnappen war dabei ebenso wenig hilfreich, wie die Furcht vor ihren scharfen Zähnen, die in jedem zu schlummern schien. Dann schließlich, als auch Tharael einen Platz und etwas Halt gefunden hatte, flogen sie los.

IV

„Die Grenze zwischen Licht und Schatten ist fließend.“

Sie erreichten das Festland. Riesige schwarze Schwaden stiegen dort auf, wo sie Angor erwarteten. Schon von weitem stieg der Geruch von verbranntem Fleisch und angesenktem Holz in ihre Nasen.

Die Stadt stand in Flammen.

„Der Dämonenritter!“, entfuhr es Penele. „Genau wie Zuhause!“

Nach ihrer Landung, verabschiedeten sie sich flüchtig von den Chimären und rannten los.

Nur Nevina nahm sich Zeit, um Boo Lebewohl zusagen. Sie hoffte ihn eines Tages wiederzusehen.

„Ich reiß ihn in Stücke!“, drängte Penele.

In der Stadt war es ruhig. Nur das Holz knisterte und die Flammen loderten auf den Dächern.

Es verschlug ihnen den Atem.

Sie suchten nach Überlebenden oder Verletzten. Doch niemand antwortete ihren Rufen.

Schließlich fanden sie jemanden. Es war die Wirtstochter. Sie kniete schluchzend über ihrem Vater. „Er ist schwer verletzt“, erklärte sie, als sie die kleine Gruppe bemerkt hatte.

Phil beugte sich über ihn. Er lebte noch. Weya sei Dank.

„Sie sind weg“, hustete der Mann. „Sie sind alle weg.“

„Vater, du darfst dich nicht bewegen.“

Phil fragte nach Verbandszeug. „Ich werde den Pfeil herausziehen müssen“, sagte er sogleich.

„Ein paar feige Matrosen haben überlebt, manchmal rettet Feigheit wohl das Leben.“

Phil zog den Pfeil heraus. Er schrie. Als der Schmerz erträglicher wurde, redete er weiter. „Wie Ratten hocken sie in ihren Löchern.“

Phil presste den Verband auf die Wunde. „Es wird keine Ertrunkenen mehr geben“, versuchte er ihn zu beruhigen.

„Das waren nicht die Toten. Sie sind schlimmer als die Toten.“

„Er wird dafür büßen!“, presste Penele zwischen ihren Zähnen hervor.

Phil ging nicht darauf ein. Stattdessen sprach er zur Wirtstochter: „Er wird es schaffen.“

„Ich danke euch."

„Dankt nicht mir, dankt der Göttin. Gibt es noch Weitere?"

„Nein. Sie sind alle tot. Nur ein paar Matrosen haben sich im Keller versteckt. Ich weiß, Vater verabscheut ihre Feigheit, doch ich wäre nicht hier, wäre ich ihnen nicht gefolgt."

„Aber, was in Weyas Namen, ist passiert?"

„Sie kamen so plötzlich und zeigten keine Gnade."

„Aber wer?"

„Sie sahen aus wie Soldaten, aber kein Mensch kann so grausam sein."

„Soldaten? Bist du sicher?"

„Möglich mich zu irren. Ihr Anführer trug eine dunkelrote Rüstung voller Runen. Und es sah aus, als besäße er Hörner."

„Der Dämonenritter!"

„Was wollten sie?"

„Sie sprachen nicht. Sie töteten und zerstörten nur."

„Phil! Er kann nicht allzu weit sein!"

„Hol die Matrosen aus dem Keller und gib jedem einen Eimer mit Wasser. Wir müssen das Feuer löschen."

„Phil! Er wird entkommen, wenn wir nicht aufbrechen!"

„Siehst du, was er getan hat? Er will zerstören und wüten, aber das wird nicht reichen."

„Niemals! Ich werde gehen!"

„Allein wirst du gegen ihn sterben. Ich verspreche dir, er wird für seine Taten büßen, doch Angor braucht uns."

Ein paar Tage waren seit ihrer Rückkehr vergangen. Sie retteten, was noch zu retten war und begannen mit dem Wiederaufbau. Zufrieden sah Phil, wie sich die Mienen der

Matrosen erhellten, als sie ihre Taten sahen. Es war, als hatten sie nun eine Aufgabe, die sie in ihrem Leben dringend gebraucht hatten.

Auch der Wirt hatte sich wieder erholt. Er wies ein paar der Matrosen an. Dann wollte er Phil etwas zeigen.

Phil war sprachlos, als sie die kleine Hütte erreichten.

„Du weißt, ich bin kein besonders frommer Mensch“, sagte der Wirt zu ihm. „Aber diese kleine Hütte hier soll an dich und deine Freunde erinnern. Ihr habt viel für uns getan.“

Phil strich über das Holz. „Eine Gebetsstätte, im Zeichen Weyas?“ Er hatte beinahe Tränen in den Augen. „Danke, mein Freund. Möge die Göttin über euch wachen.“

„Mach dir keine zu großen Hoffnungen. Wenn die Arbeiten erledigt sind, könnte es gut sein, dass die Matrosen wieder zu besoffen sind zum Beten.“

„Ich weiß, du wirst gut auf sie achten“, sagte Phil.

„Sie sind alles, was mir und meiner Tochter geblieben ist“, sagte der Wirt.

Die Zweisamkeit wurde von einem Traben unterbrochen. Wie aus dem Nichts standen plötzlich eine kleine Schar Soldaten in der Stadt. „Bürger! Diese Stadt steht nun unter dem Banner von Utai!“, verkündete Einer von ihnen.

“Was?“ Der Wirt warf den Hammer zu Boden. „Sie ist nicht einmal wieder aufgebaut und schon kommt ihr wie die Aasgeier und nehmt euch was euch beliebt?“

„König Agaran hat uns entsendet, um zu nehmen, was ihm gebührt.“

„Einen Haufen Trümmer?“

„Eben diese Trümmer sind der Beweis, dass König Beduin nicht in der Lage ist, eine Stadt wie Angor vor den Mächten des Bösen zu verteidigen."

„Aber das wäre Krieg…"

„Nein, hiermit ist die Stadt bereits belagert. Ich habe einen Boten ausgesandt, um Verstärkung zu holen. Er wird ein paar Arbeiter und Materialien aus Plock mitbringen lassen. Diese Stadt ist ein wichtiger Stützpunkt gegen die Mächte des Bösen, den König Agaran um keinen Preis missen möchte."

„Die Dämonen wüten über das Land und euer König hat nichts besseren im Sinn, als seine Macht auszubauen?"

„Er bezeichnet es als glückliche Fügung für Utai. Doch genug geredet, ihr solltet mit der Arbeit fortfahren. Unsere Gegner werden sich bald schon gegen uns erheben."

„Gibt es eine Möglichkeit den Krieg zu verhindern?", fragte Phil.

Der Soldat lachte. „Nein. König Agaran hat sich bereits entschieden. Das Königreich Bendor ist zu schwach für diese Ländereien. Nur ein starkes Utai kann dieses Land beschützen."

Bald schon verließen sie Angor. Der Stadt wurde nun geholfen, wenn auch anders als erwartet.

Sein nächstes Ziel war die Stadt Plock. Wenn der Dämonenritter durch das Land wütete, dann würde er sicher auch dort zu schlagen. Und ein anderes Ziel gab es nicht.

„Wir hätten nicht so lange bleiben sollen", beharrte Penele. „Er ist uns Meilen voraus."

„Und warum Plock“, wunderte sich Tharael. „Es ist eine Festung. Was sollte uns dort schon erwarten? Wir sollten woanders nach den verblieben Schriftrollen suchen.“

„Wir wissen nicht einmal, ob sie uns wirklich helfen“, entgegnete Phil.

„Du zweifelst an mir?“, wunderte sich der Zauberer.

„Nicht an dir. An Allem. Es ist fast so, als würde Leid und Elend uns folgen.“

Die Verstärkung marschierte an ihnen vorbei. Darunter auch ein paar Karren mit Gütern und Arbeitern. Einige von ihnen brachten Frau und Kinder mit. Sie glaubten, ihr neues Glück in Angor zu finden.

Phil sah einem kleinen Jungen nach, der seine Heimat vermisste. „Krieg“, sprach er. „Krieg ist die schlimmste Erfindung der Menschheit.“

Sie erreichten eine kleine Anhöhe. Vor ihnen lag Plock.

Die Stadt lag auf einem Hügel, umringt von kleineren Hügeln, auf denen sie Außenposten erblickten.

„Scheint, als sei er nicht hier gewesen.“

„Die Stadt ist eine einzige Festung. Der Dämonenritter mag zerstörungswütig sein, aber nicht dumm. Wenn sie Angor nur halb so stark absichern, dann könnte die Stadt möglicherweise wirklich sicherer sein.“

Phil sah den Barden an. „Dann glaubst du ihnen etwa?“

„Plock wird dir gefallen. Wenn die Mauern dich nicht überzeugen, wird es die Stadt selbst. Es gibt unzählig viele hübsche Frauen in Plock.“

Seine Miene wurde ernster.

„Ja, und einen Tempel. Vielleicht findest du ein paar Gleichgesinnte unter den Kuttenträgern. Habe nie viel mit ihnen geredet, denke, weil sie nichts von dem Beruf eines Barden halten. Aber, das sollte dich weniger betreffen."

Penele ballte eine Faust. „Wir sollten in die andere Richtung weiterziehen! Der Dämonenritter könnte..." Ein Kriegshorn unterbrach sie. „Das ist er!" Sie rannte los, spähte über den Hügel und blieb stehen.

Phil hielt neben ihr. „Siehst du ihn?"

„Nein... Es sind nur Soldaten."

„Sie sind aus Bendor", erklärte Justus.

Phil dachte kurz nach. „Wie weit liegt deine Heimat entfernt?"

„Zu weit. Der Wald liegt am anderen Ende Tagalans. Wir müssten zunächst durch die Berge. Aber, wenn du dort hin willst, gehe ich nicht mit."

„Es ergibt keinen Sinn." Er sah wie die Soldaten aufeinander trafen. Der Krieg hatte begonnen.

„Wovon sprichst du?"

„Wie können die Streitkräfte aus Bendor so schnell hier sein?"

„Angor ist besetzt worden, sie holen nun zum Gegenschlag aus. So sind die Menschen hier auf Tagalan, Phil. Sie freuen sich geradezu über jeden Grund einen Krieg ausbrechen zulassen."

„Mag sein, dass ich nichts von ihrer Politik verstehe, aber es geht zu schnell. Ein Heer muss erst organisiert werden bevor es angreifen kann. Erstrecht, wenn es sich um eine solche Festung handelt."

„Vielleicht haben sie nur auf einen Grund gewartet und bereits vor Wochen Lager aufgeschlagen."

„Vielleicht, vielleicht ist hinter der ganzen Sache auch mehr", sinnierte Phil.

„Was denkst du?“

„Die Wirtstochter sagte, Soldaten haben den Dämonenritter begleitet. Vielleicht war er es gar nicht.“

„Sondern eine Inszenierung?“

„Eine sehr Blutige, aber, wenn es so wäre, dann hat jemand dafür gesorgt, dass das passiert.“ Er zeigte auf das Schlachtfeld.

„Ein Kriegstreiber?“

„Möglich. Und deswegen sollten wir nach Plock.“

Man ließ sie nicht passieren. Die Wachen am Tor Plocks sorgten sich, sie seien Bendorianische Spione, die in die Stadt eindringen wollten, während das Heer die Stadt belagerte.

Sie diskutierten noch mit einer der Wachen, als plötzlich die Erde bebte.

„Was, bei Weya, war das?“

„Vermutlich eine neue Waffe der Bendorianer“, mutmaßte die Wache. „Sie sind nicht verlegen, wenn es um die Entwicklung von Kriegswaffen geht.“

„Sie muss eine enorme Feuerkraft besitzen.“

„Mag sein, aber, das ist kein Problem für Utai. Und jetzt schert euch weg.“

Das Tor wurde geöffnet und eine Schar schwerbewaffneter Soldaten marschierte hinaus.

Phil sah all die Schwerter, Piken und Äxte. Er sah bereits das Blut an dem Metall haften und die Kavallerie von ihren Pferden stürzen. „Wir müssen das aufhalten.“

„Phil? Was hast du vor?“

„Retten, was noch zu retten ist.“ Er drängte sich zwischen den Soldaten vorbei und versuchte sich einen Weg in die Stadt zu bahnen.

“Hey, stehen geblieben!“ Bemerkte die Wache ihr Vorhaben. Phil und seine Begleiter rannten los. Es gab kein Zurück mehr.

Schließlich versteckten sie sich in einer der Gassen.

Penele sah, wie die Wache weitere Wachen alarmierte. „Das war wirklich eine gute Idee, Phil. Jetzt wird die halbe Stadt nach uns suchen.“

„Ein paar Leben weniger, die dort draußen verenden werden.“

„Hoffen wir wenigstens, sie haben hier eine gute Bibliothek“, knurrte Tharael.

„Sie kommen, wir müssen uns verstecken.“

„Ich kenne da Jemanden“, schlug Justus vor.

Alle sahen ihn an.

„Was? Ich komme halt viel herum.“

Bereits die Einrichtung von Justus Bekannter ließ vermuten, dass sie mehr war, als eine gewöhnliche Bürgerin. Dicke Teppiche zierten die Marmorplatten im Fußboden, seidene Vorhänge hingen an den Wänden und goldene Vasen und Statuen füllten den Raum.

„Seid gegrüßt“, begrüßte man sie. „Ich heiße euch im Namen von A'Tack in meiner bescheidenen Behausung willkommen. Bitte seht meine Gastfreundschaft als Zeichen seiner Milde.“

„Danke, dass du uns aufnimmst, Dita“, begrüßte sie Justus.

„Als könnte ich dir einen Gefallen ausschlagen, mein lieber Justus."

„Die halbe Stadt sucht nach uns, beschuldigt uns als Bendorianische Spione."

„Nun, ihr seht mir nicht wie Spione aus. Schon gar nicht ein solch gemischter Haufen. Das wäre viel zu auffällig. Spione sind weitaus unauffälliger." Sie lachte. „Aber das zeigt mal wieder, dass die Stadt noch immer von einer gewissen Dummheit regiert wird."

Phil freute sich eine Gelehrte auf Tagalan kennen zu lernen. Sie war nicht so, wie er es gedacht hatte, und verschrieb ihr Leben einer anderen Gottheit, doch das schmälerte seine Freude nicht. Er grüßte sie und stellte sich und seine Freunde vor.

„Ich sehe kein Zeichen von A'Tack an euch, Phil. Wem dient ihr dann?"

„Dienen tue ich niemandem. Ich befolge lediglich die Worte Weyas."

„Weya? Den Namen hört man in Tagalan nicht oft."

„Verzeiht mir meine Unwissenheit, doch ich komme von weit her. Der Name A'Tack ist mir ebenfalls neu."

„Dann seid ihr wirklich nicht aus Tagalan. Hier kennt man seinen Namen. Ganz Utai hat sich seinem Dienst verschrieben. Er verleiht uns Stärke und Stolz. Er steht den Soldaten dort draußen im Kampf bei."

„Also ist er ein Kriegsgott?", erwiderte Phil etwas lauter als er eigentlich beabsichtigt hatte.

„Jetzt ist wohl kaum der richtige Zeitpunkt, um über Götter zu sprechen", lenkte Justus ein.

„Du hast Recht. Ich habe mich nicht einmal richtig vorgestellt. Nennt mich Dita, die Äbtissin von Plock."

Phil nickte.

„Nun sagt mir, was führt euch in diese Stadt? Das Verlangen des Barden wird es kaum sein, sonst wäre er allein angereist." Sie sah Justus bei ihren Worten fest an.

„Der Krieg führte uns in diese Stadt", antwortete Phil. „Er ist nicht richtig."

„Und ob er das ist. Utai ist das stärkste Königreich auf Tagalan. Lange genug standen wir im Schatten verweichlichter Herrschaften. Nur wir haben ein Anrecht auf das Land. Nur wir werden den Krieg gewinnen. Nur wir sind stark genug das Land vor dem Bösen zu bewahren."

„Dort draußen sterben Unschuldige…"

„Sie sind nicht unschuldig, wenn sie ihre Waffen gegen Utai erheben. Man beißt nicht die Hand, die einen füttert."

„Aber der Krieg…"

„Er ist notwendig, um das Land von den Schwachen und Aufsässigen zu reinigen."

„Aber…"

„Widersprecht mir nicht! Meine Worte wiegen schwer in Plock. Ich kann mit den Wachen reden, doch ebenso kann ich euch ihnen auch ausliefern, sollte eure Gesinnung unseren Lehren widersprechen."

„Das ist eine Drohung", entgegnete Phil.

„Nein, es ist eine Warnung. Die Zukunft von Tagalan soll nicht länger eure Sorge sein."

„Euer Gott will Krieg?"

„A'Tack will nicht den Krieg. Er will den Frieden nach dem Krieg. Er will geehrt werden. Seht ihr all das Gold hier? Es ist in seinem Namen geweiht und es ist meine heilige Pflicht, es für ihn zu verwahren."

„Woher stammt es?"

„Das ist nicht eure Sorge."

„Woher?"

„Spenden, Steuern, Verhandlungen, Ländereien. Es gibt viele Ursprünge. Wer unter dem Schutz A'Tacks lebt, muss ihn für den Frieden ehren."

„Und wer es nicht kann?"

„Wer arm ist, der ist auch schwach. Und wer schwach ist, verdient seine Obhut nicht."

„Ihr tötet sie?"

„Nein, wir helfen ihnen nur das Einzige zu opfern, was sie noch zu opfern in der Lage sind."

„Kein Gott der Welt würde so etwas…"

„Phil", beruhigte ihn Penele. „Lass gut sein, Phil."

„Sieht aus, als habe eure Elfin es verstanden. Und das ist auch gut so, denn alles andere wäre Ketzerei. Und Ketzerei ist hier nicht gerne gesehen." Sie wandte sich ab. „Ich denke, damit ist vorerst alles gesagt. Ihr solltet euch ausruhen und über meine Worte nachdenken." Ehe sie den Raum verließ, sah sie Justus an. „Solltest du etwas brauchen, dann weißt du, wo ich zu finden bin."

Phil sah ihn ernst an. „Du hast das gewusst?"

„Nicht Alles. Der Krieg ist neu und wir haben auch nie viel geredet. Man bezahlt mich in Utai ganz gut, da stellt man wenig fragen."

„An diesem Gold haftet das Blut Unschuldiger. Dort draußen sterben Unschuldige. Und wie viele Unschuldige wird es noch treffen? Und das alles für einen Gott?"

„Vielleicht sollten wir die Stadt besser wieder verlassen und stattdessen nach dem Dämonenritter suchen."

„Nein", sprach Phil. „Der Dämon ist hier. Hier entscheiden Menschen über das Leben anderer Menschen."

„Phil, wir können kein ganzes Königreich bekehren."

„Sie hat Recht. Und wenn ich die letzten Schriftrollen gefunden habe, dann…", sprach Tharael, wurde jedoch von ihm unterbrochen.

„Dann was? Willst du einfach alle vernichten? Willst du mit deiner Macht richten, wer Gut und Böse ist? Denkst du, wenn du alle tötest, werden sie ihre Meinung ändern?" Er fasste sich an den Kopf. Er schmerzte.

„Alles in Ordnung, Phil?", sorgte sich Penele.

Er ließ den Kopf los und sprach mit ruhiger Stimme: „Schon in Ordnung. Wir sollten uns wirklich etwas ausruhen."

„Du denkst Weya wird zu dir sprechen?"

„Ich weiß keinen anderen Rat."

„Und wenn sie es nicht tut?" Tharael schien ungeduldig.

„Dann werden wir unsere Suche fortsetzen."

Phil verbrachte die Nacht allein.

Er wollte allein sein. Er wollte ungestört sein. Er wollte bereit sein.

Die halbe Nacht betete er, rief immer wieder Weya um Beistand. Er brauchte dringend ihren Rat.

Er wusste nicht, wie viele dort draußen bereits gestorben waren. Oder wie viele hier drinnen es waren. Kein Gott konnte so etwas wollen. Ebenso dachte er, kann kein Gott so etwas erdulden.

Irgendwann erlag er jedoch der Müdigkeit. Ohne ein Zeichen und ohne Ahnung, was es zu tun galt oder was er tun konnte, schlief er ein.

In dieser Nacht träumte er von Zuhause.

Sacre war so farbenfroh. Man lachte, trank und sang auf den Straßen. Sie liebten das Leben und sie liebten einander. Menschen, Zwerge und Elfen lagen einander in den Armen und tanzten. Sie tanzten als gäbe es kein Morgen mehr. Es gab keinen Hass, keinen Neid, keinen Zorn. Es war ihm nie so sehr aufgefallen wie jetzt.

„Es sieht einfach aus, nicht wahr?“, fragte ihn sein Ziehvater. Sein Blick war nicht so streng, wie er es sonst war.

„Was meinst du?“ Phil wusste, dass sein Ziehvater bereits vor langer Zeit gestorben war. Doch irgendetwas wollte er ihm mitteilen.

„Sacre. Und die Bürger.“ Er nickte die Stufen des Tempels herab. „Es sieht so einfach aus, das Leben zu genießen, wenn der Frieden herrscht.“

„Sie trinken und lachen nur. Mehr nicht.“

„Weil sie es verdient haben, Phil.“

„Ich verstehe nicht. Es kann ebenso der Völlerei bezichtigt werden, wenn sie so weitermachen.“

„Dann siehst du es nicht.“

„Was sollte ich denn sehen?“

„Sie feiern. Sie feiern ihre Ernte.“

„Dann ist es heute das Erntefest und morgen ein anderes.“

„Nein, sie feiern die Ernte dessen, was sie gesät haben. Es ist so viel, es reicht auch für die Armen. Sie werden heute nicht hungern. Eine derart reiche Ernte erfordert viel Kraft. Das ganze Jahr muss man hart dafür arbeiten. Es wächst kein Weizen, wenn niemand den Acker bestellt. Es gibt kein Korn, wenn es niemand vom Feld sammelt. Es gibt kein Mehl, wenn niemand die Mühle antreibt. Es kein Brot, wenn niemand es backt.“

„So habe ich es nicht gesehen“, staunte Phil.

„Du siehst vieles nicht, weil du noch jung bist. Es ist wie mit dem Frieden. Es gibt kein Paradies, wenn es niemand lebt.“

Phil wachte auf.

Die letzten Worte seines Ziehvaters hallten in seinem Verstand nach. Aber wie? Wie sollte er das Denken der Menschen ändern?

Die Erde bebte und riss ihn damit aus seinen Gedanken. Es hatte etwas Beängstigendes an sich. Etwas Unnatürliches. Etwas Bedrohliches.

Was immer es war, es musste aufgehalten werden.

Der neue Tag begann mit einem üppigen Mahl. Der Tisch war reichlich gedeckt und bot etwas für jeden Geschmack. Besonders dem Zwerg gefiel es. Er schmatzte laut.

Doch Phil schmeckte es nicht. Er bekam keinen Bissen herunter, denn er wusste, wem dieses Essen genommen worden war.

„Du solltest etwas essen“, sorgte sich Penele.

„Das kann ich nicht.“

„Das solltest du aber. Ich verstehe dich ja, aber wir können hier keinen Aufstand anzetteln. Wir sollten einfach weiterziehen.“

„Auch das kann ich nicht.“

Sie schwiegen, als die Tür geöffnet wurde und Dita eintrat. Hinter ihr betrat Justus den Speisesaal, wofür ihn Phil ernst ansah.

Der Barde senkte verlegen den Blick zu Boden.

„Ich sehe, ihr seid bereits fleißig in Diskussionen vertieft. Und das am frühen Morgen.“

„Wir sprachen über das Beben letzte Nacht. Es riss einen jeden von uns aus dem Schlaf."

„Mich nicht", schmatzte Giggles.

„Die Bendorianer scheinen eine neue Waffe entwickelt zu haben. Sicher schöpfen sie daraus ihre Hoffnung. Doch nützen wird sie ihnen nichts. Jeden Augenblick sollte Verstärkung am Schlachtfeld eintreffen. Wir erwarten Streitkräfte aus Rachte und Torn. Der Kampf wird nicht lange dauern." Sie setzte sich.

„Und was dann?", fragte Phil.

„Dann beginnt unser Gegenzug. Der neue Stützpunkt in Angor steht so gut wie. Wir werden den Feind aus zwei Richtungen attackieren. Es wird ein kurzer Krieg." Sie nahm etwas Brot.

„Es scheint ihr habt an alles gedacht."

„Ich sehe das als Kompliment." Sie trug großzügig Butter auf.

„Auch ich habe viel nachgedacht", sprach Phil.

„Nun, ich hoffe ihr habt eure Meinung geändert." Sie schmierte Marmelade über die Butter.

„Ich folge nach wie vor Weyas Worten, falls ihr das denkt."

„Es wäre ein wenig verwunderlich, hätte ich euch so schnell bekehrt." Sie lachte. „Aber erzählt mir eure Gedanken. Sie interessieren mich, besonders eure Schlussfolgerungen." Sie biss ab.

„Ich dachte an die Praktiken. Versteht mich nicht falsch, aber vielleicht kann ich sie mir einmal ansehen. Wer weiß, wenn ich zurück nach Sacre kehre, dann wäre sicher das ein oder andere Goldstück in Weyas Namen nicht schlecht."

„Das freut mich zu hören." Sie unterbrach immer wieder, um zu Kauen und zu Schlucken. „Dann habt ihr eure Meinung also geändert." Wieder ein Bissen. „Dann habe ich auch eine gute Neuigkeit für euch." Sie aß. „Ich habe mit den Wachen gesprochen." Noch ein Biss. „Ihr habt nun freien Zugang zur Stadt, wohin ihr auch gehen möget."

„Habt Dank. Um aber zurück auf meine Frage zu kommen. Ich hatte gehofft, ihr zeigt mir ein paar der Praktiken."

„Leider sind gestern die vorerst letzten Hinrichtungen durchgeführt worden. Aber ich könnte euch den Tempel zeigen. Und vielleicht auch ein paar Instrumente."

Die Erde bebte. Ein Jeder hielt sich fest. Nur Dita nicht. Sie blieb ruhig und gelassen sitzen, als wäre nichts passiert sprach sie: „Die ersten Berichte sollten bald eintreffen. Da fällt mir ein, wir könnten dem Trubel auch von einem der Außenposten zusehen. Aber es ist langweilig, wenn man den Sieger bereits kennt."

Im Tempel von Plock fand sich mindestens ebenso viel Gold wie in Ditas Unterkunft. Große weiße Statuen von muskulösen Männern und tapferen Soldaten zierten die Hallen, wie auch goldene Vasen und Verzierungen an jeder Wand. Ganz vorn im Tempel befand sich eine Statue von A'Tack. Ein mächtiger und kräftiger Gott, der einen seiner Feinde mit einem goldenen Speer niederstach.

Dita führte sie in den hinteren Bereich des Tempels, dort wo Jene geopfert wurden, die nur mit ihrem Leben den Frieden bezahlen konnten.

Es war ein großer Platz im Innenhof des Tempels. Im Zentrum stand eine Art Apparatur, die sich stolz in den Himmel erhob.

„Wir nennen es das Beil A'Tacks. Das Eisen rast wie sein Speer hernieder und trennt sauber und schnell den Kopf der Opfer ab. So kann sich ihr Geist seinem Willen preisgeben."

Phil schluckte schwer. Ihm wurde beinahe schlecht bei dem Anblick.

Hier wurde nicht bloß im Namen einer Gottheit gerichtet, hier war man eine Gottheit.

Stolz demonstrierte Dita das Instrument der Befreiung und ließ von einem Diener das Eisen hochziehen, um es dann herabsausen zu lassen. Es rauschte geschwind wie der Wind nach unten und schlug mit einem grässlichen Knall auf.

Es folgte ein kurzes Beben, als wäre es eingestimmt gewesen.

Dita ignorierte es. „Der Kopf fällt dann in den Korb, den wir samt Torso außerhalb der Stadtmauern vergraben."

Phil hörte weder richtig zu, noch sah er richtig hin. Vielmehr suchten seine Blicke nach den Einwohnern von Plock. Doch er sah niemanden. Offenbar traute sich niemand sich zu zeigen, wenn Dita in der Nähe war.

„Und das war dann auch schon alles. Den Rest machen die Steuereintreiber."

Wieder bebte die Erde. Dieses Mal dauerte es etwas länger. Sie hielten sich fest bis es vorüber war.

„Achja, die Schlacht", sagte Dita. „Die Späher berichteten, wie der Boden auf dem Schlachtfeld aufreißt und sowohl unsere als auch feindliche Soldaten verschluckt. Kein Grund zur Sorge, unsere Zahl an Soldaten ist schier grenzenlos, doch ist es nicht amüsant, wie die Bendorianer unter ihrer eigenen Waffe Zugrunde gehen? Wie auch immer sie funktioniert, sie sind nicht fähig sie zu bedienen. In ein paar Tagen sollte wieder Ruhe einkehren."

Er konnte nicht glauben, mit welch einer Gelassenheit sie über die Ereignisse jenseits der Mauern sprach. Eine Waffe die den Boden aufriss konnte eine Stadt wie diese mitsamt ihrer Mauern einreißen. Wenn schon das Leben der Soldaten egal war, wie sicher musste man sich seiner Überlegenheit sein, um nicht eine solche Katastrophe zu fürchten?

„Haltet ihr diese Waffe nicht für gefährlich?", fragte er schließlich. „Sie könnte die Mauern einfach einreißen."

„Nein, nein. Dafür müssten sie näher heran gelangen. Das schaffen sie jedoch nicht", winkte die Hohepriesterin ab.

„Und wenn doch?", beharrte Phil.

„Es scheint, als wolltet ihr einen Blick auf unsere Streitkraft werfen wollen. Lasst uns zu einem der Türme gehen, von dort kann man unseren Triumph beobachten."

„Von hier sieht man die gesamte Welt", erklärte Dita auf der Spitze des Aussichtsturms.

Der Blick reichte weit, doch die ganze Welt erreichte er nicht. Nicht einmal ganz Tagalan konnte man erblicken. Es reichte nur bis zur Küste. Im Süden verlor er sich irgendwo auf dem Land. Im Osten versperrten die Berge die Sicht. Sie konnten nicht die ganze Welt sehen, nur die Welt, zu der Dita gehörte. Vielleicht sogar die Welt, die Dita geschaffen hatte. Doch egal wie, es war die Welt, zu der Dita herab sah.

Im Tal tobte die Schlacht. Die Schreie drangen bis hierhin vor. Schwerter trafen aufeinander, Bogenschützen schossen aufeinander und Reiter stürmten aufeinander.

Phil erblickte Unmengen von gefallenen Soldaten. Auf beiden Seiten.

„Das sind gewaltige Risse im Boden“, staunte Tharael. „Eine mächtige Waffe muss das sein.“

„Denke eher nicht“, winkte die Hohepriesterin ab. „In wenigen Augenblicken sollte die Verstärkung eintreffen, dann sind wir wieder in der Überzahl und setzen dem Ganzen ein Ende.“

„Grauenvoll“, entfuhr es Phil.

„Keine Sorge, sie werden dort unten alle richten, die nicht in A'Tacks Namen stehen. Danach beginnt der Feldzug. Ich habe dem König bereits ein entsprechendes Schreiben zukommen lassen. Er soll wissen, dass ihm der Segen A'Tacks beisteht.“

Phil starrte abwesend auf das Schlachtfeld und sprach dabei lauter als er beabsichtigt hatte. „Keine Gottheit kann so etwas Grauenvolles gutheißen.“

Dita hatte ihn gehört. „Diese Worte grenzen an Ketzerei!“

Er wandte sich der Hohenpriesterin zu. „Und doch ist es, wie ich es sage. So etwas kann nur den Zorn der Götter hervorrufen. In ihrem Namen im Reichtum und Blut zu baden, kann sie nur erzürnen.“

„Ich habe mich wohl in euch geirrt, Phil“, wunderte sich die Hohepriesterin.

Penele versuchte vergebens ihn zu beruhigen, doch der Gesandte Weyas stand in Flammen vor Zorn. „Ihr verdankt es einzig der Friedsamkeit der Götter, dass ihr hier noch stehen könnt und derart kalt über solche Gräueltaten sprechen könnt. Wären sie wie ihr, dann würde sich der Boden unter euch auftun und ihr Zorn euch vernichten!“

„Schlimm genug, dass du es dich wagst derartige Ketzereien von dir zu geben, doch mir den Tod zu wünschen, damit bist du zu weit gegangen!“ Sie wies die Wachen an. „Dafür soll dein Kopf noch an diesem Tag rollen!“

Die Wachen ergriffen ihn, hielten ihn fest. Doch er sprach: „Ihr zeigt bloß eure Angst vor meinen Worten! Im tiefsten Inneren fürchtet ihr um deren Wahrheit!“

Als sie ihn abführten, bebte die Erde. Es war so stark, dass es ihn und die Wachen von den Beinen riss. Und es hielt an.

Er löste sich aus dem Griff und krabbelte über dem Boden, bis er sich an der Mauer hochzog und einen Blick auf das Schlachtfeld warf.

Die Erde riss auf und ließ die Soldaten in die Tiefe stürzen. Dann, inmitten des Risses erhob sich ein gewaltiger Wurm aus der Erde. Mit Zähnen, die einem Fleischwolf gleichkamen, bohrte er sich durch Fels und Gestein, bahnte sich seinen Weg durch die Mengen der Soldaten.

„Der Geist der Erde“, entfuhr es Tharael. „Das waren die Beben.“

„Was bei A'Tack tut dieses Ding auf meinem Schlachtfeld?“, wütete Dita. Es war eine unerwartete Wendung des Schicksals. Dieses Ding hatte sie nicht geplant.

Der Wurm fraß sich durch die Soldaten und ließ das Beben nicht enden.

„Das ist eure Unschuld“, sprach Phil. „Seht wie fett und gierig er ist. Ihr habt den Geist der Erde mit dem Fleisch und Blut Unschuldiger gefüttert, bis sein Hunger unersättlich wurde!“

„Ihr sollt endlich schweigen, Phil!“ Sie spie die Worte förmlich aus. „A'Tacks Zorn wird uns helfen dieses Ding zu vernichten.“

Der Wurm reckte sich gen Himmel und holte aus, um wieder in der Erde zu verschwinden. Das Beben ließ sofort nach.

„Und wie?“, fragte Phil. „Seht nur, eure Soldaten sind verschwunden.“

„Und das ist allein eure Schuld! Ihr habt dieses Ding herbeigerufen mit euren ketzerischen Worten! Dafür sollt ihr einen langen qualvollen Tod sterben!“

„Statt mich zu beschuldigen, solltet ihr die Bürger warnen und die Nachhut davon abhalten das Schlachtfeld zu betreten.“

„Sagt mir nicht, was ich zu tun habe!“ Sie schleuderte ihn zur Seite und schrie die Wachen an.

Doch niemand rührte sich. Der Schock saß zu tief.

Sie nahm einer der Wachen das Schwert ab und richtete es gegen Phil. „Dann werde ich es selber tun!“

„Ich habe nur das gesagt, wovor euer Innerstes sich fürchtet“, sprach er.

„Schweig!“, brüllte sie.

Direkt vor der Stadt riss plötzlich die Erde auf und der Wurm erhob sich erneut. Er stieg hoch empor, um dann mit seinen scharfen Zähnen voran in die Stadt einzutauchen. Er fraß sich durch die Reihen der Häuser. Stein zerbrach wie Holz unter ihm. Trümmer flogen umher. Menschen schrien. Schließlich stürzten Mauer und Turm ein.

Das Geröll drohte Phil zu erschlagen. Er fand im letzten Augenblick ein wenig Halt und schlug auf den Boden nieder.

Inmitten der Trümmer erhob sich Dita, noch immer das Schwert in der Hand. Sie reckte es empor als würde sie triumphieren.

Derweil fraß sich der Geist der Erde weiter durch die Stadt. Gierig und hastig verschlang er Mauer und Tempel. Er schien alles niederreißen zu wollen. Die Hohepriesterin stand dabei wie auf einem Präsentierteller, als er auf sie niederschoss und verschlang.

Für einen kurzen Augenblick verspürte Phil dabei so etwas wie Genugtuung. Dann jedoch schrak er vor sich selbst zurück.

Der Geist der Erde wütete weiter.

Möge Dita es verdient haben oder nicht, die meisten Einwohner Plocks taten es nicht.

Er musste ihn aufhalten.

Als wüsste er was es zu tun galt, sprang er von einem der Trümmerhaufen und landete auf dem Rücken des Wurms.

In einem wilden Ritt raste er auf ihm durch die Trümmer der Stadt. Immer wieder wich er herum wirbelnden Steinbrocken aus. Der Wind zerrte an seiner Robe.

Er erinnerte sich an den Geist des Waldes und an den Geist des Meeres. Sie wussten nicht, was sie taten. Es war als zwang sie etwas so zu sein, machte die tosenden Bestien aus ihnen, die sie nie sein wollten.

Er sank auf die Knie und legte beide Hände auf den dicken Wurm.

Helles Licht umhüllte den Wurm und ihn. Dann wurde er langsamer.

Phil spürte seine Verzweiflung, seine Gier, seinen hemmungslosen und andauernden Hunger. Es glitt durch seinen Verstand und wurde zur Reue.

Schließlich hielt der Geist der Erde inne und das Leuchten verblasste.

Phil strich ihm über die Haut und suchte in seinen Gedanken nach einer Entschuldigung für das, was man ihm angetan hatte. Doch er fand Keine.

Er sah sich um. Der Großteil der Stadt war zerstört worden. Hoffentlich galt nicht dasselbe für ihre Einwohner.

Der Geist der Erde setzte ihn bei seinen Freunden ab und stieg dann vorsichtig und sachte zurück in die Tiefen der Erde.

Penele umarmte ihn. „Du hast es geschafft."

„Die anderen auch?", fragte er.

„Ja. Tjork hat sich den Kopf gestoßen und Tharael wurde ohnmächtig beim Versuch den Sturz abzufedern. Doch mehr nicht. Wir hatten Glück. Viel mehr als es die Wachen hatten oder die Soldaten."

„Wir sollten in der Stadt nach Überlebenden suchen. Sie brauchen unsere Hilfe", sagte er schließlich.

Sie kletterten über die Trümmer und suchten nach Anzeichen von Überlebenden. Doch mit dem Ende der Beben sollte es noch nicht vorbei sein.

Wind brach auf. Erst eine leichte Brise die Staub aufwirbelte, dann wurde es allmählich stärker. Ehe Staub und Dreck die Sicht raubten, sahen sie, wie sich Felsbrocken erhoben und Bäume sich aus der Erde lösten. Ein unermesslicher Sturm wütete über der Stadt.

Irgendwo zwischen den Trümmern fanden sie schließlich einen sicheren Unterschlupf und sahen entsetzt mit an, wie der Sturm sich das holte, was das Beben nicht mehr packen konnte.

Ein Krächzen weckte seine Aufmerksamkeit. Phil blickte in den von Staub verschleierten Himmel und glaubte einen riesigen Habicht darin zu erspähen.

Der Geist des Windes war gekommen und lauerte über der Stadt. Sein Blick suchte gierig nach etwas.

„Das ist ein Scherz oder?“, entfuhr es Jorf. „Erst will uns ein tollwütiger Wurm fressen und jetzt ein riesiger Vogel?“

„Er umkreist die Stadt“, sagte Phil. „Wir sollten hier warten.“

„Warten? Worauf? Dass er uns findet?“

„Wir können nicht raus, wenn wir nicht sehen, wohin wir gehen sollen“, pflichtete Penele ihm bei.

Der Barbar stützte seinen Kopf. „Tjork Schmerzen. Tjork nicht wollen hier sein.“

„Der Atem des Todes weht dort draußen“, sprach Nevina. „Wir sollten hinausgehen und ihn auf unserer Haut spüren.“

„Hunger“, stammelte der Zwerg unentwegt.

Phil sah seine Begleiter an. Er sah wie sie litten, sich fürchteten. Es war nicht gerecht, seine Bürde mit ihnen zu teilen. Er hatte einen jeden von ihnen in etwas verwickelt, das zu schwer und zu groß für sie war. Vermutlich war es das auch für ihn. Doch er war bereit gewesen alles zurückzulassen, er wollte alles opfern, weil er der Gesandte war, nicht sie.

„Phil“, rief ihn Penele immer und immer wieder.

Seine Gedanken überschlugen sich. Es war das Land, da war er sich sicher. Es stellte ihn und seine Entscheidungen auf die Probe. „Es ist nicht richtig von mir, euch…“ Er unterbrach sich, weil er etwas gesehen hatte. Er sah noch einmal hin. Und dort saß sie.

Die Markgräfin war zurückgekehrt. Sie saß gelassen zwischen ihnen und sah amüsiert dem Treiben zu. „Ihr seid wirklich ein lustiger Haufen“, sagte sie schließlich.

Sie zogen die Waffen, machten sich bereit für den Angriff.

„Eigentlich wollte ich mich nur bei euch bedanken. Aber es macht so viel Spaß euch zu beobachten, dass ich mich nicht einmischen wollte.“

„Was willst du?“, sagte Justus. „Uns danken für unsere Torheit dich nicht auf der Stelle zu töten?“

„Ich bin gekommen, um euch zu danken, dass ich nicht ahnungslos, wie ihr, umherziehen muss. Ihr habt mir die Augen geöffnet, etwas gezeigt, was solange direkt vor mir lag, ohne dass ich es wusste.“

„Du bist eine verschrumpelte alte Hexe, deren Herz in längst vergangener Zeit gebrochen wurde und deren Verstand dem zu folgen scheint. Was weißt du schon über unsere Reise und unser Vorhaben.“

Sie lachte. „Du hast Recht, mein lieber Justus. Ich bin nicht mehr die Markgräfin, die ich einst gewesen sein mag. Doch mein Verstand schwindet nicht, vielmehr habt ihr ihn erleuchtet.“

„Reue wird all die Unschuldigen nicht zurück ins Leben führen.“

„Sei nicht albern. Ich bereue nichts. Ich verstehe es nur. Nicht wie ihr.“

„Sag, was du zu sagen hast und dann stirb, Hexe!“

„Du solltest mich jetzt die schwarze Witwe nennen, mein Liebster. Der Markgraf ist tot.“

„Es gibt weder einen Namen für dich, noch für deine Taten.“

Sie kicherte. „Jetzt schon. Und ganz Tagalan wird ihn fürchten und verfluchen, doch helfen wird es ihnen nicht."

„Komm zum Punkt, Weib!"

Sie warf ihnen das Buch für die Füße. „Davon spreche ich. All die Jahre lag es so dicht vor meinen Augen und ich habe es nicht gesehen. Dabei ist alles vorherbestimmt. Die Dämonen, die Morde, die Toten, die Geister, die Gespenster und all die Gespinste der Sterblichen. Sie werden das Land einnehmen und vernichten. Sie alle dienen nur dem einem Zweck, der Zerstörung Tagalans."

„Ich werde dich eigenhändig töten!", schrie der Barde, doch Phil hielt ihn zurück. Sie sollte sprechen und berichten was sie weiß. Sollte es nur wirres Zeug sein, konnten sie es als solches abtun. Doch es war auch denkbar, dass die Worte etwas verbargen. Antworten, wie er hoffte.

Ein schrilles Gelächter erklang. „Das würdest du nicht schaffen, mein Liebster. Nicht mehr. Jene Kräfte, die das Buch in seinem Bann hielten, haben mich gestärkt und genährt und sein Wissen bereichert. Nur dank euch, bin ich nun stärker und mächtiger als je zuvor."

„Warum bringst du es uns zurück?"

„Ihr seht es wirklich nicht, oder? Es ist egal was ihr tun werdet, wen ihr erschlagen werdet, wen ihr rettet werdet. Es macht alles nur schlimmer."

„Sag uns, was du gesehen hast", bat Phil.

„Das Ende. Die Welt, wie ihr sie kennt, wird enden und für euch gibt es kein Entkommen und auch keinen Weg es zu verhindern. Die sieben Geister Tagalans haben sich bereits erhoben, wie es die Alten prophezeiten. Sie werden das Land vernichten, obgleich sie einst dessen Hüter waren. Welch Ironie des Schicksals, nicht wahr?"

„Ihr Verstand ist verwirrt, doch ich kann sie erlösen."

„Tust du das? Merkwürdig, dass der Geist des Waldes bereits tot ist. Oh, und der Geist des Meeres ist es auch. Und jetzt? Jetzt ist auch der Geist der Erde dem Tod geweiht und öffnet den Weg für den Geist des Windes."

„Du irrst dich", widersprach Phil fest. „Ich habe den Geist der Erde beruhigt. Mag sein, dass die anderen durch ein grausames Unglück gestorben sind, doch die anderen werde ich retten."

„Warum denkst du, ist der Geist des Windes gekommen? Er ist aus reiner Habgier hier. Mit seinen Schwingen legt er den Boden frei und sucht nach dem dicksten Wurm, dem er je begegnet sein mag. Du hast vielleicht den Geist der Erde beruhigt, doch jetzt ist er wieder anfällig geworden."

„Das kann unmöglich stimmen."

„Dann geh hinaus und sieh nach. Ein Geist der besessen ist, ist stärker. Und noch mehr. Jeder der Sieben, der Tagalan und die Welt der Sterblichen verlässt, stärkt damit die Kräfte der übrigen Hüter. Sie mögen sich gewandelt haben, aber das Gleichgewicht hast allein du zerstört. Welch Ironie, du bist gekommen das Land zu retten, doch du bist der Schlüssel für seinen Untergang." Sie lachte. „Hüter werden zu Bestien und Gesandte zu Werkzeugen der Dämonen. Wer hätte das kommen sehen, wenn nicht die Vorfahren."

„Ich glaube dir kein Wort. Weya sandte mich her, das Land zu retten, nicht es zu stürzen."

„Ich glaube nicht an Götter, aber wenn du denkst sie war es, hat sie sich wohl geirrt. Niemand kann Tagalan retten."

Der Staub legte sich, als der Wind nachließ.

„Scheint als habe er ihn gefunden", strahlte die Hexe.

„Warum bist du wirklich hier?“

„Weil ich sehen will, wie ihr leidet und vergebens versucht das Schicksal abzuwenden. Ihr wolltet das Buch? Dort liegt es. Ihr werdet darin alle Antworten finden. Alles, was ich euch gesagt habe. Aber retten wird es euch nicht.“

Penele stach nach ihr, doch ihre Gestalt verlor an Form und Materie und ließ den Hieb in der Luft verstreichen. Sie wurde zu Rauch, der sich hinter ihr wieder manifestierte. „Ich sagte doch, ihr könnt es nicht mehr.“

Sie stach wieder und wieder nach ihr.

Schließlich verschwand der Rauch mit den Worten: „Es ist vorbei.“

Sie schlug noch eine Weile durch die Luft, bis Phil seine Hand auf ihre Schulter legte und sagte: „Sie ist fort.“

Nachdem die Sicht sich aufgeklärt hatte, verließen sie ihren Unterschlupf und sahen sich um. Sie fanden ihn ein wenig abseits der Stadt.

Gierig zerriss er den Wurm in Stücke und schlang sie hinab.

„Du willst einfach so zu ihm hingehen?“, fragte Penele. „Er wird dich zerreißen.“

Derweil war die Nachhut eingetroffen. Verdutzt blieben sie Angesicht des riesigen Tieres stehen. Dann jedoch erhielten sie den Befehl für einen Angriff. Die Bogenschützen legten an und schossen.

Unbeirrt pickte der Habicht wild in die Reihen der Soldaten, die, die er nicht fraß, blies er mit einem Flügelschlag davon. Dann fraß er weiter vom Geist der Erde.

Phil hatte es mit angesehen. „Wenn er euch angreift, lauft so schnell ihr könnt“, verabschiedete er sich und näherte sich dem Habicht.

Behutsam schlich er sich an, bis er sich plötzlich umdrehte und ihn fest anstarrte. Die Flügel schlugen und Wind wirbelte auf, drückte ihn zurück.

Ein Haufen aus Trümmern bewahrte ihn davon zuwehen. Fest klammerte er sich an den kalten Stein.

Wieder attackierten ihn einige der Soldaten und weckten seine Aufmerksamkeit. Der Blick des Tieres folgte den Kampfschreien und wendete sich.

Der riesige Vogel schrie auf, als ihn Pfeile trafen. Der Schmerz weckte seine Furcht und er schlug mit den Flügeln bis er davonflog.

Phil sah seine Gelegenheit gekommen und rannte los. Der Geist des Windes durfte jetzt nicht entkommen.

Er sprang ab und griff nach einer der Krallen.

Augenblicklich geschah es.

Helles Licht umschloss ihn und den Geist. Es erfüllte sie.

Phil spürte seine Habgier. Der Vogel schien die Wärme zu spüren und hielt sofort ein.

Der Moment des Leuchtens schien ewig zu dauern und doch wurde er rasch unterbrochen als die Bogenschützen erneut anlegten und auf den Hüter einschossen. Unzählige Pfeile trafen ihn und er stürzte zu Boden. Dann strömten die Schwertträger auf ihn ein und in einem langen qualvollen Kampf erlag er schließlich seinen Schmerzen.

Penele stockte der Atem und ohne zu zögern rannte sie zu ihm. Sie suchte ihn, hoffte er habe es überstanden.

Schließlich fand sie ihn reglos auf dem Boden liegen.

Die Stadt war zerstört, doch immer mehr Menschen konnten aus den Trümmern geborgen werden. Ein Jeder, der nicht allzu große Verletzungen davon getragen hatte, half bei der Suche nach Überlebenden.

Die Feldbetten und Lager der gefallenen Soldaten dienten als Versorgungsstätte für die Geborgenen. Es fanden sich rasch eine Reihe aus Ärzten und Feldsanitätern, die die Verletzten versorgten. Dennoch sah auch Phil es als seine Pflicht an, bei der Pflege zu helfen.

Die Frau vor ihm hustete. Staub lag auf ihrer Lunge. „Ihr müsst mir nicht helfen", sagte sie. „Ich werde euch nicht bezahlen können."

„Gold ist das Letzte, was ich für meine Hilfe haben wollte", entgegnete er.

„Aber ihr tragt dieses Gewand…", beharrte sie.

„Das... Ich hatte überlegt, es auszuziehen. Es tut mir leid", entschuldigte er sich.

„Dann seid ihr kein Mann des Glaubens?"

„Noch bin ich es, doch nur Weya weiß wie lange das noch anhält."

Sie hustete. „Ihr seid nicht wie sie? Ihr sammelt kein Gold, keine Steuern, keinen Tribut für A'Tack?"

Er schüttelte den Kopf. „Ich bete zu Weya, dass es nie wieder jemand in dieser Stadt tun wird."

Sie blickte sich um ehe sie sagte: „Aber Dita…"

„Dita ist tot", unterbrach er sie. „Weya hat sie gerichtet für ihre Taten und all das, was sie den Menschen in Plock angetan hat."

Sie lächelte. „Dann seid ihr der neue Abt?"

„Ich fürchte, es werden andere kommen und ihren Platz einnehmen. Es wird immer Menschen wie sie geben, doch ich bete zu Weya, dass ihr Nachfolger nicht derart grausam sein wird."

„Ihr seid ein guter Mann", sprach die Frau.

„Phil", stellte er sich vor.

„Ihr seid ein guter Mann, Phil." Sie blickte zu Boden ehe sie weitersprach. „Meiner war unter den Soldaten auf dem Schlachtfeld. Ich fürchte, er hat es nicht geschafft." Sie weinte.

„Ich werde für ihn beten."

Er sah auf, als Penele das Zelt betrat. Sie schüttelte den Kopf. Er verabschiedete sich von der Verletzten und ging zu ihr. „Niemanden?", fragte er.

„Selbst wenn sie es überlebt haben, wären sie sicher schon verdurstet."

„Wir können jetzt nicht aufgeben", beharrte er.

„Phil, es ist nicht unsere Aufgabe. Nicht mehr. Es sind genügend Helfer vor Ort."

„Doch das ist sie. Zumindest ist es meine Aufgabe zu helfen. Du musst es nicht tun, wenn du es nicht willst."

Sie sah ihn entschlossen an. „Ich werde solange bleiben wie du es wirst. Aber du solltest mit Tharael sprechen. Er wirkte ungeduldig."

Er schritt durch das Lager, blickte von Zelt zu Zelt und flehte Weya an, den Verwundeten beizustehen. Überall stöhnten sie vor Schmerzen.

Aus einem der Zelte hörte er eine bekannte Stimme erklingen. „Keine Sorge, ich helfe gerne. Schließlich bin ich hier, weil, ähm, wie hieß sie nochmal? Achja, weil Leya es so will."

„Von dieser Gottheit habe ich noch nie etwas gehört", entgegnete der Mann.

„Jaja. Die ist neu, kennen viele noch nicht. Sie ist quasi vor kurzem erst entdeckt worden. Theologen halt. Immer fleißig die Jungs. Aber ich muss jetzt weiter. Es warten noch andere auf mich."

„Aber ihr habt mir nur einen Lappen auf die Stirn gelegt."

„Und?"

„Mir wurde der Arm gequetscht. Den habt ihr euch noch gar nicht angesehen."

„Auweia. Ja sieht schlimm aus. Ich gucke morgen nochmal danach."

„Keine Schiene oder einen Verband?"

„Ähm... Doch hier. Ich leg sie einfach so drauf, dann kommt noch Luft dran."

Phil riss den Vorhang zur Seite und rief: „Jorf! Was, bei Weya, tust du hier?"

Der Gnom grinste verlegen. „Helfen?"

„Habe ich dir nicht gesagt, du sollst diese Kutte nie wieder anziehen?"

„Ohja, habe ich vergessen." Er zog das Gewand aus. „Jetzt muss ich aber wirklich weiter."

Er packte ihn am Kragen. „Du gehst erst, wenn du dem Mann das Gold wiedergegeben hast."

„Welches Gold?", fragte Jorf.

„Mein Gold", rief der Mann.

Der Gnom griff in seine Tasche und holte einen kleinen Beutel hervor. „Das mir die Dinger aber auch immer in die Tasche fallen."

„Gib es ihm zurück und entschuldige dich. Und dasselbe tust du bei den anderen, die du bestohlen hast, auch.

Jorf entschuldigte sich flüchtig und wandte sich ab.

„Nein, erst hilfst du mir den Arm zu schienen."

Tharael lief in seinem Zelt aufgeregt auf und ab. Warum dauerte es solange? Der Pfaffe war doch nur wenige Zelte weiter gewesen. Sicher hatte ihn wieder irgendwer aufgehalten.

Das Buch lag offen auf dem Tisch, die aufgeschlagene Seite hatte es ihm besonders angetan. Überhaupt war es unglaublich, es enthielt so viel Wissen und Macht. Eine Schande, dass es erst jetzt den Weg zu ihm gefunden hatte.

„Tut mir leid", entschuldigte sich Phil für die Verzögerung. „Manche der Quetschungen sind lebensbedrohlich."

„Du tust deinen Teil und ich meinen." Der Zauberer deutete auf das Buch.

„Dann hast du etwas herausgefunden?"

„Etwas?", strahlte er. „Etwas wäre untertrieben. In diesem Werk steht einfach alles."

„Dann hatte die Markgräfin Recht?"

„Wenn du die Sache mit den sieben Geistern meinst, dann ja. Sie sind zumindest erwähnt."

„Auch die Dämonen und die Ursache für den Fluch?"

„Ja schon, wobei ich das eher als Märchen ansehe. Wichtiger als die genauen Ereignisse ist doch die Lösung all unserer Probleme."

„Du kannst die Zerstörung einer ganzen Stadt nicht als Märchen bezeichnen."

„Also gut, was willst du hören?"

„Die Wahrheit, Tharael. Die Wahrheit."

Er seufzte. „Sie hat Recht. Die Sieben gibt es wirklich und sie sind die Hüter Tagalans."

„Warum zerstören und töten sie dann?"

„Das weiß ich nicht. Die Ahnen vermuteten, sie würden sich eines Tages gegen sie erheben. Deshalb entwickelten sie mächtige Zaubersprüche, um sie stoppen zu können."

„Die Schriftrollen worden also geschrieben, um die Hüter zu vernichten?"

„Jetzt sag das mal nicht so abwertend. Dachtest du, in dem Buch steht wir sollen weiterziehen, damit du den restlichen drei Hütern die Hände schütteln kannst und die Welt ist gerettet?"

„Hör auf zu spotten und klär mich auf."

„Das tue ich gerade. Die Ahnen sahen einen Fluch voraus, der die Hüter befallen würde und sie würden ihre Macht gegen Tagalan erheben. Sie sahen keinen anderen Weg, als sie zu bekämpfen. Doch sie warnen vor einem Ungleichgewicht. Wenn der erste Hüter fällt, ist der Untergang nahezu unaufhaltsam."

„Weil die übrigen Hüter mit jedem der fällt stärker werden."

„Genau. Eigentlich ist das ein Schutzmechanismus, wenn böse Kräfte sie angreifen. Nicht aber, wenn sie selbst die Ursache sind. Daher die Schriftrollen."

„Wir sollen sie töten?", fasste Phil das Gehörte zusammen.

„Das steht hier nicht. Sie hält sie zumindest auf. Verstehst du?“

„Also könnte sie auch ihren Geist retten?“

„Möglich. Ich halte nichts von den Göttern, aber diese Magie zu besitzen wäre eine Sicherheit.“

„Und dort steht, wo die restlichen Schriftrollen zu finden sind?

„Ja. Wir sollten daher bald aufbrechen und sie suchen.“

„Ich kann hier nicht weg. Die Menschen brauchen mich.“

„Phil.“ Tharael schlug das Buch zu. „Es wird alles nur schlimmer je länger wir warten.“

„Was, wenn ich die Hüter heilen kann? Dann brauchen wir sie nicht.“

„Das kannst du nicht. Du bist nur ein einfacher Prediger.“

„Ich spürte ihren Geist. Ich konnte ihn befreien. Steht dort auch, wo wir die Hüter finden?“

„Nein. Sie sind allgegenwärtig.“

„Dann bleibe ich hier.“

„Phil! Es sterben irgendwo dort draußen täglich Weitere.“

„Wozu brauchst du mich dann? Geh doch allein, wenn du Tagalan retten willst.“

„Das kann ich nicht. Tjork ist… angeschlagen. Und dich dabei zuhaben ist wie eine Hasenpfote. Irgendwie hast du mir bisher immer Glück gebracht.“

„Das sehe ich anders“, entgegnete Phil.

„Ich weiß, was du denkst. Du denkst, wenn ich diese Macht habe, würde ich so werden wie Dita, oder gar noch schlimmer. Und weißt du was? Vielleicht werde ich es sogar, wenn ich diese Reise allein antrete. Und mich niemand begleitet, der mir den rechten Weg weist."

„Wolltest du mir das sagen?", sagte er barsch.

„Morgen früh, Phil. Bis morgen früh werde ich auf eine Antwort warten, dann breche ich auf."

Er konnte nicht einschlafen, die Worte des Zauberers hallten ihm nach.

„Ist es wegen Tharael", fragte Penele.

„Denkst du, wir können ihm noch vertrauen? Wir wissen nicht einmal, ob er die Wahrheit sagt. Niemand von uns kann die alten Schriftzeichen lesen."

„Das habe ich nie getan. Er ist ein einfacher Zauberer, der mit uralter Magie herumspielen will. Was soll ich da von ihm erwarten können?"

„Er hat gedroht alle zu töten, wenn ich ihm nicht folge."

„Weil er Angst hat. Er hat Angst im Unrecht zu sein."

„Kann sein… Manchmal denke ich mir, er war der Erste, dem ich in Tagalan begegnet bin. Er gab mir Hoffnung und schenkte mir einen Ausweg aus meiner Verzweiflung. Und doch weiß ich nicht, was ich denken soll, wenn ich dieses Leuchten in seinen Augen sehe."

„Dann ist es dir auch aufgefallen?"

„Es ist schwer zu übersehen..."

„Wenn du gehst, gehe ich mit. Ich folge dir, nicht ihm. Wenn du allerdings nicht mit ihm reist und er bei dem Versuch an die Schriftrollen zu gelangen stirbt, ist es mir gleich."

„Du weißt, dass ich nicht so denke. Es wäre ein Leben mehr, welches ich zu verantworten habe. Und wenn er die Erlösung ist, dann hätte ich zudem in meiner göttlichen Mission versagt."

„Dann reise mit ihm. Was soll schon passieren? Ständig wird er ohnmächtig und mit jeder Schriftrolle dauert die Ohnmacht länger. Vielleicht fällt er nach der Letzten Schriftrolle in ein ewiges Koma und wacht nie wieder auf. Und wenn nicht, und die Hüter wirklich das Land heimsuchen und du sie nicht aufhalten kannst, dann brauchen wir ihn. Gegen die Hüter, gegen die Hexe und gegen den Fluch."

„Klingt als wolltest du ihn doch begleiten."

Sie küsste ihn. „Ich will dich begleiten, nicht ihn. Und außerdem ist er noch irgendwo dort draußen."

„Der Dämonenritter?"

„Er tötet mit jedem Tag, das spüre ich. Hierzubleiben verschafft ihm nur mehr Zeit, um seiner Zerstörung nachzugehen."

V

„Dunkelheit ist dort, wo das Licht fehlt."

„Wollt ihr wirklich in die Berge?", fragte Jorf. „Es ist so furchtbar kalt dort oben."

„Der Met und das gute Essen wird dich schnell wärmen", antwortete Giggles.

„Dich vielleicht." Er sah Phil an. „Warum muss ich nochmal mitkommen?"

„Weil man dich nicht allein lassen kann, ohne, dass du etwas Dummes anstellst", entgegnete Phil.

„Achja stimmt."

In etwa zwei Tagesmärschen würden sie den Fuß des Berges erreichen. Zwei Tage, in denen der Krieg zwischen den Völkern weiterging. Und er konnte ihn nicht aufhalten.

Dieser Vorwurf verschärfte sich, als ihnen eine Garnison entgegen marschierte und zur Schlacht gen Süden zogen.

Mit der Schlacht und dem Elend von Plock hätten beide Seiten den Krieg beenden können, doch König Agaran beschuldigte Bendor für die Zerstörung der Stadt, nicht die Hüter. Er verkündete, Bendor habe aus Feigheit einen Pakt mit den Dämonen geschlossen, um die Gunst der Schlacht auf seine Seite zu ziehen.

Am meisten schmerzte ihn, dass König Agaran Plock einfach aufgab und beschloss lieber Angor und Sichel zu erobern.

Er sah den Soldaten noch eine Weile nach, er wusste, sie würden sterben.

Nur wenige Märsche vor dem Fuß des Berges lag ein kleiner Bauernhof. Ein Stück Weideland war eingezäunt worden. Am Ende des Weges stand eine Scheune, daneben ein kleines Häuschen.

„Wir sollten uns ausruhen ehe wir den Berg besteigen“, sagte Justus. „Ein gutes Bett kann Wunder wirken.“

„Klingt, als warst du hier schon einmal“, entgegnete Tharael.

Er sah den Zauberer fragend an.

„Tjork Kopf“, stöhnte der Barbar.

Die Scheune stand offen, doch sie war leer. Auf dem ganzen Hof war niemand anzutreffen. Die Tiere waren weder auf der Weide noch in ihren Stallungen.

„Wir sollten im Haus nachsehen“, sagte Phil. Er klopfte an.

Nichts.

Er klopfte noch einmal an.

Wieder nichts.

Er klopfte ein letztes Mal. Diesmal gab die Tür nach. Jemand hatte sie scheinbar nur angelehnt.

Der Gnom stolzierte an ihm vorbei. „Wir sollten drinnen warten“, sagte er und verschwand im Inneren.

„Du kannst doch nicht einfach in eine fremde Wohnung eintreten“, tadelte er ihn.

„Wahnsinn“, rief Jorf von weiter drinnen. „Hier ist sogar noch eine Flasche Met im Schrank.“

„Auch was zu essen?“ Giggles stieß ihn zur Seite und folgte dem Gnom.

„Jorf!“, entfuhr es Phil. „ Du kannst nicht einfach…“

„Oh, du bist ja auch hier.“

„Nur weil du... Giggles, leg das zurück!“

„Tut mir leid“, schmatzte der Zwerg.

Mittlerweile waren auch die anderen nachgezogen und fanden den Weg zur Küche.

„Sieht nach einer kleinen Familie aus“, mutmaßte Justus. „Ist das nicht wahre Poesie? Gemeinsam alt werden auf einem Bauernhof am Fuße eines Berges.“

„Dafür müsstest du dich zunächst einmal binden“, feixte Tharael.

Penele sah sich in den Nebenzimmern um. Irgendetwas stimmte hier nicht. Wenn hier eine Familie lebte, wo waren sie dann? Auf dem Feld konnten sie nicht sein, es wurde bald dunkel.

„Kalter Hauch ummantelt den Hof“, sagte Nevina. „Der ewige Seelenernter erntet, was er hier gesät hat.“

Über ihnen rumpelte es.

Penele machte sich auf nachzusehen, Phil folgte ihr und riet dem Rest in der Küche auf sie zu warten.

Das Geräusch kam aus einem der beiden Zimmer. Die Tür war geschlossen.

Er rief „Hallo?“, doch niemand antwortete. Stattdessen öffnete sich die Tür, wie von Geisterhand. Der Raum hinter ihr war stockfinster. Seine Augen waren das Tageslicht noch gewöhnt und so sah er nicht, was sich in dem Raum befand. „Wir sollten nicht…“, begann er sich zu erklären, unterbrach sich jedoch, als er hörte, wie etwas in der Dunkelheit zu Boden fiel.

Penele zog ihren Dolch hervor und wies ihn an zurückzubleiben.

Ein kleines Mädchen trat aus dem Schleier der Schatten hervor. Augenblicklich senkte sie ihre Waffe. „Hey, Kleine. Was machst du denn hier?“, grüßte sie das Mädchen. „Hab keine Angst, wir tun dir nichts.“

Sie sah sich stumm um.

„Ich bin Penele. Und das hier ist Phil. Er ist ein sehr netter Mann.“

Sie schwieg noch immer, schien irgendetwas von ihnen zu erwarten.

„Wie heißt du?“, versuchte es Penele weiter.

„Annie“, sagte die Kleine schließlich.

„Hey, Annie. Was machst du denn da drinnen? Hat dir jemand Angst eingejagt?“

Sie nickte.

„Bist du denn ganz alleine? Wo sind denn deine Eltern?“

„Die kommen noch“, sagte Annie.

„Wartest du schon lange auf sie?“

„Ja“, sagte die Kleine.

In Zeiten wie diesen war es nicht ausgeschlossen, dass die Kleine zu einer Weisen wurde und vergebens warten würde. Räuber, Geister, Seuche. Es gab viele Gründe vom Schlimmsten auszugehen. Penele wusste das wohl am besten. Sie wollte die Kleine in den Arm nehmen und trösten, doch das Mädchen wich zurück.

„Wir tun dir nichts“, sagte Phil zu ihr. Er schätzte sie in Nevinas Alter. Sie war ihr recht ähnlich, fast die gleiche Größe und ebenso blass. Sie war sehr schreckhaft und nur Weya wusste, was sie gesehen hatte.

„Ihr dürft nicht reinkommen“, sagte Annie und zog sich zurück in die Schatten.

Etwas fiel auf den Boden. Dann noch einmal.

„Annie?“, rief Penele nach ihr. „Alles in Ordnung?“

„Ja“, gab die Kleine von sich. „Meine Eltern sind jetzt da.“

Etwas griff nach der Elfe und zog sie in den Raum. Sie schrie.

Augenblicklich rannte Phil hinein. Etwas packte ihn, ließ dann jedoch fauchend los.

„Penele?“, hörte er Nevina die Treppen heraufsteigen.

Er wollte sie zurückhalten, doch etwas sprang aus den Schatten und riss sie in den Raum. Sie schrie.

Phil konnte noch immer nichts sehen. Behutsam tastete er sich durch den Raum. Seine Hände folgten einem Stück Holz, vermutlich von einem Bettkasten. Am Ende ertastete er einen Fensterladen.

„Tu das nicht!“, krächzte jemand.

Er riss die Läden auf und lies die letzten warmen Sonnenstrahlen ins Zimmer fallen.

Schatten huschten an ihm vorbei. „Warum?“, fragte Annie.

Er riss noch ein Fenster auf.

Etwas zischte und ließ Penele fallen. „Diese verdammten Vampire“, knurrte sie.

Sie sah, wie sich drei Gestalten hinter dem Schrank zusammenpressten. Unter ihnen war auch ihre Schwester.

„Ich will nur mit ihr spielen“, sagte Annie. „Sie ist so kalt wie wir.“

Sie riss ein Stück Holz aus dem Fensterladen. „Sie ist nicht wie ihr!“, sagte sie und rammte es einem der Vampire in die Brust. Er zerfiel augenblicklich zu Staub.

„Nein… Papa…“, schluchzte Annie.

Sie ließen Nevina los, hofften, es würde den Zorn in den Augen der Elfe senken. „Es ist unser Haus“, sagte die Mutter. „Bitte geht.“

Doch Penele stieß erneut zu.

„Nein“, schrie ihre Schwester. „Bitte lass sie gehen.“

Die kleine Annie kniete im Staub ihrer Eltern und fletschte die Zähne.

„Sie ist nur eine wandelnde Seele, welche in der kühlen Nacht erblüht“, erklärte Nevina.

„Nevina, das sind Monster!“, herrschte sie ihre kleine Schwester an.

„Es sind Geschöpfe des Mondlichts, die sorglos über das Land schweben, während die Sterblichen sich im Schlaf nach ihrem Zustand sehnen.“

Solche Worte von ihrer Schwester zu hören machte sie nur noch zorniger und sie stach geblendet vom Zorn auf die kleine Vampirin ein.

Annie war flink und wich aus. „Sie hatte Recht“, sagte sie. „Es war unser Haus.“ Dann war sie verschwunden.

Sie durchsuchten den Hof nach Annie, doch das kleine Mädchen war nirgends zu finden.

Wütend durchsuchte Penele die Schubladen. Was auch immer sie fand, es nutzte ihnen mehr als irgendwelchen niederträchtigen Vampiren. Um ein Haar hätten sie Nevina getötet. Nein, sie verdienten nichts. Weder Gnade noch irgendwelchen Besitz.

Sie fand ein paar alte Briefe, unterschrieben mit Tim, Annies Bruder. Er schrieb herzlich und voller Sehnsucht. Er schilderte von seinem Aufenthalt im Süden. Es war dort sehr warm und das ganze Jahr über herrschte Sommer. Er badete oft in einem eisblauen See. Sein Lehensherr gestattete ihm eine Menge Freizeit. Doch nichts konnte seine Sehnsucht lindern.

In einem anderen Schreiben, berichtete er von einem Dorf, das von Vampiren belagert wurde. Einst gehörte es seinem Lehnsherr und er schwor, es eines Tages zurückzugewinnen. Er sah die Vampire als Feind an, die es auszurotten galt. Immer wieder kam es zu Angriffen.

In seinem letzten Schreiben, schrieb Tim, dass sein Lehensherr ihm gestatte für ein paar Tage heimzureisen. Er freute sich so sehr, die Gerüche in Mamas Küche noch einmal wahrnehmen zu können. Er vermisste ihre warmen Umarmungen und ihre liebkosende Art. Selbst ihr Duft fehlte ihm. Er freute sich auch auf Annie. Wenn er da sei, würde er die ganze Nacht mit ihr spielen wollen. Er schätzte in etwa zwei Nächten Zuhause zu sein. Der Brief endete etwas anders als die Übrigen. Weniger herzlich, mit einem knappen bis bald.

„Denkst du, er ist zurück in den Süden?“, fragte Penele.

Phil zog die Schultern nach oben. „Vielleicht hatte er gehofft sie kämen mit und wollte sie für den Kampf rekrutieren."

„Hoffen wir Annie flieht zu ihm und lässt uns heute Nacht in Frieden ruhen."

Vor ihnen lag ein langer und steiler Aufstieg. Schon nach wenigen Schritten zeigten sich die ersten Anzeichen von Ermüdung.

Tharael schien hingegen unerschöpfliche Kraft zu schöpfen. Er war sich sicher, die nächste Schriftrolle lag irgendwo in einer kleinen Nische oben auf dem Berg.

„Wenn wir weiter aufsteigen, wird es kälter", warnte sie Giggles. Er kannte den Berg und seinen Gipfel aus Schnee. „Wir sollten durch den Berg gehen. Im Inneren ist er wärmer."

„Das dauert aber länger", wandte Jorf ein. „Außerdem kann ich klettern wie ein Steinbock. Ich verspreche dir, ich werde der Letzte sein, dem es zu kalt oder zu steil wird außerhalb des Berges."

„Aber im Inneren liegt Metbrunn… Dort gibt es so leckeres Essen und so guten Met. Ich bekomme Hunger, wenn ich nur daran denke."

Zwei schwer bewaffnete Zwerge schritten ihnen entgegen. „Halt!", rief einer von ihnen. „Ihr betretet unbefugtes Land."

„Es ist ein Berg", verbesserte ihn Jorf.

„Richtig", gab der Zwerg von sich. „Und es ist der Berg unseres Königs. Er verbietet es, dass er von Sprossen wie euch betreten wird, ohne seine Erlaubnis mitgeteilt zu haben."

„Wir sind doch keine Sprossen", lehnte Phil ab. „Wir sind..."

„Natürlich seid ihr das. Jeder, der höher gewachsen ist als ein Zwerg, ist ein Sprosse. Und Sprossen sind hier nicht gerne gesehen."

„Dann gehe ich wohl alleine nach Metbrunn", freute sich Giggles. „Keine Sorge ich bringe euch was mit."

Eine der Wachen beäugte ihn. „Giggles? Was tust du mit diesen Sprossen hier?"

„Keine Ahnung. Das Denken fällt mir schwer. Ich bin völlig müde vom Laufen und ich habe solchen Hunger."

„Genau deswegen hat man dich aus Metbrunn verbannt."

„Aber es hat mir nicht geholfen", sagte Giggles. „Ich habe immer noch Hunger."

„Und klüger geworden bist du auch nicht...", feixte der Zwerg.

„Wir sind auf einer wichtigen Mission", schritt Phil ein.

„Du bist doch ein Mensch, oder? Führt ihr da unten nicht gerade einen Krieg?" Die Wache schüttelte den Kopf. „Deserteure sind hier noch unbeliebter als Sprossen."

„Ihr müsst den Berg auf der Stelle verlassen", forderte der Andere.

„Wir suchen etwas in den Bergen", erklärte sich Tharael. „Ohne es können wir nicht gehen."

„Wenn es sich auf dem Berg befindet, gehört es unserem König. Jetzt geht."

„Es ist nur ein einfaches Stück Papier", versuchte es Phil. „Es bedeutet uns viel."

Die beiden Zwergen sahen einander an. „Dann schlagt ihr einen Handel vor?", fragte einer von ihnen. Zwerge mochten nur Eines mehr als Met, den Handel.

„Nur wenn wir mit eurem König sprechen können."

Sie sahen einander an und nickten, dann zeigte einer von ihnen auf Giggles und sagte: „Aber ihr zahlt für alles, was er frisst."

Die feuchten Tunnelwände bescherten Jorf eine Gänsehaut. Er schüttelte sich.

„Wovor hast du Angst?" Phil sah ihn fragend an.

„Vor nichts", entgegnete er. „Es sind nur diese Tunnel und diese Zwerge. Ich mag Zwerge nicht so."

„Ist Giggles nicht auch ein Zwerg? Er ist doch dein Freund, oder?"

Der Gnom zog nachdenklich die Augenbrauen zusammen. „Ach wirklich?" Die Brauen lösten sich, als sei ihm etwas eingefallen. „Stimmt, jetzt wo du es sagst…"

„Bleibt dicht zusammen", sagte eine der Wachen."Ihr wärt bei Weitem nicht die Ersten, die sich in den Gängen verlaufen."

Phil versuchte sich ihren Weg einzuprägen, doch schon bald gab er es auf. Es schien, als wartete hinter jeder Abzweigung eine weitere Gabelung auf sie. Er sah sich um. Es war beachtlich mit welcher Präzision die Zwerge gearbeitet hatten. Die Wände waren glatt geschliffen und wichtige Eckpfeiler stützten den Boden, schützten ihn vor der Gewalt des Gesteins.

Einige mit Rucksäcken beladene Zwerge rannten an ihnen vorbei. Ihre abwertenden Blicke verrieten, was sie von dem Besuch hielten.

„Achtet nicht auf sie", sagte einer der Wachen. „Die Meisten von ihnen haben noch nie in ihrem Leben einen Sprossen gesehen."

„Dann verlasst ihr den Berg nicht?“, fragte Phil.

„Das brauchen wir nicht. Er bietet uns alles, was wir für ein sorgloses und genussvolles Leben brauchen.“

„Und was ist in den Karren dort drüben?“

„Nichts, was euch interessieren sollte.“

Die Tunnel wurden allmählich größer. Mittlerweile konnten auch die letzten von ihnen aufrecht gehen, ohne zu fürchten den Kopf zu stoßen.

Säulen und Statuen wurden in die Wände gemeißelt. Sie stellten Arbeiter, Krieger und einen mächtigen Schmied dar. Phil mutmaßte, es handelte sich dabei um das Abbild ihres Gottes, wie er fest und entschlossen seinen Hammer schwang.

„Nur sehr wenige Sprossen dürfen die Meisterstücke unserer Steinmetze und Architekten sehen“, sagte einer ihrer Führer.

„Es ist unglaublich“, staunte Phil.

„Und das ist erst der Anfang. Metbrunn wird euch den Atem rauben.“

„Und es ist angenehm warm“, sagte Phil. „Von kalten Stein und feuchten Wänden hätte ich das nicht erwartet.“

„Das liegt daran, dass unsere Arbeiter das Feuer in den Tiefen des Berges ausgraben und die Wärme durch Tunnelsysteme in die Stadt leiten. Es ist zu kompliziert, um es einfachen Sprossen zu erklären“, winkte der Zwerg ab.

Schließlich erreichten sie die gepriesene Stadt Metbrunn. Ein gewaltiges Bauwerk, das die Zwerge inmitten des Berges geschlagen hatten. Häuser, Stufen und Fassaden waren mit geschliffenen Erzen, Eisen und Diamanten verziert. Ein Werk, das viele Generationen und viele Jahre verschlungen haben mochte.

Der Thronsaal befand sich die Stufen hinauf am höchsten Punkt der Stadt. „Achtet auf eure Tritte“, riet ihnen eine der Wachen. „Die Stufen sind nur für normal große Füße gebaut.“

An den Stufen entlang befanden sich kleine Häuschen in denen Zwerge mit riesigen Äxten und Piken wache hielten. Sie standen still, doch ihre Augen folgten ihren Schritten. Phil sah einen von ihnen schmunzeln, als sich der Zauberer den Kopf stieß.

Sie betraten eine riesige Schmiede, welche die Zwerge als ihren Thronsaal bezeichneten. Eine Bezeichnung, die Sprossen nicht verstehen würden.

Ambosse, Blasebälgen und enorme Kessel schmückten die Halle, in der einige Zwerge flüssiges Eisen abführten. Es floss unter der Obhut gewaltiger Statuen auf Bahnen in einen der zahlreichen Nebenräume, wo Hammerschläge ertönten.

Das Einzige, was an einen Thronsaal erinnerte, war der vergoldete Thron am Ende der Stufen. Ein alter Zwerg mit langem weißen Bart, in den Ringe und Edelsteine eingeflochten waren, sah auf sie herab.

Die Zwerge unter ihnen knieten nieder als er seinen gehörnten Helm zurecht zog. Phil vermutete, dass es sich um eine Krone handelte.

„König Loggle“, sprach eine der Wache zu ihm. „Diese Sprossen fanden wir bei dem Versuch unseren Berg zu betreten. Sie sagten uns, sie seien auf der Suche nach etwas, was sich in unserem Reich befinden soll.“

König Loggle erhob sich. „Welch seltener Besuch. Nur wenige Sprossen trauen sich auch nur in die Nähe unseres Berges."

„Wir wären nicht hier, wenn es nicht wichtig wäre", erklärte sich Phil. Er warf dabei einen raschen Blick zu Tharael.

„Wenn ihr wegen des Krieges hier seid, muss ich euch leider enttäuschen. Zwar ist mein Volk zahlreich und ein jeder unserer Krieger aus reinem Stahl in der ewigen Schmiede unseres Schöpfers geschmolzen worden, doch sind die Kriege der Sprossen nicht länger die Unseren."

„Wir sind nicht wegen des Krieges hier. Seuchen, Dämonen und Plagegeister suchen das Land heim. Der Untergang von Tagalan wurde uns prophezeit."

„Ich weiß, was jenseits der Berge passiert, die Augen meiner Späher sind scharf und sehen weit. Schon manches Wort, welches von Sprossen gesagt wurde, schallte in den Bergen wieder. Doch ihr seht nicht wie Krieger aus und daher frage ich mich, wie wollt ihr das Land retten?"

„Wir sind hier, weil wir etwas benötigen, das den Fluch brechen kann."

„Wie kommt ihr auf die Idee, ein solch wahnsinniges Unterfangen auf euch zunehmen?"

„Die Götter sandten uns her. Es ist nicht viel, das wir brauchen. Nur eine alte Schrift."

„Ihr sprecht von den Göttern, obgleich ihr wissen möget, dass es für uns nur den Einen gibt. Wir nennen ihn Pfosten und er dient nicht den Sprossen, obschon er sie dulden mag. Aber sagt mir, wie ist der Name eines Mannes der derart mutig vor dem König der Zwerge zu treten vermag?"

„Phil", sagte Phil. „Ich wurde aus Sacre gesandt, um das Land zu erlösen."

„Dann seid ihr noch keinem Zwerg begegnet?"

„Es gibt viele Zwerge jenseits des Meeres. Doch sie sind nicht wie ihr. Sie bleiben nicht in den Bergen, sondern suchen die Nähe zu denen, die ihr Sprossen nennt."

„Vielleicht haben sie nicht dieselben Erfahrungen gemacht wie wir. Aber so sei es." Er setzte sich wieder auf den Thron. „Ich nehme an, diese Schrift beinhaltet Magie?"

Phil nickte und sah dabei zu Tharael herüber. Der Zauberer verzog keine Miene, er schien ihm und seinen Worten zu vertrauen. Vielleicht war das der Grund, weswegen er ihn bei sich haben wollte.

König Loggle schüttelte den Kopf. „Ihr Sprossen seid die Einzigen, die an Magie glauben. Was habt ihr nur gegen Stahl und Axt? Wie soll ein Stück Papier einen Haufen Dämonen vernichten?"

„Wir haben einen Zauberer bei uns, der die Schrift der Vorfahren lesen kann."

„Ich sehe nur Sprossen vor mir. Wie soll ich da euren Worten Glauben schenken?"

„Ich sah mit eigenen Augen, wie er zwei der Schriftrollen entfaltete und die Magie in seinen Leib einfuhr."

„Angenommen ich wüsste um ein solches Stück Papier", gab der König der Zwerge nach. „Dann gibt es noch immer ein gewisses Problem. Denn sie befände sich wohl auf unserem Berg und ist damit das Eigentum der Zwerge und Zwerge geben ihren Besitz nicht einfach irgendjemandem, schon gar nicht ohne eine entsprechende Entlohnung. Das versteht ihr sicher, nicht wahr?"

„Aber… Wenn Tagalan vernichtet wird, wird auch Metbrunn ausgelöscht werden. Ist das nicht Entlohnung genug?“

„Weshalb sollten meine Krieger gegen die Dämonen fallen? Der Berg ist seit Jahrtausenden in unserer Gewalt. Seit jeher kämpfen wir gegen alle möglichen Kreaturen, die unsere Arbeiter in den Tiefen des Berges an die Oberfläche bringen. Wir waren stets überlegen und das werden wir auch weiterhin sein. Metbrunn und unser Volk wird ewig bestehen.“

„Was hättet ihr zu verlieren, uns die Schriftrolle zu geben? Abgesehen von eurem Stolz.“

König Loggle stieg langsam die Stufen herab und musterte ihn und seine Begleiter.

Es regte sich Reue in Phil, aufgrund seiner Wortwahl. Den Stolz eines Zwerges durfte man nicht verletzen, schon gar nicht in Frage stellen.

Der Alte blieb stehen und sah Giggles fest in die Augen. „Phil, nicht wahr? Du siehst aus wie ein Priester und doch kann ich nicht einem deiner Worte Glauben schenken. Wie sollte ich es auch, wo du einfach so in mein Reich eindringst, es wagst frei heraus mit dem König der Zwerge zu sprechen und mir sogleich zwei der größten Verbrecher, die der Berg jemals hervorgebracht hat, zu mir in meine Halle zu bringen?“

Giggles wich sich eine Träne von der Wange. Er mochte nicht immer jedes Wort verstehen, doch diese Botschaft hatte er verstanden.

„Ich weiß, dass Giggles eine schwere Vergangenheit in diesem Berg hat“, sagte Phil. „Doch ich weiß, dass er ein

Zwerg ist wie ihr und die Reue in ihm groß ist, was auch immer vorgefallen sein mag."

„Er ist dumm geboren und er wird auch ebenso dumm sterben. Aber, wenn er wenigstens diese Lektion gelernt hat, ist er vermutlich nicht so dumm, wie ich es immer annahm." Er ging einen Schritt weiter. „Der Gnom jedoch, ist nicht halb so dumm wie er sich gerne darstellt."

Phil sah Jorf verdutzt an. „Ihr kennt ihn?"

„Manchmal bringt der Berg auch Gnome hervor. Sie sind Teil des Berges und damit auch Teil des Königreichs. Ihr werdet viele Gnome in Metbrunn finden. Sie sind beliebt aufgrund ihrer kurzen Beine, vor allem bei den Arbeitern. Sie sind flink, zwängen sich durch kleinste Ritze im Gestein und die Meisten unter ihnen sind sehr zuverlässig. Aber dieser hier ist es nicht."

„Aber", stotterte Jorf. „Ich war es nicht. Ich schwöre es. Der Bart war ganz von alleine abgefallen. Ich habe ihn und die Ringe darin nur aufgefangen, ehe sie zerbrechen."

„Schweig, Gnom! Du lügst, sobald sich dein Mund bewegt." Er sah wieder zu Phil herüber, ehe er weitersprach. „Wisst ihr, was wir mit Jenen anstellen, die es wagen einem Zwerg den Bart zu stehlen?"

„Aber wie ich sehe, ist er nachgewachsen", sagte Jorf. „Also ist ja quasi nie etwas passiert. Können wir das nicht einfach vergessen?"

„Ich sagte du sollst den Mund halten. Hör zu Priester, du willst für Gerechtigkeit und Rechtschaffenheit einstehen, dann beantworte mir eine Frage. Mein Volk schätzt meine Großzügigkeit, empfinden jedoch Demut und Nachsicht als Schwäche und einen schwachen König ist das Letzte was sie dulden würden. Ich verbannte diesen Halunken aus Metbrunn und dem Berg und jetzt steht er wieder hier, direkt vor meinen Augen."

„Ich hatte es vergessen", sagte Jorf. „Tut mir Leid, ehrlich."

Loggle ignorierte ihn und sprach weiter: „Seine Lügen und Worte machen mich zornig. Was also sollte ich nun wegen ihm tun, wo er mich als derart schwach dastehen lässt?"

„Verzeihen ist keine Schwäche, es ist eine Stärke, die nur die Wenigsten beherrschen", sprach Phil. „Eines Tages wird auch euer Volk das verstehen können."

„Pah." Der König der Zwerge schien wenig überzeugt.

„Bei Weya, ich habe nichts davon gewusst, doch ich verspreche euch, ich nehme diesen Gnom in meine Obhut und werde selbst Sorge dafür tragen, dass er sich eurem Berg nie wieder nähern wird."

„Du birgst für einen Halunken, was soll daran stark sein? Es ist genau die Art von Schwäche, die man euch Sprossen nachsagt." Er dachte kurz nach. „Ihr seht nicht aus, als hättet ihr etwas von Wert bei euch."

„Selbst wenn es so wäre, es gibt wohl kaum etwas, das ihr nicht bereits besitzt."

König Loggle lachte. „Du bist wahrlich der mutigste Sprosse, der mir je untergekommen ist. Ich sehe, wir können das Problem so nicht lösen. Deine Worte helfen mir nicht, doch möchte ich mit dir anstoßen. Es wird ein großes Fest geben und ich verspreche eine Entscheidung zu fällen. Doch vorerst werde ich den ewigen Schmied zu Rate ziehen. Bis sein Hammer meinen Verstand geklärt hat, seid ihr freie Gäste des Berges, solange du ein Auge auf dem Gnom hast. Sollte er etwas anstellen, lasse ich euch beide dafür hinrichten."

Phil stocherte auf das Fleisch ein, es war derart lange gebraten worden, dass es hart wie Stein war. Ohne zu wissen von welchem Tier es stammen mag, biss er ein Stück ab. Jeder Bissen erforderte derart viel Kraft, dass er glaubte eher an Ermüdung zu erleiden, als jemals davon gesättigt zu sein. Auch der Met machte es nicht besser. Er war derart herb, dass er befürchtete, er würde sich in seiner Kehle festsetzen. Den Zwergen schien es jedoch zu schmecken. Hastig und eifrig tranken und aßen sie. Giggles fiel kaum unter ihnen auf. Er schob dem Zwerg ein paar besonders feste Brocken herüber.

„Ich sehe, euch Sprossen schmeckt es“, sagte König Loggle.

„Es ist einzigartig“, entgegnete Phil.

„Das ist gut“, sagte Loggle. „Denn ihr werdet eure Kräfte brauchen.“ Er schmatze laut. „Du warst ehrlich zu mir, daher will ich auch ehrlich zu dir sein. Ich gebe es ungern zu, aber es steht schlecht um Metbrunn. Mit jedem Tag wird es ein wenig kühler in der Stadt. Ich ließ meinem Volk verkünden, es läge an der Jahreszeit, doch bald werden sie dahinter kommen, dass es nicht daran liegen mag. Es ist nur eine Frage der Zeit, bis das Feuer in unseren Schmieden erlischt.“

„Wie kann das sein? Eure Wachen erzählten von großen Lavaseen unter dem Gestein.“

„Das ist wahr, aber sie kühlen aus. Einer nach dem anderen.“

„Wie ist so etwas möglich?“, wunderte sich Phil.

„Die Arbeiter sind in den Tiefen auf etwas gestoßen, das dafür verantwortlich ist. Ein mächtiger Drache, wir nennen ihn Ysyl. Er ist stark und zäh, seine Schuppen strotzen unserem Stahl und sein Feuer ist derart heiß, dass wir mit ihm völlig neue Waffen schmieden könnten. Wir suchten daher einen Weg ihn zu zähmen, sein Feuer für uns speien zu lassen. Doch es gelang uns nicht. Unzählige Krieger verloren in den Tiefen ihr Leben bei dem Versuch ihn zu Bändigen. Wir fürchteten, er würde bald aus Zorn die Stadt heimsuchen und uns aus dem Berg vertreiben, doch Ysyl stieg immer tiefer in den Berg hinab. Er liegt einfach nur da, wenn man ihn sieht, und wärmt sich in der Lava. Arbeiter berichteten, wie die Lava unter ihm abkühlte und er sich träge erhob, um nur wenige Schritte weiter erneut zu ruhen. Es ist uns weder möglich ihn zu verjagen, noch ihn zu töten. Womöglich ist es seine Art uns für die Angriffe zu strafen. Er tötet uns nicht, er kühlt unsere Schmiede aus."

„Warum erzählt ihr uns das? Wir sind keine Krieger."

„Und doch wäre die Stadt euch etwas schuldig."

„Ihr sprecht dabei von der Schriftrolle?"

„Ich kann euch nur dieses eine Angebot machen. Nehmt es an, oder verlasst mit leeren Händen den Berg." Er sah bei den letzten Worten den Gnom an. „Und dieses Mal für immer. Das gilt für euch alle, denn ihr habt von den Gaben des Berges gespeist, ohne dafür zu zahlen."

Phil sah das Grinsen in seinem Gesicht. Jetzt verstand er, warum der König der Zwerge den Gnom nicht mochte. Er hielt ihn für listig und hinterhältig, wenn auch nicht derart gut, dass er seine Listen nicht durchschauen konnte, doch er sah auch etwas ihn ihm, was er selbst nur zu gut beherrschte.

Penele riss ihn aus seinen Gedanken. „Könnte dieser Ysyl einer der Hüter sein?"

„Möglich“, sagte Phil. „Das er Metbrunn nicht angreift, macht mir Hoffnung, dass er nicht tollwütig wie die Anderen ist.“

„Und doch wollen die Zwerge ihn loswerden“, sagte sie.

„Moment“, meldete sich Justus. „Ihr habt den Teil übersprungen wo er keiner der Hüter ist. Ich sage es ja nur ungern, aber keiner von uns ist in der Lage einen Drachen zu erschlagen.“

Phil wandte sich an Loggle. „Wie viele Krieger werden uns begleiten?“

„Zwei“, entgegnete der Alte. „Die beiden Brüder Moggle und Boggle.“

„Ich nehme an, sie gehören zu den Begabtesten unter euren Kriegern?“

König Loggle schüttelte den Kopf. „Sie werden euch begleiten, weil sie ihren Tunnel nicht fertiggestellt haben. Sie stehen daher genauso in der Schuld des Berges wie ihr. Glaub mir, Priester, du wirst sie mögen.“

Die Zwergenbrüder hätten einander nicht ähnlicher sein können. Sie hatten nicht nur dieselbe Statur und dasselbe Gesicht, sie trugen auch noch dieselbe zerzauste Frisur und denselben Bartschmuck. Selbst die Richtung, in der ihr Bart verdreht war, war dieselbe.

Während ihrem Weg durch die Tunnel, wurde allmählich deutlich, dass niemand der Beiden je einen Speer mit sich getragen hatte.

„Ich glaube, deiner ist länger“, sagte Boggle.

„Nein, deiner. Ich hätte lieber deinen bekommen“, sagte Moggle.

„Du hältst deinen nur zu tief.“

„Was hat das damit zu tun? Deiner IST länger."

Phil schlug vor, die Beiden mögen ihre Speere tauschen, um das Problem zu lösen und den Rest des Weges etwas ruhiger zu gestalten, doch kaum hatten sie ihre Waffen getauscht, sagte Moggle: „Der Andere war doch besser. Der hier ist zu schwer."

Sein Bruder hielt noch eine Weile dagegen, gab schließlich jedoch nach und gab den Speer zurück. Dabei sagte er: „Aber dein Helm ist eindeutig spitzer als meiner."

„Ist er nicht", sagte Moggle.

„Und ob er das ist."

„Dafür ist deine Rüstung zu eng für dich."

„Bist du blind? Sie ist nur sauberer als deine."

„Was? An meiner Rüstung sind ja lauter Kratzer!"

„Ja, weil du den Speer falsch trägst. Du zerkratzt dir den ganzen Harnisch."

„Dann gib mir doch wieder deinen Speer und deine Rüstung."

„Glaubst du, ich ziehe mich jetzt hier für dich aus?"

„Natürlich. Du schuldest mir immerhin noch eine Spitzhacke. Schon vergessen?"

„Was? Du hast die doch fallen lassen."

„Ja, weil du sie haben wolltest."

„Dann gibst du also zu, dass sie zu groß für dich war?"

„Nein, sie war perfekt! So wie dein Speer hier. Gib ihn zurück!"

„Niemals!"

Der Streit drohte zu eskalieren, wäre nicht Penele wild entbrannt eingeschritten. „Jetzt ist Schluss damit!", schrie sie. „So langsam verstehe ich, warum der Alte euch loswerden will."

„Er will nur ihn loswerden“, sagte Boggle. „Weil er Plattfüße hat.“

„Was? Du hast Plattfüße, nicht ich.“

„Und ob du die hast. Die hast du samt deinem fransigen Bart von deiner Mutter geerbt.“

„Das ist ja wohl auch deine Mutter.“

„Ja und? Mein Bart kommt nach Vater, siehst du nicht wie er glänzt?“

„Ja, weil er fettig ist. Außerdem war der von Vater weniger lockig als deiner.“

„Hört endlich auf damit!“, herrschte Penele. „Das ist ja nicht zu ertragen!“

„Ja so ist er“, sagte Moggle.

„Was sagst du da?“

„Nichts. Der Klügere gibt nach, weißt du?“

„Das bin ja dann wohl ich!“

„Als ob!“

Genug war genug. Penele riss einen der beiden Zwerge am Kragen hoch und presste ihn gegen eine der Tunnelwände. „Es ist mir egal, ob du jetzt Moggle oder Boggle bist“, sagte sie mit knirschenden Zähnen. „Du wirst jetzt derjenige sein, der…“

„Ich bin Boggle“, rang der Zwerg nach Luft. „Moggle ist der mit den Plattfüßen.“

Sie drückte fester zu. „Schön für dich Boggle… Du hörst jetzt auf der Stelle auf damit und wehe ich höre noch ein einziges Wort von dir! Ist das klar?“

Der Zwerge nickte schwach.

„Der lügt“, sagte Moggle. „Der kann nicht ruhig sein.“

„Dasselbe gilt auch für dich!“, herrschte sie den Zwerg neben ihr an.

Der Zwerg schluckte schwer als er ihre zornigen Augen vor sich sah.

Es funktionierte, die beiden Zwerge legten ihre Streitereien für eine ganze Weile nieder.

Die Tunnel führten tiefer und tiefer unter den Berg. Es wurde beinahe mit jedem Schritt wärmer.

„Es ist nicht mehr weit“, sagte Moggle.

„Woher willst du das wissen?“, entgegnete Boggle.

„Weil ich den Tunnel gegraben habe.“

„Du hast den Tunnel gegraben? Und wo war ich dann?“

„Keine Ahnung, vielleicht den Bart deiner Frau kraulen?“

„Den Bart meiner Frau? Du wärst froh, wäre deine nur halb so…“ Er unterbrach sich, als er den Blick der Elfe auf ihn spürte. „Er hat Recht“, sagte er schließlich. „Es ist nicht mehr weit.“

„Warum sendet euer König euch mit uns hinab zu diesem Drachen?“, fragte Phil.

„Ach der“, sagte Moggle. „Der liegt sowieso nur rum und rollt mit seinen Augen. Der bewegt sich nur, wenn seine Lava zu kalt für ihn wird.“

„Wie sprichst du von unserem König?“

„Bist du irre? Ich rede von dem Drachen, du...“

„Dann könntet ihr euren Tunnel doch einfach weitergraben, oder?“

„Das dürfen wir nicht mehr“, sagte Moggle. „Seit mein Bruder die Erze in die Lava fallen ließ.“

„Was? Das warst ja wohl du.“

„Ich glaube, ihr wart es beide“, schaltete sich Penele ein.

„Kann sein“, gab Moggle nach. „Aber er war es ein bisschen mehr als ich.“

„Du gibst echt nicht auf, oder? Sie hat gerade gesagt, du warst es."

„Was? Du hast doch angefangen."

Ein lautes Grummeln fuhr durch den Tunnel. Ysyl war nicht mehr weit von ihnen entfernt.

„Das war wohl eher dein Magen", sagte Moggle.

„Was? Denkst du, ich wäre so verfressen wie Giggles?"

„Ich bin nicht verfressen", sagte Giggles. „Ich habe nur Hunger."

„Hört zu", knurrte Penele. Sie befürchtete, die Beiden wollten Giggles mit in ihre Streitereien aufnehmen und schritt frühzeitig ein. „Wenn das hier ein Zwergenaufstand wird, geht ihr gleich alle der Reihe nach baden, habt ihr das verstanden?"

„Moggle badet nie."

„Was? Wann warst du denn das letzte Mal baden? Du stinkst wie ein alter Bär."

Schweiß perlte von ihrer Stirn, als sie die Brücke oberhalb des heißen Gesteins passierten.

„Früher war da unten einmal ein Lavafluss", erklärte Moggle. „Aber der ist schon seit Jahren abgeflossen."

„Er ist ausgetrocknet", sagte Boggle.

„Wie kann ein Fluss aus Lava austrocknen?"

„Natürlich ist er das."

„Oh, Verzeihung. Ich wusste nicht, dass mein Bruder ein gelehrter Geologe ist. Sag, wann genau hast du zwischen all den Erdarbeiten Zeit für dein Studium gefunden?"

„Mach dich nur lustig. Ich bin eben der Klügere von uns Beiden."

„So?“ Moggle schlug seinem Bruder den Helm vom Kopf. „Das hast du aber nicht kommen sehen.“

Boggle stieß wütend seinen Bruder von sich. Der Zwerg verlor dabei den Halt und stürzte.

„Sieht aus, als bräuchte ich einen neuen Bruder“, sagte Boggle stolz und setzte den Weg fort.

„Hallo?“, rief Moggle. „Kann mich jemand von euch hochziehen?“ Er hielt sich an einem der Vorsprünge fest.

Schließlich zog die Elfe ihn hoch. „Du hast Glück, dass Phil dabei ist, sonst hätte ich dir deinen Bruder gleich hinterher geworfen.“

„Da ist er!“, rief Boggle.

Und da war er, inmitten eines Lavasees dümpelte ein feuerroter Drache, Ysyl, wie ihn die Zwerge nannten. Der Geist des Feuers, einer der sieben Hüter von Tagalan. Doch entgegen der Annahme der Drache sei eine monströse Bestie, wirkte dieser Drache tatsächlich eher träge und weder monströs noch bedrohlich. Er lag einfach nur da und faulenzte. Völlig schlaff, völlig erschöpft und völlig müde. Er blickte nicht einmal zu ihnen auf, als die Brüder ihn riefen, obgleich seine Augen geöffnet waren.

„Wie sollen wir einen Drachen erschlagen, wenn wir nicht einmal in seine Nähe kommen?“, fragte Justus.

„Wir erschlagen ihn nicht“, mahnte ihn Phil. „Er ist einer der Sieben.“

„Was willst du tun?“, fragte Tharael. „Etwa einfach zu ihm über die Lava laufen und ihn fragen, ob er nicht lieber woanders baden könnte?“

Moggle warf mit Steinen nach ihm, doch Ysyl schaute nicht einmal auf. „Ist er tot?“

„Bist du taub geworden, oder was?“, fragte ihn Boggle. „Selbst du solltest sein Schnauben hören.“

„Was? Du hast ihn nicht mal gehört, als wir seinen Schatz geborgen haben. Ich hatte dich gewarnt, dass da so ein Geräusch war.“

„Ich habe aber nichts gehört, weil deine Knie wie Espenlaub gezittert haben.“

„Als hättest du schonmal Espenlaub gehört, geschweige denn gesehen. Du hast den Berg doch noch nie verlassen.“

„Und? Du doch auch nicht.“

Der Gnom legte hellhörig die Ohren an. „Moment“, sagte er. „Habt ihr gerade etwas von einem Schatz gesagt?“

„Es weiß doch jeder, dass ein Drache einen Schatz behütet“, sagte Boggle. „Also jeder außer meinem Bruder.“

„Ihr habt ihn bestohlen?“, wunderte sich Phil. Das erklärte natürlich so einiges.

„Nicht direkt. Sein Schatz war Teil des Berges und somit gehörte er ja quasi schon uns. Oder zumindest König Loggle, für den wir ihn geborgen haben. Abzüglich des Finderlohns natürlich.“

„Den du versoffen hast“, meldete sich sein Bruder.

„Was?“

Phil dachte nach. „Wo ist der Schatz jetzt?“

„Keine Ahnung“, sagte Boggle. „Irgendwo in Metbrunn.“

„Wenn du etwas klüger wärest, wüsstest du, dass er in der Schatzkammer ist.“

„Erstens, woher willst du wissen, dass Loggle eine Schatzkammer hat? Und Zweitens, ist das nicht irgendwo in Metbrunn?“

„Oh Verzeihung, wie philosophisch von dir. Wieso schreibst du nicht einen Reiseführer ‚Irgendwo in Metbrunn'?"

„Wenigstens kann ich schreiben."

„Aufhören!", brüllte Penele und stieß die Zwerge vor sich her.

„Was tust du da?", fragte Justus. „Der Drache ist in dieser Richtung."

„Wir gehen zurück nach Metbrunn und holen den Schatz zurück", entgegnete sie. Phil stimmte ihr dabei zu.

„Das geht nicht", sagte Boggle. „Der Schatz gehört nun dem König."

„Dann behaltet ihn", sagte Penele. „Sofern ihr erfrieren wollt."

„Was? Wieso erfrieren? Hier ist es heiß wie in einer Schmiede."

„Sieh hin", sagte Phil. „Dann siehst du, was sie meint." Er deutete dabei auf Ysyl, der sich wendete. Es zischte und dampfte, als die Lava unter ihm abkühlte und ihr Leuchten verlor.

„Oh. Naja wenigstens wissen wir jetzt, wie wir zu ihm kommen."

„Tjork Fell!", rief der Barbar und rannte los.

„Was bei Pfosten tut er da?", wunderte sich Moggle.

Phil sah entsetzt mit an, wie der Barbar die Felswand erklomm und sich Stein für Stein dem Drachen näherte. „Bei Weya. Wir müssen ihn aufhalten", sagte er. „Sonst wird er es wieder tun."

Seine Gier trieb ihn derart stark voran, dass er ihre Schreie und Rufe nicht hören konnte. Es war die einmalige Gelegenheit für ihn eine Rüstung aus Drachenschuppen zu fertigen, die jedem Schwerthieb standhalten würde. Er drückte sich ab und sprang schreiend mit gezückter Waffe auf den Drachen. Die Wucht allein hätte ihn zerreißen müssen, doch im Gegenteil. Der Stahl glitt einfach an ihm ab. Auf dem Rücken des Drachen stehend schlug er immer wieder auf ihn ein, doch Ysyl regte sich nicht einmal.

Bald schon gesellten sich Moggle und Boggle zu ihm.

Phil rutschte derweil an der glatten Felswand ab. Seine Arme waren das Klettern nicht gewohnt und dies wurde ihm zum Verhängnis. Im letzten Moment gelang es Penele seine Hand zu greifen. Es war, als habe sie damit gerechnet, dass so etwas passieren würde.

Sie sahen beide mit an, wie sich Ysyl schwerfällig erhob und mit gesenktem Kopf davon stampfte. Seine Reisebegleiter auf seinem Rücken schien er entweder nicht zu bemerken oder ignorierte sie einfach. Vermutlich, weil er sie inmitten der heißen Lava ohnehin loswerden würde.

„Wir müssen uns beeilen“, sagte Phil. „Er läuft mit ihnen direkt auf die Lava zu! Sie werden bei lebendigem Leibe verbrennen!“

„Erst, wenn ich dich hochgezogen habe“, presste sie hervor.

„Lass ihn los“, dröhnte eine Stimme über ihr. Es war Tharael, den eine violette Aura umschloss und seine Stimme verzerrte.

„Tharael?“, fragte sie.

„Ich werde seinen Sturz auffangen. Vertrau mir.“ Blitze zuckten aus seinen ausgebreiteten Armen. Sie umschlungen Phil, bis ihn eine Kugel aus Licht umschloss.

Er spürte es.

„Lass mich los“, sagte er. „Ich vertraue ihm.“

Widerstrebend entglitt er ihrer Hand und stürzte in die Tiefe. Dann wurde er allmählich langsamer, bis er sanft auf den heißen Steinbrocken landete. Doch er spürte die Hitze nicht. Die violette Sphäre schützte ihn. Er spürte unaussprechliche Macht, die ihn durchfuhr. Es war eine ungeheure Macht, eine Macht, die kein sterblicher Verstand auf lange Sicht ertragen konnte. Es fiel ihm immer schwerer einen klaren Gedanken zu fassen.

Er versuchte an der Überzeugung festzuhalten, den Geist des Feuers zu besänftigen, indem er ihn berührte. Danach könnten die Zwerge ihm seinen Schatz zurückgeben und Metbrunns Schicksal wäre gewendet und der Geist des Feuers gerettet. Doch so sollte es nicht kommen.

Schon bald hatte er den trägen Drachen eingeholt und klettere an ihm empor.

Er stieß die gierigen Zwerge und den Barbaren zur Seite und legte entschlossen beide Hände auf die warmen Schuppen des Drachen.

Dann geschah es.

Für einen kurzen Augenblick spürte er die Trauer des Drachen. Die Trauer um den Verlust seines Schatzes und die Trauer derart von den Zwergen hintergangen worden zu sein. Doch dieses Gefühl blieb nicht. Rasch entglitt es und er spürte wieder die unerbittliche Macht der uralten Magie in ihm.

Das grelle Licht Weyas mischte sich in das violette Leuchten und es kam zu einer Explosion aus Farben, die die Hallen fluteten, begleitet von einem lauten Knall.

Im nächsten Augenblick stürzte der Drache zu Boden und mit ihm all seine Reiter.

Im selben Augenblick klärte sich auch der Blick des Zauberers wieder auf, um dann mit seinem Verstand zu verschwinden.

In einem Reflex fing die Elfe seinen stürzenden Leib auf.

Sie warteten bis die heißen Felsen abgekühlt waren, erst dann konnten sie die verbliebenen Reiter und Phil bergen.

Für Ysyl kam jede Hilfe zu spät. Die magische Explosion hatte seinen Verstand zerrissen und ihn schließlich umgebracht.

Wie ein Wunder atmeten Phil und die anderen noch. Hatten jedoch ihre Sinne verloren.

Es blieb ihnen keine andere Wahl als zu warten. Sie wussten nicht, wie lange sie dort warteten.

Der Dort ihrer Kerzen und ihre Fackeln drohten zu erlöschen. Immer mehr griff die Dunkelheit nach ihnen.

Selbst wenn sie ohne die beiden Zwergenbrüder aufbrachen, sie würden sich in den zahlreichen Tunneln im Inneren des Berges verlaufen.

Tjork war der Erste, der wieder zu sich fand. Er wirkte unverändert, sogleich nutzte der Barbar die verbleibenden Lichtstrahlen aus, um sich hastig sich seiner Beute zu bedienen.

Etwas lauerte in den Schatten und beobachtete sie. Es trat näher, je schwächer ihr Licht wurde. Das spürte die Elfe.

Sie rückten dichter zusammen.

„Ich habe Hunger“, sagte Giggles.

„Du hast immer Hunger“, sagte Jorf. „Würdest du auch nur einmal an etwas anderes denken, säßen wir hier unten nicht fest.“

„Du kennst doch selbst nicht den Weg.“

„Na und? Du bist der Zwerg, nicht ich. Außerdem weiß ich, wo ein schöner, großer Schatz auf uns wartet."

„Du willst doch nicht etwa den König bestehlen?"

„Nein, nein. Ich will ihm nur helfen, weißt du? Denn dieser Schatz ist verflucht."

„Oh wirklich? Das ist aber gar nicht gut."

„Das stimmt. Aber er wirkt nur auf Zwerge. Sie bekommen unglaublichen Hunger, wenn sie ihn besitzen."

„Das ist ja schrecklich, wir müssen König Loggle helfen."

„Ganz genau. Also du kannst mir gerne helfen ihm zu helfen, aber denk daran, du bist auch nur ein Zwerg. Du darfst den Schatz auf keinen Fall besitzen, verstehst du?"

Giggles nickte eifrig.

„Wie klug du geworden bist, mein lieber Giggles."

„Das liegt bestimmt an Phil", strahlte der Zwerg. „Seine Weisheit ist ansteckend, weißt du?"

„Ohja, jetzt wo du es sagst", sagte Jorf und fasste sich an den Kopf. „Ich fühle mich gerade zu allwissend."

„Wenn Phil zu sich kommt", mischte sich Penele ein. „Und er von eurem Vorhaben erfährt, könnt ihr euch mit Sicherheit auf etwas gefasst machen."

„Oh", gab der Zwerg von sich. „Bestimmt, weil er lieber König Loggle helfen möchte. Er hat es auch ein bisschen verdient, weißt du?"

„Du bist ein Idiot", sagte Jorf.

„Das seid ihr Beide", sprach jemand aus der Dunkelheit.

Penele erkannte die Stimme wieder und zog ihre Waffe. „Was willst du, hier?"

„Ich möchte nur mit ihr spielen", sagte Annie. „Sie ist wie eine Schwester für mich, die ich immer haben wollte."

„Du rührst sie nicht an!"

Die Stimme umkreiste sie. Der Kreis wurde immer enger. „Keine Angst, du wirst es nicht sehen. Ich werde sie dir entreißen, wie du mir meine Eltern genommen hast. Und dann wird sie mit mir das Blut ihrer Schwester trinken."

Eine weitere Fackel erlosch und die Schlinge der Finsternis zog sich weiter zu.

Sie stocherten einige Male blind darin herum, obschon sie wussten, dass ihre Waffen aus Stahl waren, der Annie nichts anhaben konnte.

Wutschnaubend entriss Penele dem Gnom seiner Fackel und zerbrach sie. Es blieb ihnen nur noch eine letzte Fackel.

Annie sah ihre Gelegenheit darin und stürzte sich auf sie. Die fuchtelnden Bewegungen der Elfe trafen sie nicht. Stattdessen riss sie Nevina aus ihren Armen und löschte die letzte verbliebene Fackel.

Penele schrie und stach blind auf die Stelle ein, an der sie Annie noch vermutete. Augenblicklich fiel etwas zu Boden.

„Penele?", fragte Justus.

„Nevina, wo bist du?", entgegnete sie.

Die Kleine fiel ihr in die Arme und schluchzte.

Eine Weile standen sie dicht an dicht in der Dunkelheit. Es herrschte Stille.

Selbst wenn sie Annie verletzt hatte, ohne Licht konnten sie nirgends hin.

So hätte es geendet, wären nicht wie aus dem Nichts eine Reihe von Fackeln erschienen. Ein kleiner Suchtrupp, entsandt von König Loggle rief nach ihnen.

Ganz Metbrunn feierte den Sieg über Ysyl. Man aß und trank, so viel man konnte. Man scherzte und lachte laut.

Man ließ Zwerginnen auf den Tischen tanzen und bejubelten lauthals jene, die den Drachen erschlugen.

Phil saß in einer Ecke und sah dem bunten Treiben zu. Weder wollte noch konnte er der Feier hingebungsvoll beiwohnen. Zu sehr war er damit beschäftigt, sich und seine Gedanken neu zu finden. Penele hatte ihm alles erzählt, was passiert war und was sie gesehen hatte, doch er verstand es nicht. Er war sich sicher, dass der Suchtrupp nicht gesendet wurde, um sie zu bergen, sondern um nachzusehen, ob sie es nicht geschafft hatten und damit ein paar der Probleme verschwunden waren. Doch das Gegenteil war offenbar der Fall. König Loggle war so einiges zuzutrauen. Allein, dass er den Schatz verschwiegen hatte, machte ihn zornig.

Er fragte sich, ob eben jener Zorn den Drachen erschlug, oder ob es die Magie war, oder ob es Weyas Wille war. Was es auch war, es war enorm und es hatte ihn verändert, das wusste er. Er war es, der Ysyl erschlug, nicht die beiden Zwergenbrüder, denen diese Feier galt. Doch das war ihm gleich. Die Last einen weiteren Hüter erschlagen zu haben, erfüllte ihn mit tiefster Trauer.

Er sah zu Tharael herüber. Der Zauberer trank einen Schluck Met und erwiderte den Blick.

Er musste es auch gefühlt haben. Vielleicht spürte er es sogar die ganze Zeit über. Wusste er, worauf er sich bei dieser Reise einließ, oder hatte er ebenso Angst davor wie er?

Irgendwann ging auch die Feier zu Ende und nicht nur Moggle und Boggle fielen sturzbetrunken in ihre Betten.

Doch nicht Phil. Er sah noch immer das Leuchten der Magie vor ihm. Er spürte ein geringes Verlangen danach und er wusste, dass auch Tharael wach in seinem Bett lag und nur an die Schriftrolle denken konnte.

Am nächsten Tag führte man sie wie versprochen zu einer kleinen Kammer, deren Tor offen stand. Darin, so sagte ihr Begleiter, würden sie das wertlose Stück Papier finden, das sich von keinem Zwerg berühren ließe.

Phil sah sich um ehe er sich an Tharael wandte. „Sollten die Rollen nicht bewacht werden?"

„Wenn ihr den Oger dort drüben meint", sagte ihr Begleiter und deutete auf einen Haufen Knochen. „Den hat König Loggle in seinen jungen Jahren erschlagen. Mit bloßen Händen, so sagt man. Es soll ein sehr kurzer Kampf gewesen sein."

Gierig griff Tharael nach der Schrift und las ihre magischen Symbole.

Es war wie das letzte Mal, die Magie strömte in ihn und sammelte sich in seinem Verstand. Doch dieses Mal sank er auf die Knie und sprach mit tiefer dunkler Stimme: „Noch Eine." Erst danach entglitten seine Gedanken.

Sie verloren einen weiteren Tag in Metbrunn.

König Loggle wies sie mehrere Male daraufhin, sie könnten nun gehen, doch sie warteten bis Tharael bereit war.

Erst danach, hielt sie nichts mehr in den Bergen.

Das Letzte, an das sich Phil in Metbrunn noch erinnerte, waren die Worte des alten Zwerges. „Denkt immer daran, ein Jeder ist seines eigenes Glückes Schmied", hatte er sich von ihnen verabschiedet. Er wollte nicht über die Bedeutung der Worte nachdenken und dennoch verfolgten sie ihn. Umso herzhafter musste er lachen, als er ein paar der Juwelen in Jorfs Tasche aufblitzen sah.

VI

„Bedenke immer, auf jeden hellen Tag, folgt auch eine dunkle Nacht."

Die Reise verschlug sie in das Tal östlich des Berges. Die Einwohner Tagalans nannten es C'Tusk.

Eine Landschaft, die nur wenige aufsuchten, ganz im Gegensatz zum Regen. Der Regen mochte dieses Stück Land so sehr, dass er C'Tusk derart häufig besuchte, dass das Land unter seiner Leidenschaft geradezu erstickte und alles Lebende, das kleiner als eine Kröte war, im schlammigen Morast ertränkte.

Ihr Weg war matschig und feucht, überall summte es und es stank nach faulem Holz.

Nicht selten trat jemand von ihnen in eine Pfütze oder wurde von Mücken gestochen.

C'Tusk war schon immer der Sumpf, der er nun einmal war. Der Sumpf, in den niemand gerne einen Fuß setzte. Vielleicht hatten die früheren Zivilisationen gerade deshalb eine der Schriftrollen in dieser Gegend verborgen.

„Dieser Ort ist so abscheulich", sagte Justus. „In jeder Ecke quakt oder summt es. Hinter jedem Busch platscht oder raschelt es. Es ist, als wären wir umgeben von Ungeziefer. Und dieser grässliche Gestank..."

„Du bist doch nur angespannt, weil es hier keine Frauen gibt“, winkte Tharael ab und ging weiter. Die letzte Schriftrolle wartete auf ihn, seine Ungeduld war kaum zu übersehen.

„Was weißt du schon über die Frauen.“

„Es reicht mir der größte Magier aller Zeiten zu sein, den Rest überlasse ich gerne dir.“

„Wie bescheiden du doch bist.“

Penele musste ein wenig grinsen. Zwar wusste sie noch immer nicht sehr viel über Tharael, doch sie lernte ihn immer besser kennen. „C'Tusk ist nicht so trist, wie es aussehen mag“, sagte sie. „Es gibt Völker, die sich den Sumpf zur Heimat gemacht haben.“

„Hier kann es doch niemandem ernsthaft gefallen.“

„Das nicht, aber manchen bleibt keine andere Wahl. Aussätzige, Verstoßene und Heimatlose suchen den Sumpf auf, weil es für sie keinen anderen Ort mehr gibt.“

„Dann ist C'Tusk nicht das Ende“, sagte Phil. Er wusste, dass Penele Nevina ein solches Leben ersparen wollte und lieber mit ihr umherzog, als hier mit ihr leben zu müssen. „Sondern der Anfang von dem, was aus Tagalan wird, wenn wir den Fluch nicht brechen.“

„Und du denkst Tharael ist der Richtige dafür?“

„Was ich denke, ist nicht wichtig, nur das was ich tue.“

„Oder er tut.“ Sie sah Phil bei diesen Worten an. Sie wusste nicht, was in den Tiefen passiert war, aber es hatte ihn verändert.

„Diese Magie ist viel stärker als wir dachten. Mit ihr ließen sich alle Dämonen der Welt vernichten.“

Geschosse flogen dicht an ihnen vorbei. Ein Pfeil schnitt sich durch Phils Kutte, verfehlte ihn nur knapp.

Jemand schrie etwas.

„Ihr seid hier nicht willkommen!“, rief eine Stimme.

Eine Gruppe von Bogenschützen umzingelte sie und stellte sie zur Rede.

Sie versuchten ihr Vorhaben zu erklären, doch einer der Bogenschützen unterbrach sie. „Es geht nicht um das Warum.“

„Teglas?“, wunderte sich Penele.

Sie schienen einander zu kennen und doch zeigte sich der Anführer der Gruppe nur wenig begeistert sie hier zu sehen. „Du darfst nicht hier sein, Penele“, sagte er.

„Ich dachte, du bist tot“, entgegnete sie.

„Genau das bin ich auch. Und jetzt dreht um und geht.“

„Aber wir müssen in den Sumpf.“

„Du verstehst nicht. Niemand darf ohne Weiteres nach C'Tusk.“

„C'Tusk ist ein freies Land. Niemand, der bei vollem Verstand ist, würde es freiwillig ohne einen guten Grund aufsuchen, noch würde es ihm jemand untersagen.“

„Doch, genau das tue ich. Die Zeiten haben sich geändert“, sagte Teglas. „Die Ausgestoßenen haben es für sich erschlossen und sind bereit dafür zu kämpfen.“

„Ich kenne die Beiden“, meldete sich ein Zwerg unter den Schützen. „Die Beiden hat König Loggle verbannt.“

„Das ist wahr“, pflichtete Phil bei. „Wir kommen von den Bergen. Ich habe dort für sie sprechen wollen, doch man nimmt sie nicht wieder auf.“

„Und ihr?“, fragte der Schütze.

„Wir kommen aus den Königreichen jenseits der Berge. Dort ist der Krieg ausgebrochen und Plock wurde zerstört.“

„Ich verstehe“, er senkte den Bogen. „Und trotzdem solltet ihr nicht hier sein.“

„Wir müssen“, sagte Phil. „Wir haben keine Heimat.“

„Ich kann das nicht entscheiden, dazu müsstet ihr zuerst beim Rat vorsprechen.“

„C'Tusk hat einen Rat?“, wunderte sich Penele.

„Folgt mir“, sagte Teglas. „Dann werdet ihr es verstehen.“

Schon bald sahen sie, dass C'Tusk wesentlich mehr hatte als nur einen Rat. Die Ausgestoßenen hatten ein ganzes Dorf errichten lassen, das zu einer Gemeinschaft aller Völker geworden war. Die Ideen der Menschen, die Eleganz der Elfen und die handwerkliche Begabung der Zwerge und Gnome hatten ein einzigartiges Werk erschaffen. Säulen aus Stein und Holz ragten in den Himmel, Lehmskulpturen zierten die Fassaden von Häuser, die teils in Bäumen und teils in der Erde versanken.

Es raubte Phil den Atem, nicht zuletzt, weil überall Zwerge, Elfen und Menschen zusammenarbeiteten und lachten. Er fragte sich, warum auf Tagalan scheinbar nur Ausgestoßene derart harmonisch leben konnten. Es war beinahe wie ein kleines Stück Sacre für ihn. „Es ist unglaublich“, sagte er. „Ich vermute, jeder hat beim Aufbau geholfen.“

„Nicht jeder“, sagte Teglas. „Viele hier sind zu schwach oder krank und liegen in den Betten und müssen gepflegt werden. Wir bekommen es in den Griff, aber viele Krankheiten sind uns bisher unbekannt und wir können sie nicht heilen. Das Versorgungslager ist dort drüben.“ Er deutete auf ein abgelegenes Gebäude.

„Ihr versorgt sie und habt ein Gebäude für sie errichten lassen?“ Er strahlte. „Bei Weya, das ist das erste Gute, was mir auf Tagalan widerfährt.“

„Natürlich tun wir das. Es könnte jeden von uns treffen.“

„Zu gerne würde ich euch dabei helfen. In den Klostern lernte ich einiges über Heilkräuter und Pflege. Es wird sicher von großem Nutzen sein.“

„Erst müssen wir zum Rat.“

„Wer ist dieser Rat?“, fragte Penele.

„Der Rat besteht zum größten Teil aus den Ältesten von uns. Wir nennen sie auch die Ersten, weil sie zu der ersten Generation der Jenseitigen gehören. So nennen wir uns. Sie gründeten den Rat, um wohlüberlegte Entscheidungen treffen zu können, die bei der Entwicklung und Verteidigung der Jenseitigen notwendig waren. Heute respektiert jeder hier die Entscheidungen des Rates. Sein Wort ist nur für unser Wohl.“

„Jenseitige“, sagte Jorf. „Klingt zumindest besser als Ausgestoßene.“

„Die sind wir schon längst nicht mehr. Vielmehr sind jene, die wir die Diesseitigen nennen, für uns zu den wahren Ausgestoßenen geworden, denn sie werden nie Teil unserer Gemeinschaft sein.“

„Es sind ein paar hübsche Jenseitige dabei“, strahlte Justus.

Phil strich sich über den Kopf. „Aber wenn dieser Rat nun darüber entscheidet wer in C'Tusk bleiben darf und wer nicht, was geschieht dann mit den Ausgestoßenen, die keine Heimat mehr haben und nicht bleiben dürfen?“

„Ich hoffe, ihr werdet die Antwort nicht am eigenen Leib zu spüren bekommen…“

Sieben Mitglieder umfasste der Rat von C'Tusk. Es war unschwer zu verkennen, wer zu den Ersten gehörte und wer bereits einen neuen Platz im Rat eingenommen hatte. So groß war der Altersunterschied.

Sie saßen an einem hohen Pult, um über jene zu richten, die sich als Jenseitige bewarben oder auf ein anderes Urteil von den Sieben warteten.

Der Älteste von ihnen saß in der Mitte. Der Elf, den man im Sumpf auch den Ersten nannte, begann und schloss immer wieder einen Dialog und machte somit aus seiner Position keinen Hehl. „Es geziemt sich vor dem Rat der Sieben zu knien“, sagte er.

Teglas kniete bereits und erklärte ihr Anlegen.

Schließlich wandte sich der Erste an Phil. „Ihr wollt also den Jenseitigen angehören?“, fragte er.

Phil erhob sich ehe er antwortete. „Es stimmt wohl, dass wir wie die Meisten hier heimatlos und ausgestoßen sind.“

„Es gibt keine Heimatlosen in C'Tusk“, widersprach der Dritte.

„Warum seid ihr wirklich hier?“, fragte der Erste.

„Die Göttin selbst sandte mich nach Tagalan, um das Land zu retten.“

„Tagalan ist nicht zu retten“, sagte der Fünfte.

„Niemand der Diesseitigen hat es verdient gerettet zu werden“, sprach der Sechste neben ihm. „Sie sind abscheulich, abwertend und niederträchtig. Sollen sie mit Tagalan untergehen. C'Tusk jedoch, werden sie nicht mit in den Abgrund ziehen können.“

„Wir suchen etwas in den Weiten des Sumpfes“, versuchte er es erneut. „Es ist mächtig genug die Dämonen zu vertreiben.“

„Das geht nicht“, lehnte der Zweite ab.

„C'Tusk ist eine starke Gemeinschaft geworden“, erklärte der Erste. „Es gibt nicht viele Regeln, doch die Wenigen sind es die uns zu dem gemacht haben, zu dem wir geworden sind.“

„Herr“, brachte sich Teglas ein. „Der Priester sagte, er wäre der Heilkunst mächtig. Er würde unsere Gemeinschaft bereichern.“

Ein Raunen fuhr durch die Ratsmitglieder. Schließlich fragte der Erste: „Ist das wahr?“

„Ja“, sagte Phil. „Ich wurde im Kloster von Dego ausgebildet.“

„Dann muss er bleiben“, sagte der Dritte.

„Es ist die Regel“, bestätigte der Sechste.

Der Erste hob die Hand bis sich die Übrigen beruhigt hatten. „Wer die Gemeinschaft bereichert, der darf in C'Tusk bleiben. Doch er muss es wollen.“

„Die Wahl“, sagte der Zweite. „Die Wahl trifft jeder selbst.“

„Ich bleibe gerne für ein paar Tage, um einige der Helfer anzulernen.“

„Nein“, sagte der Vierte.

„Die Regel verbietet es“, sagte der Dritte.

Wieder hob der Erste die Hand bis alle anderen schwiegen. „Niemand, der C'Tusk betritt, darf es auch je wieder verlassen.“

„Nützlich oder nicht“, sagte der Dritte.

„Ich glaube, ich verstehe nicht“, sagte Phil.

„C'Tusk", erklärte der Erste. „C'Tusk funktioniert nur, wenn niemand die Gemeinschaft verlässt, denn das würde sie schwächen."

„Die, die uns verlassen, sind nicht besser als die Diesseitigen."

„Und wenn wir nicht bleiben können?"

„Dann gehört ihr zu den Diesseitigen und stellt somit eine Bedrohung für C'Tusk dar."

„Spione", sagte der Zweite.

„Machthungrige", sagte der Dritte.

„Die Diesseitigen", erklärte der Erste. „Die Diesseitigen dürfen nicht von C'Tusk erfahren. Sie könnten dem Neid oder der Gier erliegen oder dem Hass oder der Furcht. Oder was auch immer sie antreiben mag. Sie würden uns angreifen."

„Sie würden uns vernichten", sagte der Vierte.

„Dann haben wir wohl keine Wahl", mutmaßte Phil.

„Doch, die gibt es immer", sagte der Zweite.

„Aber ihr müsst sie jetzt treffen", sagte der Dritte.

„Wie kann das Schicksal Tagalans euch nur so egal sein?"; fragte Tharael.

„Weil auch unser Schicksal Tagalan egal ist", entgegnete der Dritte.

„Und so soll es auch bleiben", bestätigte der Zweite.

Phil nickte dem Zauberer zu ehe er sagte: „Wir bleiben."

„Die Anderen dürfen nicht bleiben", sagte der Siebte. Er hatte sich bisher kein einziges Mal geäußert und stets zurückgehalten. Es war nicht klar, ob er es ernst meinte oder als einer der Jüngsten im Rate nur das letzte Wort haben wollte. „Sie tragen keinen Nutzen. Der Blick des Zauberers ist falsch und der Zwerg zu dick. Der Elfe steht der Jähzorn auf der Stirn geschrieben. Der Barbar strotzt vor Gier und die Taschen des Gnoms sind prall gefüllt. Einzig die Kleine kann bleiben, sofern sie einmal ausschläft. Sie wird einmal eine gute Pflegerin werden."

„Sie sehen aus wie Kämpfer", sagte der Dritte.

„Wir brauchen eine starke Verteidigung", sagte der Zweite.

„Zauberei ist gefährlich", sagte der Sechste.

„Und Zorn", warf der Fünfte ein.

Der Erste brachte sie erneut zum Schweigen. „Dann stimmen wir ab. Doch bedenkt, dass wir auch kräftige Hände in der Gemeinschaft brauchen."

„Denkt an Accar", sagte der Vierte.

Dann stimmten sie ab. Es war nicht einstimmig und eine sehr knappe Entscheidung. Offenbar war es dem Siebten gelungen zwei der Ratsmitglieder zu überzeugen, gegen eine Aufnahme zu stimmen.

„Es ist beschlossen", sagte der Erste. „Teglas wird euch einweisen. Und nun geht."

Phil fand sich im Dorf schnell zurecht, nicht zuletzt, da er das Gefühl hatte angekommen zu sein. Die Mission Tagalan zu retten, war schnell vergessen. Überall gab es etwas zu tun und überall wurde er gebraucht.

Er legte gerade einem Fieberkranken einen kühlen Lappen auf die Stirn, als Penele an ihn herantrat.

„Ich verstehe ja, dass du bleiben möchtest", sagte sie. „Aber deswegen kamen wir nicht in diesen Sumpf."

„Sie brauchen mich", entgegnete Phil. „Es herrscht Einklang und Harmonie. Jeder hilft jedem, und ich helfe dabei zu helfen."

„Ein paar Kräuter zerstampfen wird Tagalan nicht retten, Phil."

„Vielleicht ist es auch gar nicht mehr zu retten."

„Du gibst schon auf?"

„Was heißt schon?", sagte er. „Haben wir nicht alles versucht? Und was haben wir bisher erreicht? Zwei Städte wurden verwüstet, Unschuldige starben und was noch steht und kämpfen kann, das wird im Krieg bald untergehen. Ich konnte nicht einmal einen einzigen Hüter bisher retten. Und nun habe ich die Gelegenheit das alles zu vergessen."

„Und der Dämonenritter? Hast du dein Versprechen etwa auch vergessen?" Sie erhielt keine Antwort. „Ein paar Jäger sind heute Morgen im Moor versunken", sprach sie weiter. „Wir konnten sie nicht rausziehen, wir mussten einfach zusehen." Er reagierte noch immer nicht. „Ich will so nicht enden, Phil. Verstehst du das?"

„Sie werden dich töten, wenn du versucht zu fliehen."

„Ich werde Tharael begleiten", sagte sie. „Er gibt die Suche nicht auf, nicht jetzt. C'Tusk ist groß, doch er ist zuversichtlich die Schriftrolle zu finden. Und danach…" Sie suchte seinen Blick, doch er sah einfach nicht hin. „Danach hält mich nichts mehr hier."

Er zermahlte stumm ein paar Blätter.

„Du könntest wenigstens nicken", sagte sie. Doch er sah nicht einmal zu ihr auf, als sie fortging.

„Er will wirklich hier bleiben?", wunderte sich Tharael.

Penele nickte. „Es ist viel passiert und er hat viel erlebt. Er mag ein enges Band zu seiner Göttin haben, doch er ist auch nur ein einfacher Mann."

Tharael zog es vor das Thema zu wechseln. Was immer gerade zwischen den Beiden vorging, er zog es vor sich herauszuhalten. „Wir sollten heute etwas südlicher suchen."

„Was wirst du tun, wenn wir sie gefunden haben?"

„Tagalan retten", sagte er.

„Ich meine, danach. Es ist als würde ich dich nicht kennen. Ich meine, wer bist du wirklich und wieso liegt dir Tagalan so sehr am Herzen, dass du dein Leben für dieses Land riskierst? Du hast weder Magie studiert, noch scheinst du nach Rache zu streben."

„Du denkst zu viel", sagte er.

„Mag sein", sagte sie. „Das habe ich wohl von ihm."

„Er hat uns wohl alle irgendwie verändert. Wir dürfen ihn nicht einfach so zurücklassen. Er ist zu gut für diesen stinkenden Sumpf."

„Ich bin froh, dass du das sagst."

Hinter ihnen näherten sich Fackeln. Die Jenseitigen schienen jemanden zu suchen.

„Es wird schwer den Sumpf unbemerkt zu verlassen, sie sind einfach überall."

„Denkst du sie suchen Accar? Oder beobachten sie uns?"

„Ich weiß es nicht. Aber wenn dieser Accar es schafft, nicht gefunden zu werden, dann werden wir das auch." Sie trat in etwas Klebriges und sah nach unten. „Alles voller Spinnennetze. Unglaublich."

„Nicht nur an deinem Bein, sieh nur!"

Unzählige Spinnweben befanden sich vor ihnen. Sie bedeckten nicht nur die gesamte Landschaft, sie formten die Landschaft. Ein ganzes Dorf schien aus ihnen gewoben worden zu sein. Steine, Bäume und Knäuel aus Spinnenfäden bildeten kleine Behausungen und Skulpturen.

„Man könnte fast glauben, sie haben das Dorf nachbauen wollen“, staunte Penele.

„Warum sollten sie das tun? Es sind nur Spinnen.“

Die Fackeln näherten sich und sie suchten sich ein Versteck, um nicht gesehen zu werden.

Eine Gruppe Jenseitiger betrat das Dorf. Sie trugen eine Trage auf der Penele einen der Fieberkranken wiedererkannte. Sie legten ihn inmitten der Spinnweben ab und liefen davon.

„Ich glaube erlebt noch“, sagte Tharael.

Als sie zu ihm wollten, kroch etwas Großes aus einer der Behausungen hervor. Eine riesige Spinne krabbelte auf den Kranken zu und umschloss ihn. Er schrie, bis er schließlich verstummte, weil die Spinnenfäden ihm die Stimme raubten. Sie wickelte ihn vollständig ein und stellte ihn anschließend wie eine Figur im Dorf aus. Sie zupfte noch ein paar der Fäden zurecht, bis sie schließlich wieder in ihrer Behausung verschwand.

„Du willst bloß, dass ich meine Meinung ändere“, sagte Phil.

„Habe ich dich jemals angelogen? Warum solltest du das von mir denken?“, wehrte sich Penele.

„Vielleicht hast du ja Recht. Aber er war sicher schon tot und sie begraben ihre Toten so.“

„Er hat geschrien.“

„Und wenn er bereits so schwach war, dass er ohnehin schon tot war? Also im weitesten Sinne, meine ich.“

„Was?“ Penele war außer sich. „Der Phil, den ich kannte, würde so etwas niemals sagen. Er würde dort hinausgehen und den Rat zur Rechenschaft ziehen.“

„Und dann? Soll ich sie verfluchen, damit ein riesiger Wurm den Sumpf heimsucht? Oder soll ich sie verurteilen, weil sie einen Mann aufgegeben haben, der nicht mehr zu retten war und sie sich stattdessen um die Anderen kümmern? Sie werden ihre Gründe haben. Vielleicht besänftigen sie die Spinne so, damit sie das Dorf nicht angreift. Versuche einfach nicht hinzusehen und schau stattdessen auf das, was sie erschaffen haben. Es ist erstaunlich, gerade zu wie in meiner Heimat."

„Du hast mir nie erzählt, dass sie dort Menschen opfern, um in Frieden leben zu können."

„Das tun sie auch nicht. Doch wir sind hier. In Tagalan. Hier sind die Dinge anders. Es ist egal wo wir hingehen, wo wir hinsehen, oder was wir tun. Es wird immer und überall Unrecht herrschen. Wir müssen es nach allem was passiert ist akzeptieren und das Beste aus allem machen."

„In dem wir Kranken Lappen auf die Stirn legen, die ohnehin bald geopfert werden?"

„Das weißt du nicht."

„Wenn du es nicht weißt, dann hat der Fluch von Tagalan auch dich bereits vergiftet. Wenn du jetzt aufhörst zu kämpfen, Phil, dann hast du versagt. Verstehst du?"

„Nein, ich habe Tharael hierher geführt. Den Rest wird er und seine Magie erledigen. Und wenn er es nicht schafft, dann soll es so sein."

„Du würdest nicht so denken, wenn du seine Schreie gehört hättest."

„Mag sein. Doch ich bin müde, Penele. Ich kann nicht mehr laufen, nicht mehr kämpfen, nicht mehr umherziehen. Hier bin ich Zuhause. Tharael wird es richten, das weiß ich."

Sie wandte sich von ihm ab. „Ich werde mit Teglas und den anderen darüber sprechen. Vielleicht hören sie mir zu und es gibt einen Weg das zu stoppen. Vielleicht werden wir gegen sie kämpfen und vielleicht werde ich dabei sterben. Doch ich möchte, dass du eines weißt. Ich werde C'Tusk von diesem Ding befreien. Doch nicht für Teglas oder irgendeinen der Jenseitigen, sondern ganz allein für dich."

Sie ließ ihn zurück und ging nach draußen.

Natürlich wusste Teglas von der ganzen Sache und nachdem sie ein paar Mal nachfragte, erklärte er es ihr.

Als sich vor vielen Jahren die Ersten in C'Tusk niederlassen wollten und das Dorf bereits erste Formen annahm, griff die Spinne, die sie Accar nannten, die Jenseitigen an. Es war denkbar, dass sie sie aus ihrem Revier vertrieben hatten. Doch was auch immer die Ursache gewesen sein mag, es kostete unzähligen Jenseitigen das Leben. Und die Übergriffe endeten nicht. Immer wieder schlich die Spinne ins Dorf und verschleppte und tötete die Einsiedler. Es war als nahm sie alles, was ihr an den neuen Einsiedler zu gefallen schien.

Zu jener Zeit gründeten die Ersten den Rat der Sieben, um über ihr Schicksal bestimmen zu können. Er half zwar eine schnelle Verteidigung aufzubauen, doch es gelang niemanden die Spinne zu besiegen. Und so sah der Rat nur einen Ausweg, die Opfer sollten Accar besänftigen und von ihren Raubzügen abhalten. Man gab ihr freiwillig, was sie sich mit Gewalt geholt hätte. Der Rat hielt es schließlich nur für allzu gerecht, nur jene der Spinne zu Opfer, die ohnehin bald sterben würden. Niemand hatte Einwände und ein jeder sah, dass es funktionierte. Accar blieb dem Dorf fern und baute sich schließlich ihr eigenes Dorf auf.

„Und da es nur die Schwachen trifft, habt ihr auch nicht weiter gegen sie gekämpft, richtig?“, schlussfolgerte Penele.

„Sie ist zu mächtig. Ihr Zorn würde uns vernichten“, entgegnete Teglas.

„Das werden wir ja sehen.“

„Ich kann dich nicht gegen sie ziehen lassen. Du gefährdest uns alle damit.“

„Was willst du tun? Würdest du mich umbringen? Wärst du derjenige, der mich umbringt, wenn ich davonrenne?“

„Ich halte mich nur an die Regeln des Rates.“

„Dein Rat ist ein Haufen alter Männer, die ihre Klinge gegen ein paar leere Worte eingetauscht haben.“

„So darfst du nicht über sie sprechen. Niemand darf die Regeln in Frage stellen.“

„Das ist mir gleich! Ich werde dieses Ding töten, ob du nun mitkommst oder nicht!“

Er packte sie und drückte ihr die Klinge an die Kehle.

„Du würdest es also tun?“, gab Penele von sich. „Wo du doch einst geschworen hast mich so sehr zu lieben.“

„Das war einmal“, entgegnete er.

Sie schlug ihm in den Magen und befreite sich aus seinem Griff. Mit ihrem Dolch in der Hand sagte sie: „Ich könnte nun dich töten, aber das werde ich nicht.“ Sie zerrte den Elfen hinter eine der Hütten und legte ihn in Fesseln. „Und dafür wirst du mir noch danken, glaub mir.“

Justus rümpfte die Nase. „In dieser Gegend scheint der Sumpf besonders stark zu stinken“, murrte er.

Sie ging gar nicht erst darauf ein, stattdessen sorgte sie sich um etwas anderes. „Hast du ihr davon erzählt?“, fragte sie. Sie kannte nicht einmal ihren Namen, doch die neue Liebschaft des Barden wäre wohl ein Grund gewesen ihn besser nicht zu fragen, ob er sie begleitete. Sie wusste, sie war eine der Anwärterinnen für den Rat. Vermutlich hatte sie es doch getan, weil sie wusste, er hätte nicht ablehnen können, wenn sie nur den richtigen Ton traf.

„Du meinst Athele?“

„Na wenigstens kennst du ihren Namen.“

Er sah sie verwundert an, zog dann aber vor nicht darauf einzugehen. Stattdessen schrak er zusammen, als sie das Spinnendorf erreichten. „Ich hasse Spinnen“, sagte er.

„Dann hättest du im Dorf bleiben sollen“, feixte der Gnom.

„Und diese Geschichte verpassen? Die Leute werden sich reißen sie von mir zu hören.“

„Ganz zu schweigen von den Frauen, die glauben werden, du warst ganz alleine in dem Kampf gegen dieses Biest.“

„Ich würde euch niemals verleumden. Vielmehr kämpfe ich Seite an Seite mit den tapfersten Kriegern auf Tagalan und mit der schönsten Elfe, der ich je begegnet bin.“

Penele grinste. „Das wird Athele aber freuen zu hören, dass sie auch dabei war.“

„Wie ist denn nun der Plan?“, lenkte er ein.

Accar schlummerte in ihrem Versteck. Das letzte Opfer hatte ihr sehr gefallen und es passte gut in ihre Sammlung. Sie war zufrieden. Fürs erste. Es dauerte sicher nicht lange, bis die Jenseitigen ihr erneut etwas brachten, das ihr Dorf schmücken würde.

Schreie weckten sie aus ihrem Schlummer. Die vielen kleinen Augen öffneten sich der Reihe nach und sahen sich um. Dann kroch sie zielstrebig aus ihrem Unterschlupf und näherte sich ihrer Beute, die angekettet um ihr Leben schrie.

„Aahh!", schrie der Gnom. „Ich mag den Plan doch nicht!"

Behutsam platzierte Accar ihre acht Beine um ihn, um dann mit dem Spinnen zu beginnen.

Ein Mund mit zwei Klauen darin öffnete sich über Jorf. Er schloss die Augen und drehte den Kopf zur Seite.

„Jetzt!", rief Penele.

Sogleich sprangen sie aus ihrer Deckung und schlugen auf das Tier ein.

Erschrocken wich die Spinne zurück und kassierte einen schweren Hieb des Zwergs. Doch der Stahl prallte einfach an ihrem harten Cithinpanzer ab und es warf Giggles von den Beinen.

Auch die Pfeile der Elfe konnten ihren Panzer nicht durchdringen und so senkte Penele entsetzt ihren Bogen und schaute erwartungsvoll zu Tharael herüber.

Der Zauberer hingegen schloss die Augen und suchte nach den rechten Formeln in seinem Gedächtnis. Schließlich öffnete er die leuchtenden Augen und brabbelte etwas Unverständliches vor sich her.

Während er seine Kräfte bündelte, verlor auch der Barbar den Kampf gegen die Spinne und wurde von ihr eingewickelt.

„Tharael!", rief Penele.

Mit einem lauten Knall schlug die Magie in die Spinne ein, Augenblicklich schrak sie zusammen und krabbelte als bald davon.

Sie setzten ihr nach, ehe sie entkommen konnte, doch es war zwecklos. In ihrem Augenwinkel sah Penele mit an, wie der Zauberer zu Boden fiel und keuchte: „Sie ist zu stark."

Sie lief ihr nach, den Dolch gezogen. Dann plötzlich musste sie stehen bleiben, als Pfeile vor ihr einschlugen. Sie drehte sich um.

Hinter ihr standen Teglas und einige weitere der Jenseitigen. Darunter erspähte sie auch Athele.

„Ich hatte dich gewarnt", sagte Teglas zu ihr.

Helfende Hände gab es nie genug, doch diese waren etwas Besonderes. Sie machten Phil so glücklich, wie er es schon lange nicht mehr war und er schien nicht der Einzige zu sein, der Freude daran hatte.

„Ein nettes kleines Mädchen", sagte Beggon und lächelte.

Beggon hatte vor wenigen Monden seine Beine im Krieg verloren und litt seither unter großen Schmerzen. Er hatte Glück, dass ihn seine Frau hergebracht hatte, obgleich sie C'Tusk nie wieder verlassen konnten. Vielleicht war er ein Gesuchter, ein Spion oder ein Verbrecher. Vielleicht hatte man ihn ausgestoßen, damit er irgendwo in der Wildnis verhungern würde, weil er für Viele nur noch eine Last war. Was auch immer er gewesen war, in C'Tusk war er ein gewöhnlicher Mann, der unter Schmerzen litt.

„Sie lernt wirklich schnell", sagte Phil. „Vermutlich hat sie mir das ein oder andere Mal zugesehen."

"Wenn sie nur nicht jedem sagen würde, dass sie die Hand des Todes auf seinen Schultern spüre", sagte Beggon. „Das hören die Leute nicht so gerne, auch wenn es bei dem ein oder anderen stimmen mag."

Er seufzte. „Sie ist ... schwierig. Sie hat Einiges durchgemacht und sehr vieles verloren. Würde ihre Schwester sich nicht um sie sorgen, dann wäre sie jetzt völlig auf sich allein gestellt."

„Ich habe das Gefühl, es erging dir nicht viel besser."

„Woher glaubst du das?"

Er lachte. „Weil du hier bist. Niemand ist freiwillig hier."

„Mag sein." Er zog behutsam die Blutegel von der Wunde. Beggon presste die Zähne zusammen.

„Die Anderen", sagte der Mann schließlich. „Die, mit denen du gekommen bist. Man erzählt sich, sie seien verschwunden."

Phil schrak zusammen, das konnte unmöglich stimmen. Doch nun, wo er ihn daran erinnerte, es war eine Weile her seit er sie zuletzt gesehen hatte.

„Das ganze Dorf sucht nach ihnen", sagte Beggon. „Es wird nicht gut ausgehen, wenn sie sie finden werden."

„Das kann nicht sein", entfuhr es Phil.

„Ihre Schwester ist auch dabei, oder?"

Phil nickte abwesend. Er ließ das Glas mit den Egeln fallen und wies Beggon an, auf Nevina aufzupassen, bis er zurück sei. Dann rannte er los.

Seine Schritte flogen über Matsch und Stein, verloren schließlich den Halt.

Er stolperte.

Wie konnte er nur glauben, sie würde nicht gehen? Sie riskierte ihr Leben für ihn und Nevina und was tat er? Er warf nur ein paar Blutegel um sich und legte Verbände auf.

Er stand auf.

Wenn er sich beeilte, würde er sie vielleicht noch vor den Jenseitigen finden und vielleicht würde sich alles klären lassen.

Er sah sich um.

Der Sumpf war größer als er angenommen hatte. Es gab zu viele Wege und Richtungen. Er wusste nicht, in welche er laufen sollte. Er hoffte nur, es war die Richtige. Wenn er ihr zugehört hätte, wüsste er es.

Sie waren seine ständigen Begleiter gewesen. Sie riskierten für ihn und seine Gabe ihr Leben. Sie waren mehr noch als einfache Begleiter, sie waren seine Freunde und er hatte sie einfach im Stich gelassen. Es war denkbar, dass sie bereits von der Spinne besiegt worden waren, oder die Jenseitigen sie erreicht hatten. Und das alles nur, weil er dachte, C'Tusk wäre ein zweites Sacre.

Er hörte wie sich ihm Stimmen näherten.

„Hoffen wir, diese Opfer werden Accas besänftigen. Ich habe sie noch nie so aufgebracht gesehen", sprach Eine von ihnen.

„Sie passten ohnehin nicht zu uns", sagte eine Andere. Phil ordnete sie Teglas zu. „Ohne ihren Priester hätten wir sie gar nicht erst aufgenommen."

„Warst du nicht mal in sie verliebt?"

„Redest du etwa von Penele?" Teglas lachte. „Das ist längst vergangen. Und es ist auch gut so. Denn wie du siehst, kann ich Athele wesentlich mehr vertrauen als ihr."

Phil sah in die Richtung aus der sie gekommen waren und wartete, bis sie verschwunden waren. Dann kroch er aus seinem Versteck und rannte weiter.

„Das ist nicht fair“, sagte Jorf. „Warum ist Tharael bewusstlos und ich muss miterleben, wie ich sogleich zu einer kleinen Spinnennachspeise werde?“

„Sei ruhig“, herrschte die Elfe ihn an. Sie lag gefesselt neben ihm. „Dein Gejammer lockt sie nur wieder an.“

„War das nicht Teil des Plans?“

„Ich habe Hunger“, gab Giggles von sich.

„Bitte“, sagte Jorf. „Bitte denk doch nur einmal an etwas anderes als nur ans Essen.“

„Aber wir sind gerade Essen, wie soll ich da nicht an Essen denken?“

„Penele“, begann Justus, seine letzten Worte an sie. „Bevor wir hier gleich sterben, möchte ich, dass du eines weißt. Du bist ...“

„Die einzige Frau die jemals dir widerstehen konnte“, unterbrach sie ihn. „Ja ich weiß und ich bereue es nicht.“

„Das auch“, sagte Justus.

„Und dass mir natürlich etwas Außergewöhnliches entgangen ist“, fuhr sie fort.

Derweil kroch Accar aus ihrem Unterschlupf empor. Ihr Schrecken hatte sich gelegt und sie schien vollständig erholt.

„Ja schon“, sagte Justus. „Aber ich meine...“

„Du meinst, dass das Alles nur meine Schuld ist, nur weil ich an Jemandem festgehalten habe, der uns nun einfach so hier liegen lässt.“

„Hmm. So habe ich das noch nicht gesehen.“

Die Spinne krabbelte langsam auf sie zu.

„Und dass er meine Gefühle nie wirklich erwidert hat, denn sonst wäre er jetzt hier und würde uns retten."

Sie kroch über den Barden und begann ihn in ihre Fäden zu wickeln.

„Vergiss einfach, was ich sagen wollte!", schrie er. „Aahh!"

Er folgte den Schreien seiner Freunde, bis er schließlich das besagte Spinnendorf erreichte. Sein Blick huschte über die unzähligen Spinnweben hinweg, bis er sie schließlich erblickte. Accar hüllte einen seiner Freunde in ihr Netz, ehe sie zu ihm aufsah. Augenblicklich griff sie an.

Mit ihren acht spitzen Beinen stach sie nach ihm, versuchte ihn zu erstechen.

Es gelang ihm auszuweichen und eines davon zu ergreifen. Fest klammerte er sich an das haarige Spinnenbein und zog sich daran hoch.

Mit harten Schlägen und Stampfen versuchte sie ihn abzuwimmeln.

„Phil!", rief Penele. Verzweifelt sah sie zu, wie er allmählich am Bein herabrutschte und vergebens zu seiner Göttin betete. Sie freute sich zwar ihn zusehen, doch sie wünschte sich auch, er wäre nicht gekommen, denn nun musste sie zusehen, wie er vor ihren Augen stirbt.

„Ich glaube, es funktioniert nicht mehr", stellte der Gnom gelassen fest.

Und er sollte Recht behalten. Die flehenden und bittenden Worte zu Weya und das Sammeln seiner Gedanken änderten nichts. Die Spinne, die einer der Sieben Hüter war, reagierte nicht mit ihm.

Schließlich verlor er den Halt und stürzte.

Accar holte gerade zum Schlag aus, als einer der Kokons zu leuchten begann. Es passierte direkt neben Penele und sie wusste, wer dieses violette Leuchten auslöste.

In violetten Flammen brannte sich Tharael durch die Spinnenseide und erhob sich. Das Licht breitete sich von ihm aus und verband sich schließlich mit Phil.

Dann, als die Spinne zu stach, passierte es. Es folgte ein lauter Knall und mit ihm eine Explosion aus Licht. Im Gemisch aus klarem und violettem Licht erhob sich der Priester und breitete seine Arme aus.

Als er sie berührte, spürte er ihren Neid und den Hass. Die Verzweiflung ihre Heimat verloren zu haben und sogleich die Eifersucht über die Bauwerke jener, die sie vertrieben hatte. Sie wollte, dass ihr Sumpf so war, wie sie ihn haben wollte.

Schließlich wich der Neid aus dem Geist des Sumpfes und gerade als sich ihr Verstand erholte, ergriff das Gefühl der Macht in Phil die Oberhand. Ihr Verstand zerbrach in viele kleine Stücke und erlag dem Gemisch aus uralter Magie, unbändiger Macht und göttlichem Beistand.

Leblos sackte der Körper der Spinne in sich zusammen.

Es dauerte eine Weile bis sich Phils Verstand erholt hatte und er seine Freunde losbinden konnte. Er dankte Weya, dass sie es alle überstanden hatten, obschon es eine sehr knappe Rettung war.

Zu ihrem Erstaunen trat Nevina hinter einem der Bäume hervor und gestand, ihm bei seiner Flucht aus dem Dorf gefolgt zu sein.

Er tadelte mit ihr, als sie ihm half die Netze zu lösen. Doch ein wenig freute er sich auch die kleine Elfe zu sehen, denn so hatten sie nun keinen Grund mehr zurückzukehren und das wollte er auch nicht. Nicht mehr.

Er lag noch fest in den Armen der Elfe, die ihre Freude ihn wieder zu haben kaum ausdrücken konnte, als Tharael an ihn herantrat und sagte: „Jetzt glaube ich, dass du der Gesandte bist. Erst als sich meine Magie mit dir verband, war es möglich sie zu verletzen. Wärst du nicht hier, dann wären wir jetzt tot. Und doch verstehst du jetzt, dass wir die letzte Schriftrolle brauchen."

Er nickte entschlossen. „Ich werde nicht zurückgehen", entgegnete er. „Unsere Aufgabe ist wichtiger als die Jenseitigen."

„Sie werden sicher bald die Spinne entdecken und wissen, dass wir es geschafft haben", sagte Penele. „Mit etwas Glück sind wir bis dahin über alle Berge verschwunden."

„Phil hat mir gezeigt, was man mit Blutegeln machen kann", strahlte Nevina.

„Sie war wirklich eine große Hilfe", bestätigte er.

„Na sowas", lachte sie. „Wir suchen aber schon noch den Dämonenritter, oder?"

„Natürlich", entgegnete er. „Versprochen ist versprochen."

Derweil wandte sich der Gnom an den Barden. „Du vermisst Athele sicher jetzt schon oder?"

„Wer ist Athele?", fragte Justus.

Der Gnom lachte. „Sie hatte mich sowieso lieber als dich."

„Was? Wovon sprichst du?"

„Na von Athele", sagte Jorf. „Sie ist wirklich geradezu besessen von Barden, weißt du?"

Penele beobachtete ihn, während sie weiter durch den Sumpf wateten. Das letzte Mal, als er mit der Magie des Zauberers in Berührung gekommen war, hatte sie ihn beinahe so sehr verändert, dass sie dachte, ihn für immer verloren zu haben. Sie hatte ihn rau und abweisend werden lassen. Er dachte nur noch an sich, wo er doch sonst der selbstloseste Mensch war, dem sie je begegnet war. Und gerade als sie dachte, er habe wieder zu sich gefunden, wurde er wieder dieser seltsamen Macht ausgesetzt. Sie hoffte, dass sie ihn diesmal nicht verändern würde. Sie könnte es nicht noch einmal verkraften ihn so zusehen. So gebrochen und verzweifelt. Sich krankhaft an etwas zu klammern, was nicht existierte.

Er erwiderte ihren Blick und schwieg, als könne er ihre Gedanken lesen.

Schließlich hielt sie es nicht länger aus und eröffnete das Gespräch mit ihm. „Ich bin mir nicht sicher, ob ich noch immer weiß, was du denkst", sagte sie.

Er seufzte. „Dazu müsste ich wohl zunächst selbst wissen, was ich denken soll." Er erinnerte sich an die Worte der Hexe. Mit jedem Hüter der fiel, wurden die verbliebenen Hüter noch mächtiger, noch grausamer und unüberwindbar. Weder Tharael noch er waren stark genug gewesen den Geist des Sumpfes zu besänftigen. Ohne die Vereinigung seines Segens und der Macht des Zauberers wären sie nun mit Sicherheit bereits tot. Er wusste, er verdankte ihre Rettung allein Weya und er glaubte, sie wolle ihm so deutlich machen, dem jungen Zauberer bei seiner Suche zu helfen.

Sie war also noch immer bei ihm, wachte über ihn und seine Freunde. Und doch fühlte er sich immer mehr und mehr von ihr verlassen. Er träumte nicht mehr von ihr und wenn er sie anrief, erhielt er keinerlei Zeichen von ihr.

Wo auch immer der letzte Hüter war, sie mussten zuerst die Schriftrolle finden, bevor er sie fand. Das war das Einzige woran er fest glauben konnte.

„Und dann?“, fragte Penele. Er schien einen Teil seiner Gedanken laut gedacht zu haben.

„Dann müssen wir herausfinden, wie wir die Dämonen, die das Land heimsuchen werden, stoppen können.“

„Was wenn es sie nicht gibt?“ Sie sah ihn entschlossen an. „Was wenn es gar keinen Fluch über Tagalan gibt, sondern alles nur passiert, weil die falschen Entscheidungen getroffen wurden? Eine Kette aus unglücklichen Ereignissen.“

„Es wird kühler“, unterbrach sie der Zauberer und rieb sich die Hände.

„Bist du dir sicher, dass sie in C'Tusk ist?“, fragte Phil.

Tharael nickte. Es konnte nicht mehr weit sein, das spürte er. Es war gerade so, als würde das Stück Papier nach ihm rufen. Ihn, der bald der mächtigste Mann von Tagalan sein würde.

Inmitten des Sumpfes erstreckte sich eine Landschaft aus uralten Ruinen, die eine längst vergangene Zivilisation errichtet haben mochte. Eine Zivilisation, die prächtige Bauwerke und eine weit vorangeschrittene Entwicklung aufwies.

Die Vorväter, wie Tharael sie nannte, hatten einst inmitten des Sumpfes eine Stadt erbaut, von der nun nur noch Trümmer und kalter Stein übriggeblieben war. Ein Tempel aus Stein und Granit schien weitestgehend unversehrt geblieben. Er stand inmitten der Ruinen und rief die Reisenden mit seinen großen Stufen auf seine Spitze.

Dort oben erwartete sie ein kleines Plateau, auf dem sie sich umsahen.

Tharael erkannte eine der Runen auf einem der Sockel wieder und legte seine Hände darauf. Augenblicklich strömte Magie aus der Platte durch seine Hände hindurch und wickelte sich spiralförmig in den Himmel empor. Inmitten der Spirale aus Licht formte sich eine kleine buckelige Gestalt, die ihr Gesicht unter einer Kapuze verbarg.

Worte drangen aus ihr empor und strömten in ihren Verstand. Worte, die klangen ohne gehört zu werden. Worte, die dröhnten ohne gesprochen zu werden. Worte, die an Gesang erinnerten, ohne einem Rhythmus zu folgen. Worte, deren Inhalt so zahlreich war, dass niemand sie verstehen konnte.

Schließlich zerfielen die Worte in Symbole vor ihren Augen und formten sich zu Buchstaben. Die Buchstaben drehten und wendeten sich, bis sie einen Sinn ergaben.

„Reisende", sprach die Gestalt inmitten des violetten Lichts. „Vor euch liegt die schwierigste und größte aller Prüfungen. Nur wer ihrer würdig ist, darf die letzte Schriftrolle entfalten."

Eine der Platten verschob sich wie von Geisterhand und offenbarte eine Treppe ins Innere des Tempels.

„Der Tempel ist aus purer Magie erbaut worden, die so stark ist, dass die Wände im Inneren jede Form von Magie die versucht wird zu wirken, augenblicklich absorbieren ohne sie wirken zulassen", sagte die Gestalt. „Der, der nach Macht strebt, muss Stärke erdulden. Der, der nach Weisheit sich sehnt, muss Torheit erfahren. Der, der Mut beweisen will, muss Furcht kennen. Nur der, der diese Dinge beherrscht, darf auch den Tempel wieder lebend verlassen.“

Langsam lösten sich die Worte aus ihren Köpfen und mit ihnen verschwand auch die Gestalt.

Verdutzt sahen sie einander an.

„Sicher, dass wir da rein wollen?“, fragte Jorf schließlich.

Der Zwerg ging sogleich auf den Einwand ein und schob seinen Hunger vor. Abgesehen davon hielt er als ein Zwerg wohl auch am wenigsten von Magie. Man konnte sie auch nicht essen, wie er sagte.

„Ich werde allein gehen“, sagte Tharael.

„Das wirst du nicht“, pflichtete Phil ihm bei. „Weya und ich werden dir beistehen.“

„Dann gehe ich auch“, sagte Penele, doch Phil lehnte ab.

„Du bleibst hier und passt auf Nevina und die Anderen auf“, widersprach er.

Sie wollte etwas erwidern, doch er unterbrach sie. Er versprach ihr, wieder zukommen.

Schließlich sahen sie den Beiden nach, wie sie die Treppe hinabstiegen und sich hinter ihnen der Tempel schloss.

Die Stufen führten weit ins Innere des Tempels. Schon bald schätzten sie sich weit unterhalb der Erdoberfläche. Und noch immer war kein Ende in Sicht.

Aus den Wänden und Decken strömte Magie, die ihren Weg erleuchtete. Das Wissen der Vorväter musste unerschöpflich gewesen sein, wenn sie in der Lage waren eine solche Anlage zu errichten.

„Sie konnten weitaus mehr, als nur ein paar Steine mit Magie aufzuladen“, winkte Tharael ab.

„Stand das etwa alles in dem Buch?“, wollte Phil wissen.

Er nickte.

„Stand darin auch, warum sie diese Macht einschlossen?“

„Sie befürchteten, sie würde sie eines Tages vernichten. Und ehrlich gesagt, weiß man bis heute nicht, warum sie plötzlich verschwanden. Vielleicht hatten sie Recht, vielleicht hat man sie aber auch einfach nur vergessen.“

„Dann stand dort sicher auch, wie die Prüfungen aussehen und wie sie zu meistern sind, nicht wahr?“

„Nein“, widersprach Tharael. „Nur, dass sie nicht wollten, dass Unwürdige an ihre Magie gelangen.“

„Mut, Weisheit und Macht“, wiederholte Phil die Worte des Vorfahren.

Tharael grinste. „Nachdem, was wir bereits alles erlebt haben, dürften es für uns beide keine allzu schwierigen Prüfungen werden.“

Über dem Tempel wehte ein kühler Wind. Es wurde allmählich frisch und Nevina schüttelte sich.

Penele wies die Anderen an, ein wenig Holz zu suchen, damit sie ein kleines Feuer errichten konnten.

Vor dem ersten größeren Saal erwartete sie die buckelige Gestalt und grüßte sie: „Die, die ihr nach der mächtigen Magie strebt. Die erste Prüfung, das ewige Labyrinth, wird euren Verstand prüfen. Nur wer einen starken Verstand besitzt, kann den Gefahren der Magie trotzen.“ Mit diesen Worten löste sich der Schemen des Vorfahren auf und verschwand.

Zielstrebig und voller Gewissheit, die Prüfung zu meistern, rannte Tharael los. Phil folgte ihm.

Die leuchtenden Wände des Labyrinths erstreckten sich kreuz und quer und zwangen die Beiden immer wieder abzubiegen.

„Warum rennst du so?“, fragte er den Zauberer. „Kennst du etwa den Weg?“

„Das nicht, aber ein Labyrinth hält mich nicht auf. Warst du jemals auf einem Jahrmarkt? Die sind doch alle gleich. Man läuft einfach bis man ankommt.“

Er zog es vor ihm nicht zu widersprechen, immerhin war es seine Prüfung.

Sie liefen rechts, dann links und wieder rechts und wieder von vorne. Irgendwann erreichten sie zum wiederholten Male eine Stelle, die sie zu kennen glaubten.

Tharael fluchte.

„Lass uns einfach die Strategie wechseln“, schlug Phil vor.

„Nein“, lehnte er ab. „Ich finde den Ausgang, das weiß ich.“

„Also wieder links?“, fragte Phil.

Er ging einfach vor ohne zu antworten. Nach einer Weile erreichten sie dieselbe Stelle erneut.

„Unmöglich“, fluchte Tharael.

„Du kennst die Rechte-hand-regel?“, versuchte Phil es erneut.

Der Zauberer schüttelte den Kopf.

„Ich habe einmal von ihr gelesen, die alten Grykoden von Sacre hatten damit ihre Labyrinthe erbaut. Sie funktioniert recht simpel.“ Er wartete einen Augenblick, ob der Stolz des Zauberers gebrochen war. „Man legt seine rechte Hand an die Wände des Labyrinths und folgt ihr. Einfache Mathematik.“

Der Zauberer schien einen Moment lang zu überlegen.

„Ich werde es niemandem erzählen“, fügte Phil schließlich hinzu.

Es wurde immer kälter und kälter, bis die Kälte außerhalb des Tempels auf der Haut zu spüren war. Die Nacht würde noch viel kälter, wenn sie nicht bald das feuchte Holz in Brand setzen konnten.

Verzweifelt suchten Justus und Jorf nach Holz, das wenigstens etwas trockener erschien als die üblichen Holzstücke.

„Wir könnten doch einfach den Matsch anzünden“, schlug Jorf vor.

„Schonmal Matsch brennen sehen?“

„Warum so schnippig?“, wunderte sich der Gnom. „Bist du etwa noch sauer wegen Athele?“

„Wieso sollte ich?“

„Naja, ich habe sie dir gewissermaßen ausgespannt, nicht?“

Der Barde schüttelte eifrig den Kopf. Er konnte sich nicht vorstellen, dass zwischen den Beiden etwas passiert sei.

„Du warst doch gar nicht dabei“, protestierte Jorf.

„Mein Gefühl sagt mir, du warst es auch nicht.“

„Was soll das denn heißen?“

„Überleg doch mal, du bist ein Gnom und sie eine Elfe.“

„Ja und? Ich bin ein Gnom und du bist ein Mensch und trotzdem suchen wir zusammen nach Holz.“

„Du weißt schon, dass das was anderes ist?“

„Ist es nicht. Man ist für nichts zu gnomisch, falls du das denkst. Aber ich kann dir sagen, sie war danach sehr müde.“

Der Barde lachte. „Danach oder davor?“

Jorf blies ein paar schräge Töne aus der Flöte. „Die ist kaputt“, sagte er und gab sie Justus zurück.

Er sah ihn verwundert an und verstaute sie sicher in seiner Tasche. „Wie lange hattest du sie schon?“, fragte er schließlich.

„Hattest du sie mir nicht damals nach der Sache mit der Hexe gegeben?“

„Nein?“, wunderte sich der Barde.

„Oh“, wunderte sich der Gnom. „Wir sollten Holz suchen.“

Tharael fluchte, als sie den Eingang des Labyrinths erreichten. Phil wollte etwas entgegnen, wurde jedoch unterbrochen. „Nein! Wir machen jetzt diese verdammte Rechtehand-regel! Vielleicht hat sie nicht funktioniert, weil man sie vom Anfang bis zum Ende verwenden muss.“

Er nickte nur und folgte ihm.

Schließlich gelang es ihnen ein Feuer zu errichten.

Penele wies ihre Schwester an, sich daran zu wärmen.

Giggles setzte sich zu ihnen. „Ich bekomme immer Hunger, wenn es kalt ist“, sagte er.

„Das verstehe ich“, entgegnete sie. Sie wusste, sie hatte viel von Phil gelernt.

„Wirklich?“, erkundigte sich der Zwerg völlig verwundert.

„Ja, wirklich“, sagte sie prompt. „Du bist ein tapferer Zwerg mit strammen Muskeln, da braucht man viel Nahrung.“

Er strahlte bis über beide Wangen. Er teilte etwas von dem Brot mit ihnen, das er den Jenseitigen gestohlen hatte. Für schlechte Zeiten, wie er behauptete.

Der Barbar warf sich neben sie auf dem Boden. „Tjork auch kalt", gab er von sich und zog eines der Felle über seinen Kopf. Im Laufe ihrer Reise hatte er einige davon angesammelt und trug sie ständig mit sich. Vermutlich hatte er Angst, dass jemand sie ihm wegnehmen könnte.

„Du könntest ruhig eines davon abgeben", schlug Penele vor. „Nur für die Nacht. Immerhin hast du mehr als genug."

Tjork hob eine Ecke des Fells hoch und lugte darunter hervor. „Tjork sehr kalt", sagte er. „Alle gerade warm genug."

Giggles riss ihm das Fell vom Kopf und gab es der kleinen Elfe.

Der Barbar richtete sich wütend auf. Er setzte sich wieder hin, als er sah, wie sie sich darin einwickelte. „Tjork heiß", sagte er nur. „Braucht heute ein Fell weniger. Aber morgen Tjork kalt, brauchen wieder alle. Sonst Tjork böse."

Sie drehten sich im Kreis und schließlich bemerkte das auch der Zauberer. Er schlug mit der Faust gegen eine der Wände und verletzte sich dabei.

„Es gibt noch eine andere Möglichkeit", sagte Phil.

Er seufzte. „Wenn sie funktioniert, können wir sagen es war meine Idee?"

Phil nickte. „Wir zählen die Abzweigungen. Jedes Mal wenn wir Links gehen zählen wir eins weniger und rechts eins mehr."

Eine Schneeflocke legte sich auf ihrer Nase nieder.

Sie fragte sich, ob auch die Beiden die angebrochene Kälte im Tempel spüren konnten. Sie wusste, sie würden es schaffen, sie wusste nur nicht, wie lange es noch dauern würde.

Der Boden konnte sich jeden Moment wieder öffnen und sie stiegen triumphierend daraus empor. Natürlich würde dann Phil den Zauberer tragen, weil dieser der vermutlich längsten Ohnmacht aller Zeiten erlag, aber sie würden es schaffen. Jedenfalls würde Phil es schaffen, sollte der Verstand des Zauberers der Magie nicht gewachsen sein.

Sie starrte fest auf die Bodenplatte unter der die Beiden verschwunden waren.

„Du hast dich verzählt, Pfaffe“, fluchte Tharael lauthals, dass es durch die Gänge hallte.

„Das kann nicht sein“, entgegnete Phil. „Irgendetwas stimmt nicht mit diesem Labyrinth.“ Er blickte sich um und erinnerte sich an die Worte des Vorfahren. „Der, der sich nach Weisheit sehnt, muss Torheit erfahren“, wiederholte er die Worte. Schließlich kam ihm eine Idee.

„Wo gehst du hin?“, fragte der Zauberer ihn. „Von da sind wir gekommen.“

Er blieb stehen und lauschte. „Hörst du das?“, fragte er.

Vor ihnen schwebten die Wände und formten sich zu einer neuen Reihe. „Deshalb kommen wir hier nicht raus.“

„Was hat das zu bedeuten?“

„Es liest unsere Gedanken“, erklärte er. „Es ist so gebaut, dass es uns jedes Mal den Weg versperrt, sobald es weiß, wo wir hingehen wollen.“

„Ich gebe nicht auf!“

„Dann solltest du mir vertrauen." Er ging vor. „Folge mir und versuch nicht nachzudenken."

Immer wieder versuchten sich die Wände neu zu orientieren. Phil gab erst vor rechts abzubiegen, rannte dann jedoch nach links und manchmal auch wieder rechts. Es schien zu funktionieren und sie kamen immer weiter voran. Schließlich erhob sich vor ihm eine der Steintafeln und er erspähte darunter den Ausgang. Es war ein Trick, denn kaum wusste er, in welche Richtung sie mussten, versperrten die Wände ihnen den Weg.

„Es versucht uns auszutricksen", sagte er. Es zeigt uns den Ausgang, damit es weiß, wohin wir gehen." Er lief zurück, dann rechts, dann wieder zurück.

Überall knatterte und knarrte es. Stein rieb auf Stein. Die Wände blieben in ständiger Bewegung.

„Mach dich bereit!", rief er. Noch im gleichen Augenblick stieß er den Zauberer von sich und warf ihn so unter einer der Steinplatte hindurch.

Tharael wusste nicht wie ihm geschieht, als er plötzlich hart aufschlug und abrollte. Dann stand er auf und sah sich um. Er hatte den Ausgang erreicht und das Labyrinth bezwungen. Er rief nach Phil, erhielt jedoch keine Antwort.

Er sah wie sich die Wände hoben und Phil zu ihm hindurch sprang.

Ganz langsam bedeckte der Schnee den Sumpf von C'Tusk, während sie schliefen. Auch Penele war irgendwann eingeschlafen.

„Woher wusstest du, was zu tun ist?", fragte Tharael.

„Ich wusste es nicht", entgegnete Phil. „Allerdings wussten die Wände es auch nicht."

Ein wenig weiter erwartete sie erneut der Schemen des Vorfahren. „Die erste Prüfung ist bestanden, doch eine Weitere erwartet euch im Pfad der Qualen. Nur, wenn ihr das Ende lebend erreicht, könnt ihr sie bestehen."

Vor ihnen erstreckte sich eine riesige schwarze Grube in der ein schwarzer Abgrund auf sie lauerte.

Sie sahen sich um, doch es gab keinen anderen Weg. Sie konnten nicht einmal an den Wänden entlang klettern.

Tharael lachte und ging auf den Abgrund zu. „Das war ja klar. Die Prüfung des Mutes", lachte er. „Das ist echt zu einfach."

Phil sah, wie er inmitten der Gruben stehen blieb und einfach in der Luft schwebte.

„Es ist nur eine Illusion", sagte er und forderte Phil auf ihm zu folgen.

Behutsam setzte er einen Fuß vor dem anderen. Tatsächlich fanden sie einen festen Halt. Doch dann verlor er genau diesen Halt und stürzte schreiend in die Tiefe.

Ein Becken voller Wasser fing seinen Sturz auf. Er hörte, wie der Zauberer neben ihm ins Wasser fiel. „War wohl doch nicht nur eine Illusion", sagte er zu ihm.

„Der, der Mut beweisen will, muss Furcht kennen", erinnerte sich Phil an die Worte des Vorfahren. „Klingt gefährlicher als nur ein paar Illusionen."

Er erhielt keine Antwort, stattdessen schwamm der Zauberer stumm voraus.

Vor dem Lager knirschte der Schnee unter den Schritten, die sich ihnen näherten. So laut, dass Penele aufschreckte und nach ihrem Bogen griff. Sie blickte sich um, doch ihre Augen konnten inmitten der Nacht nichts erkennen.

Etwas ergriff sein Bein und zog ihn schreiend unter Wasser.

„Tharael!“, rief Phil und tauchte ihm nach.

Riesige Zähne schnappten nach ihm. Er trat nach ihnen und traf dabei etwas Weiches.

Augenblicklich tauchten die Beiden auf und schwammen so schnell sie konnten.

Was auch immer mit ihnen in dem Wasser war, es war gefährlich.

Eine Flosse erhob sich aus dem Wasser und schwamm ihnen hinterher.

Phil schlug wie wild mit den Armen. Er schluckte dabei Wasser. Es schmeckte bitter, alt und abgestanden. Vermutlich war es mit diesem Ding von draußen hereingekommen.

Gerade als sie das Ufer erreichten, packte es ihn und zog ihn unter Wasser. Er spürte, wie ihn jemand packte und an seiner Hand zog.

Mit seinem gesamten Körper stemmte sich Tharael dem Biest entgegen. Die Kraft war enorm. Es gelang ihm nur mit letzter Kraft Phil aus dem Wasser zu ziehen.

Die Flosse tauchte unter.

„Weya sei Dank, wir leben noch.“

Tharael rieb sich den Knöchel. „Es sind definitiv keine Illusionen, das muss ich wohl zurücknehmen.“

Unmittelbar vor ihnen wartete bereits das nächste Hindernis, eine Grube gefüllt mit lauter spitzen Pfeilen. Er tastete nach ihnen und bemerkte, dass auch diese keine Illusion waren.

„Die Furcht kennen“, stammelte Phil vor sich her.

Tharael sah zu ihm auf. „Hast du eine Idee, wie wir da rüber kommen?"

„Ich glaube schon, aber sie ist sehr gefährlich."

Penele kniff die Augen zusammen und hoffte so jemanden zu erspähen. Sie war sich sicher, es waren nicht die Jenseitigen, sonst wären bereits ihre Pfeile auf sie niedergeschossen.

Sie legte den Bogen an und schoss.

Augenblicklich schrie jemand und fiel in der Dunkelheit zu Boden.

Sie hatte recht, sie wurden belauert.

Sofort schickte sie sich an die anderen zu wecken, doch kaum hatte sie sich abgewandt, presste ihr jemand seine haarige Hand auf den Mund.

Männer überraschten sie und ergriffen sie. Es waren nicht viele, doch sie hatten sie schnell überwältigt und zerrten sie mit sich.

Einer von ihnen trat das Feuer aus, ehe sie gingen.

Lange dürre Beine schlugen das Wasser auf.

„Was für eine Idee…", gab Tharael von sich und schlug weiter mit seinen Beinen.

Phil saß neben ihm und machte es ihm gleich. „Jammer nicht. Konzentriere dich lieber auf das Wasser, wir müssen sehr schnell sein."

Schließlich zeigte sich erneut die Flosse im Wasser und hielt auf sie zu.

Der Zauberer sah gerade noch, wie sie abtauchte und wollte sich sogleich erheben, doch da hatte die Bestie ihn schon erreicht und zerrte ihn zu sich ins Wasser. Als sie zum Biss nachsetzte, gelang es Phil ihn aus dem Wasser zu ziehen und die gierige Bestie schnellte ihrer Beute nach. So gierig und schnell, dass sie dabei aus dem Wasser sprang. Der Schwung reichte aus, um den grünen Hai an Land zu treiben.

Die Beiden sprangen zur Seite und zerrten an ihm, bis er kopfüber in der Grube landete und sich unter Schmerzen wand.

Es dauerte eine Weile bis das Biest den Kampf verlor und sie behutsam über die glatten Schuppen über die Grube klettern konnten.

Am anderen Ende wurden sie bereits erwartet.

Der Schemen gratulierte ihnen zum Bestehen der zweiten Prüfung. „Die letzte Prüfung wartet auf euch“, sagte er. „Wenn ihr die Schriftrolle wollt, so müsst ihr den Minotaurus in seiner Kammer erschlagen.“

Sie schreckten zusammen, als sich in der Kammer hinter ihnen die Tür schloss.

Etwas Großes stampfte auf sie zu. Sie hörten lautes Schnaufen und das Rascheln von Ketten.

Der Minotaurus hielt direkt auf sie zu und peitschte mit seiner Kette nach ihnen.

„Also gut, Phil“, rief der Zauberer. „Wie genau ist dein Plan?“

„Mein Plan? Das ist deine Prüfung!“

„Ich kann hier drin aber nicht zaubern!“

Der Stier schnaubte und scharrte mit den Hufen.

„Der, der nach Macht strebt, muss Stärke erdulden“, rief Phil die Worte des Vorfahren in sein Gedächtnis.

„Was?“, entgegnete Tharael. „Soll ich mich etwa von ihm verprügeln lassen bis er tot umfällt?“

Der Minotaurus schlug direkt neben ihm in die Wand ein. Staub und Dreck rieselten von der Decke. „Ich sag es zwar ungern, aber das ist keine gute Idee!“

Die Kette schlug nach ihm. Er sprang fluchend zur Seite. „Wenn ich könnte, würde ich dir dafür deinen Schädel platzen lassen!“

„Du solltest dich nicht immer auf deine Magie verlassen“, mahnte ihn Phil.

„Du bist derjenige, der sich ständig von seiner Göttin retten lässt!“

Wieder schlug der Stier in die Wand ein.

„Ich habs“, rief Tharael. „Wenn er wieder nach dir schlägt, schnapp dir die Kette und renne mit ihr in meine Richtung.“

Der Minotaurus schüttelte den Staub von sich und schlug zu. Er verfehlte Phil nur knapp.

Sofort griff Phil nach dem Eisen und rannte los, ehe der Stier mit den Hufen zu schaben begann.

Als er losstürmte, stolperten seine Beine über die Kette und der Minotaurus stürzte auf den Boden.

Tharael jubelte, sah dann jedoch wie sich das Tier erhob und erneut zum Angriff ansetzte. Dicht neben ihm rammte er die Hörner in den Stein und blieb stecken. Die Decke rieselte auf sie herab.

Tharael spürte den heißen Atem des Stier´s auf seinem Gesicht.

Phil lockte den Stier zu sich.

Er zog die Hörner aus der Wand und peitschte mit seiner Kette nach ihm, dann rammte er neben ihm in die Wand.

Tharael begriff was er vor hatte und rief den Stier zu sich. Sie mussten nur lange genug überleben, irgendwann würde er müde werden.

Dann als er erneut zu Phil stürmte und in die Wand einschlug, fielen ganze Steinbrocken von der Decke und begruben die Beiden.

Die haarigen und mit Pelz behangenen Männer trugen sie durch den Schnee.

Sie erreichten ein Lager, deren Zelte aus Leder gefertigt worden waren. Man brachte sie in eines davon und band sie fest.

Hastig schaufelte er die Steine zur Seite, rief dabei immer wieder seinen Namen. Er konnte ihn jetzt nicht verlieren. Er hatte ihm doch so viel zu verdanken.

Er hörte wie jemand hustete.

Einer der Brocken hatte sich verkeilt und verdeckte ihn. Vorsichtig kroch er darunter hervor. „Haben wir es geschafft?"

Er umarmte ihn und sagte: „Deine Verbindung zu deiner Göttin ist wirklich beneidenswert."

Vor ihnen erschien der Schemen des Vorfahren und gratulierte ihnen. Seine klangvollen Worte öffneten schließlich eines der Tore hinter dem die letzte verbliebene Schriftrolle auf sie wartete. „Doch hütet euch vor der schier endlosen Macht", warnte er sie. „Nutzt sie mit bedacht, ehe sie euch benutzen wird." Dann verschwand er.

Phil nickte ihm zu.

Es war soweit, die gesamte uralte Magie würde sich nun in ihm versammeln und er würde der mächtigste Mann auf Tagalan sein.

Entschlossen wandte er sich der Schriftrolle zu und entfaltete sie. Violettes Licht strömte aus ihr und erfüllte den Raum. Es wurde immer dichter und greller.

Phil kniff seine Augen zu und hielt abwehrend die Hand vor sein Gesicht. Dann erlosch das Licht und er fand sich außerhalb des Tempels wieder.

Er sah sich um und entdeckte das ausgetretene Lagerfeuer, doch von den anderen war niemand zu sehen.

Schließlich fand er Tharael inmitten des Schnees. Er nicht überrascht, dass dieser ohnmächtig geworden war.

VII

„Und nun geh, und denk an meine Worte."

„Tjork großer Krieger", sprach einer der Männer zu ihm. „Bringen viel Gold und gut Fell."

Tjork verzog nicht eine Miene, als der Barbar ihm sein Hab und Gut abnahm und in einer Ecke des Zeltes anhäufte.

„Große Gaben für Al Gabbga. Er vielleicht weniger erzürnt sein", erklärte er.

Tjork ignorierte ihn.

Schließlich verließ er stumm das Zelt.

„Al Gabbga nicht mögen Tjork", erklärte Tjork. „Al Gabbga wütend, Tjork weggelaufen für Gold. Gold für

Geister nicht Tjork, sagen Al Gabbga. Al Gabbga nehmen alles. Wenn Al Gabbga kommen, ihr auch nicht mögen."

Die Kälte ließ ihn zittern. Er spürte, wie sie Mark und Bein durchdrang, ihn langsam aussaugte, wie ein Vampir der sich überall an ihm festgebissen hatte.

Mit jedem Schritt durch den Schnee, wurde er müder. Lange konnte er den Zauberer nicht mehr tragen.

Er konnte jetzt nicht aufgeben. Er wusste, wo auch immer die Anderen gerade waren, sie brauchten ihn.

Keuchend folgte er den Spuren im Schnee.

Es mussten etwa sechs bis acht Männer gewesen, schätzte er. Und es sah so aus, als wussten sie genau, wo sie hingehen mussten.

In den von Schnee bedeckten Baumwipfeln sammelten sich Krähen um ihn herum. Sie schrien und krächzten zu ihm herab. Es hörte sich an als riefen sie ihm etwas zu. „Einer noch. Einer noch", riefen sie immer und immer wieder.

„Zeig dich!", schrie er ihnen entgegen, doch ihr Krächzen wollte nicht enden.

Er wusste, dass sie ihn beobachtete. Sie beobachtete ihn die ganze Zeit und sie lachte. Sie lachte ihn aus. Das wusste er. Und sie lachte zu recht. Nicht einen Hüter hatte er retten können, nicht einen Dämon hat er erschlagen können, nichts hatte er bisher erreichen können. Das Einzige was er konnte, war einen bewusstlosen Zauberer durch den Schnee zu tragen, von dem er nicht einmal wusste, ob er jemals wieder die Augen öffnen würde.

Ein Mann mit einem großen Schädel auf dem Kopf betrat das Zelt. Er setzte sich stumm ans Feuer.

Zwei der Barbaren, die ihn begleiteten blieben wie Leibwächter vor dem Ausgang stehen und beobachteten sie.

Tjork kannte den Mann unter dem Widderschädel nur zu gut. Sein Blick hätte Al Gabbga töten können, als er seine Sachen durchwühlte.

„Felle gut“, sagte Al Gabbga schließlich. „Geister sich werden freuen.“

„Tjorks Felle“, sagte Tjork.

Al Gabbga sah ihn fest an, ehe er entgegnete: „Du schulden den Geistern viele Felle. Das nicht mehr deine Felle.“

Er zog einen kleinen Beutel aus der Tasche, die Steine und Knochen darin rasselten, als er ihn schüttelte. Er schloss die Augen und ließ singend den Kopf kreisen. Seine Stimme und seine Bewegungen wurden eins, sie hoben und senkten sich, riefen und priesen die Geister.

Dann warf er die Knochen auf den Boden und schob sie vor sich her. „Geister nicht glücklich“, sagte er schließlich.

„Geister nicht mögen Tjork, weil Tjork nicht mögen Geister“, lehnte Tjork den Vorwand ab.

„Nein“, widersprach Al Gabbga. „Geister nicht mögen Tjork, weil Tjork bringen Schande und großes Elend zu uns.“ Er schob ein paar der Steine zur Seite. „Geister sagen, Tjork schuld an großer Kälte.“

„Tjork Barbar, großer Krieger“, wehrte er sich. „Tjork nicht machen weißen Boden.“

„Geister nicht irren. Geister sagen, Tjork und Freunde von Tjork müssen sterben, damit weißer Boden verschwindet.“

„Tjork nicht glauben Al Gabbga!“

Der Schamane beugte sich zu ihm vor und sah ihm tief in die Augen. „Aber Tjork werden Kälte glauben.“ Dann wies er mit einer Handbewegung die Barbaren an sie nach draußen zu zerren.

Die Spuren wurden immer unklarer. Schon bald würde der Schnee auch die Letzten von ihnen bedecken und Phil, ohne Ahnung in welche Richtung er gehen musste, inmitten des Waldes zurücklassen.

„Warum?“, rief er den Krähen in den Bäumen entgegen. Ihr Lachen wurde unerträglich. Er wollte, dass sie endlich verstummten.

Sie stürzten sich von ihren Ästen hinab und flogen auf ihn zu. Dabei krächzten sie: „Einer noch. Einer noch.“ Sie umwirbelten ihn, kratzten ihn mit Krallen und Schnäbeln und griffen ihn an.

Er musste den Zauberer fallen lassen und schlug wild um sich. Eine der Krähen zerkratzte ihm die Wange. Blut floss aus der Wunde und tropfte in den Schnee.

Sie wurden lauter und lauter, sammelten sich.

Dann flogen sie davon und forderten ihn auf ihnen zu folgen.

Al Gabbga ließ sie an ein knöchernes Totem binden und setzte sie dort der Kälte aus. Nur, wenn sie sich dem Urteil der Geister stellten, würden sie ihn und sein Volk vor der Kälte bewahren.

Mit Gesang und Tänzen lockten sie die Geister aus ihren Verstecken empor, während die Kälte bereits erste Spuren an ihnen hinterließ.

„Ich habe Hunger“, stotterte Giggles. „Und mir ist kalt.“

Tjork senkte den Kopf. Schnee bedeckte sein Haupt. Die, die dort sangen und tanzten, waren einmal seine Brüder und Schwestern gewesen, nun hatten sie ihm alles geraubt und ließen ihn verenden wie nutzloses Vieh, welches nichts mehr zu bieten hatte. Doch er hasste nicht sie, er hasste Al Gabbga. Er hasste ihn, weil er ein Lügner und ein Betrüger war. Und Al Gabbga wusste das. Mehr noch, er fürchtete, er würde ihn eines Tages auffliegen lassen und seine Schwestern und Brüder gegen ihn aufhetzen. Deshalb hatte er ihn verflucht und deshalb wartete er seit jeher auf eine Gelegenheit ihn zu erledigen. Dass er damals davon lief, war nur ein weiterer Grund ihn eines Tages loswerden zu können. Und nun war eben dieser Tag gekommen. Er würde sagen, die Geister haben über ihn gerichtet, doch er wusste, es ist nur die Kälte, die ihn schmerzvoll dahinraffte.

Wie gern er ihre Gesichter am nächsten Tag sehen würde, wenn sie sich um seine Leiche versammelten und es noch immer schneien würde. Al Gabbga hielt sich für schlau, doch das sah er nicht kommen. Doch es würde kommen und dann würden sie Tjork glauben und er und seine Lügen wären endgültig enttarnt.

Eine kalte Hand fuhr durch sein lockiges Haar. Er spürte spitze Finger, kalt wie Eiszapfen, die nach ihm griffen.

„Geister nicht holen Tjork“, stammelte er. „Geister nicht sein.“

Die Hand riss seinen Kopf hoch. Er blickte in eine von Frost entstellte Fratze.

Frost blies ihm ins Gesicht und verdrängte die Farbe daraus. „Du nicht sein“, waren seine letzten Worte.

Eine helle Stimme, klirrend wie berstendes Glas, entgegnete ihm: „Und wie ich bin.“

Eine unersättliche Macht durchströmte die menschenähnliche Gestalt aus Schnee und Frost. Der letzte Hüter von Tagalan stand vor ihnen, der Geist des Eises.

Er wusste, wer Schuld an dem Untergang der anderen Hüter war und er war bereit jeden einzelnen dafür bezahlen zu lassen.

Penele spuckte ihm ins Gesicht, als sich der Hüter vor sie beugte. „Ihr würdet es nie verstehen“, klirrte er. „Warum, denkt ihr, wurde jeder der Sieben stärker, je mehr von ihnen fielen? Weil nur wir die letzte Bastion sind. Wenn der Letzte von uns fällt, werden die Dämonen das Land überrennen. Unsere Aufgabe ist es, das zu verhindern. Doch um das zu verstehen, müsstet ihr einsehen, dass die Dämonen der Unterwelt eure Gemüter verdorben haben. Und deshalb müsst ihr sterben und ganz Tagalan in Eis gehüllt werden.“

Er blies seinen kalten Atem in ihr Gesicht.

„Lass sie in Ruhe!“ Phil warf Tharael zu Boden und schritt mit ausgebreiteten Armen auf den Geist zu. „Ich bin es, den du willst. Nicht sie. Ich war derjenige, der in dieses Land kam, um es zu erlösen. Und ich war derjenige, der es verdorben hat. Arroganz und Selbstsucht haben mich geblendet und waren meine Leiter. Wäre ich nicht gewesen, wäre niemand von ihnen jetzt hier. Ohne mich würden noch immer alle sieben Hüter über Tagalan wachen.“

„Das nanntest du wachen?“, entgegnete der Geist. „Sie waren besessen von der Seuche, die die Dämonen in das Land säten. Doch ich habe sie durchschaut. Ich allein werde die Dämonen und ihre Werke stoppen. Ich allein werde das Böse in seiner Wurzel vernichten und das Land erlösen. Ewiges Eis wird herrschen und es wird Frieden und Gerechtigkeit über das Land walten lassen.“

„Dann töte mich“, sagte Phil. „Doch fürchte den Zorn Weyas. Ihre Rache wird dich vernichten.“

Der Geist glitt über den Schnee und packte ihn. „Ich fürchte niemanden“, klirrte die Kälte. „Weder deine Wort noch sonst etwas. Ich allein bin das Ende von allem und der Beginn der Ewigkeit.“

Er spürte, wie die Kälte durch seinen Körper fuhr und seine Augen immer schwerer wurden. Es war ihm kaum noch möglich zu sprechen. „Du bist kein Hüter!“, entgegnete er mit letzter Kraft, ehe er die Augen schloss.

Der Griff des Geistes wurde fester. „Und ob ich das bin!“

Die Dunkelheit sog ihn in sich auf und zerrte seinen Verstand auseinander. Die Kälte um ihn herum, war so stark, dass er sie nicht mehr fühlen konnte.

Er sah ein Licht und ganz langsam wurde es wärmer.

Eine Sonne aus Licht erstrahlte vor seinen Augen und ihre Strahlen wärmten ihn, bis die Hand, die um seine Kehle griff, zu schmelzen begann.

Erst als sein Verstand langsam auftaute, verstand er, was gerade passierte. Es war ein violettes Leuchten, welches er bereits mehrere Male gesehen hatte und dann war da noch dieses Gefühl. Das Gefühl von unbändiger, endloser Macht.

Er öffnete die Augen und sah Tharael, der mit zuckenden Blitzen den letzten Hüter Tagalans vernichtete. Es war als stände er in Flammen und lachte. Er lachte, wie er ihn noch nie hatte lachen hören.

Al Gabbga und die Barbaren eilten zu ihm, umzingelten ihn. Er hatte sich mit den Geistern angelegt, nun sollte er dafür sterben.

Doch es kam anders.

Phil sah das Falsche, das Böse in seinem Blick. Er rief ihm augenblicklich zu einzuhalten, doch Tharael hörte ihn nicht.

Es war wie eine violette, brennende Gewitterwolke, aus der unentwegt Blitze zuckten, die die Barbaren in Stücke rissen.

Tharael hob beide Arme in den Himmel und lachte. Er hatte die Macht, er allein war die Grenze von allem.

„Tharael", rief Phil. „Du musst ihr widerstehen."

Er sah wie das Gesicht des Zauberers verkrampfte. Er wusste, er versuchte dagegen anzukämpfen. Es war, als wollte die Macht ihn zerdrücken.

Dann, mit einem lauten Knall, platzte die Magie aus ihm heraus und fuhr in einer Säule aus Licht hoch hinaus in den Himmel.

Immer wieder rief er ihm zu sich zu konzentrieren, nicht aufzugeben und weiter zu kämpfen.

Schließlich versiegte irgendwann das Licht und sein Freund stand einfach so vor ihm.

Einige Tage waren vergangen seit der letzte Hüter gefallen und der Schnee geschmolzen war.

Er dachte irgendetwas würde passieren, irgendetwas würde enden oder irgendetwas würde anfangen. Aber da war nichts. Es ging alles so weiter wie bisher. Es war, als wäre nie etwas geschehen. So als habe es die Hüter nie gegeben, noch schien es als wären sie jemals wirklich gebraucht worden.

Auch Tharael war nichts anzumerken, obgleich er wusste, tief in ihm herrschte ein unentwegter Kampf. Und er wusste auch, er fürchtete eben diesen Kampf zu verlieren.

Es war denkbar, dass die Magie in ihm die Oberhand ergriff und er alles und jeden in Staub verwandelte. Er war auch nicht sicher, ob es ihm wieder gelingen würde ihn zu beruhigen. Doch in einem war er sich sicher, er konnte ihn seit der Sache mit den Barbaren nicht mehr aus den Augen lassen. Er war wie ein Vulkan, der jeden Augenblick ausbrechen konnte.

Er sah ihn stumm an und erwiderte den Blick. Vermutlich dachte er dasselbe und vielleicht wollte er gerade deshalb in seiner Nähe sein.

„Vielleicht hat die Hexe gelogen“, mutmaßte der Barde, als sie sich in einem Gasthof niederließen. „Wenn es die Dämonen wirklich gibt, wären sie schon längst hier.“

„Der letzte Hüter sprach als seien sie bereits unter uns“, sagte Phil.

„Vielleicht sammeln sie sich irgendwo“, schätzte Tharael.

„Stand das in dem Buch?“, fragte Phil.

Er nickte schwach. „Dort steht, dass sie nach dem Fall der Hüter in Scharen erscheinen werden und nur die Magie sie noch stoppen kann.“

„Damit meinst du, du kannst sie stoppen“, gab Penele von sich. „So wie du es all die Zeit geplant hattest. Und? Wie fühlt es sich an der stärkste Mann auf Tagalan zu sein?“

„Es…“ Er unterbrach sich und dachte kurz nach ehe er weitersprach. „Es ist schwierig. Ich dachte, es wäre einfacher sie zu kontrollieren. Es ist gerade so, als würde eine innere Stimme immer wieder um Hilfe rufen.“

„Dann bleiben wir eben solange hier sitzen und trinken unseren Met bis die Dämonen kommen“, sagte Jorf.

„Und das Essen nicht vergessen“, pflichtete Giggles ihm bei.

„Tjork nicht warten auf Dämonen, weil Tjork nicht glauben Dämonen seien."

„Du hast auch nicht an Geister geglaubt", sagte Jorf. „Und? Hatte diese Fratze dich nicht auf Eis gelegt?"

„Das war Trick von Al Gabbga. Nicht Geist. Außerdem müssen Tjork nicht glauben an Dämonen, um Dämonen hauen zu können."

„Was ist mit der Hexe?", fragte Justus. „Sollten wir sie nicht jagen?"

„Träumst du etwa noch immer von ihr?", fragte Tharael.

„Hey, ich träume wenigstens nicht von Büchern."

„Wenn wir jemanden jagen", wandte Penele ein. „Dann ja wohl den Dämonenritter. Ich kann nicht glauben, dass wir ihm nirgends begegnet sind." Sie sah zu Phil und Tharael herüber. „Ihr habt es mir versprochen. Er muss erschlagen werden!"

Er sah sie nicht einmal an.

Irgendetwas stimmte nicht. Die Dämonen musste es geben, warum hätte der Hüter sonst von ihnen gewusst? Und warum hatte die Markgräfin sie gewarnt? Nein, sie hatte sie nicht nur gewarnt, sie hatte ihnen sogar geholfen und nicht nur einmal. Sie wollte, dass es so kam. Aber warum?

„Phil!", brüllte Penele.

„Sie hat uns geholfen", sagte er.

„Wovon sprichst du? Wir waren gerade bei dem Dämonenritter."

„Ja", sagte er. „Nein, ich meine die Markgräfin. Ich denke, ich weiß jetzt, warum sie uns geholfen hat. Sie kann sie kontrollieren."

„Den Dämonenritter?"

„Vielleicht. Aber ich meine die Dämonen. Das ist das Einzige was Sinn ergibt. Und ohne die Hüter hat sie eine mächtige Armee, die niemand aufhalten kann."

Der Gnom sprang auf. „Ich habs", sagte er. „Wir gehen da raus, suchen den Dämonenritter, dann erschlägt Tharael den Dämonenritter und dann suchen wir die Hexe, dann erschlägt Tharael die Hexe und danach suchen wir die Dämonen und Tharael erschlägt die Dämonen. Ein genialer Plan, nicht wahr? Also ich meine, wir können natürlich auch hier bleiben und Tharael sucht alleine, aber ich dachte, es wäre keine faire Idee, wenn er alles alleine macht."

„Nein!", protestierte Penele. „Es gibt nur Einen, der den Dämonenritter erschlägt und das bin ich!"

„Na gut, dann erschlägt er ihn fast und du kannst nochmal nachhauen."

„Sie wusste auch, was Tharael vor hat", sagte Phil. „Warum sollte sie wollen, dass er mächtiger als sie wird?"

„Er ist nur ein Mensch", wandte Justus ein. „Er sollte mit der Magie die Hüter vernichten, damit die Dämonen kommen. Vermutlich sind es so viele, dass er allein es nicht schaffen wird."

„Nein, nein", lehnte er ab. „Die Magie wurde entwickelt um die Dämonen aufzuhalten. Egal wie viele es sein werden. Also warum?"

Schreie unterbrachen sie. Wenige Augenblicke später stürzte eine blutüberströmte Frau herein. „Er ist hier", rief sie. Sofort eilte man zu ihr und hob sie auf.

Schwarzer Rauch war ihr von draußen in den Gasthof gefolgt.

Penele sprang auf, ergriff Dolch und Bogen und rannte nach draußen. Sie wusste wen die Verwundete meinte.

Die ganze Stadt stand in Flammen und überall liefen Soldaten umher. Sie trugen weder Flagge noch Banner und das brauchten sie auch nicht, denn sie gehörten keiner üblichen Garnison an.

Sie schoss einen der Männer nieder. Er versuchte gerade Frau und Kinder zu erstechen, ehe der Pfeil ihn traf. Dann warf sie sich schreiend dem Soldaten neben ihm entgegen und schlug auf ihn ein.

Derweil hatten auch die anderen den Gasthof verlassen und stürzten in den Kampf.

Die Soldaten rechneten nicht mit dem Widerstand und so gelang es ihnen einige von ihnen niederzustechen, ehe sie in die Enge getrieben wurden.

Aus den lodernden Flammen erhob sich eine Kreatur mit weit ausgebreiteten Schwingen und schritt auf sie zu.

„Ich wusste, wir würden uns wiedersehen", grüßte sie die Succubus. „Doch dieses Mal werde ich euer Leben nicht verschonen!"

Ihr Schweif durchbohrte im vorbei gehen eine der Frauen, die Penele zu retten glaubte, und warf sie wie nutzloses Vieh von sich. „Habt keine Angst", sagte sie. „Es wird schnell gehen. Mein neuer Gemahl hat reichlich Erfahrung darin, es... unkompliziert zu gestalten." Hinter ihr schritt ein Schatten aus den Flammen. „Er ist einfach perfekt", schwärmte die Succubus. „Ganz anders als dieser labbrige Liebhaber, den ihr kanntet. Er ist so ungestüm, so tobsüchtig, so unbarmherzig und vor allem ist er so unglaublich blutlüstern. Ihr müsst ihn einfach mögen."

Der Helm und die Hörner, die sie seither jede Nacht heimsuchten, erkannte sie sofort wieder, als er aus dem

Feuer trat. Der Mörder ihrer Vaters schnaubte wie ein Stier unter seiner Maske. Von seiner Klinge tropfte das Blut Unschuldiger.

„Wo ist sie?“, rief sie.

„Sie? Wen meinst du?“, fragte die Succubus.

„Wo ist meine Mutter?!“

Es dauerte einen Moment bis die Succubus es verstand. „Oh“, sagte sie schließlich. „Das war deine Mutter? Naja, sagen wir mal so, sie war mir im Weg… Immerhin soll es für ihn nur die eine geben. Mich!“

Sie versuchte das gehörte zu verarbeiten. Es erfüllte sie derart mit Wut, dass sie sich blindlinks auf ihn stürzte.

Er stieß sie von sich, wie einen alten Sack voller Lumpen und hob das Schwert.

Sie versuchte es erneut, doch mit nur einem Hieb wirbelte sie durch die Luft ehe sie aufschlug. Dann setzte er seinen Fuß auf sie. Er presste sie fest in den Boden und hielt ihr dabei die Klinge an den Hals.

Sie spuckte ihm ins Gesicht. „Zeig dich wenigstens, du Feigling!“

Der Dämonenritter holte stumm zum Schlag aus, wurde jedoch unterbrochen als sich jemand um seinen Hals warf. Er versuchte ihn von sich zu ziehen und begann zu taumeln.

Sie nutzte den Moment und stand auf, griff nach ihrer Waffe und schrie: „Phil! Er gehört mir!“

Wie ein wilder Stier warf er den Kuttenträger von sich und stellte sich erneut dem Kampf.

„Tharael“, keuchte Phil.

Doch der Zauberer stand einfach nur da und sah zu, wie das Schwert der Elfe ins Fleisch schnitt.

Der Barbar schlug ein paar der Soldaten nieder und rammte ihn.

„Nein!“, schrie die Succubus.

Penele nutzte den Augenblick und stach zu. Dann wieder und wieder. Immer weiter. Er sollte so qualvoll wie möglich verenden.

Die Succubus peitschte mit ihrem Schweif nach ihr, schlug sie weg von ihrem Diener.

„Tharael“, versuchte es Phil erneut. „Du musst ihr helfen.“

„Ich kann nicht“, entgegnete er.

„Sie wird sterben, wenn du es nicht tust.“

„Du verstehst es nicht“, rief er.

„Bei Weya“, flehte er. „Hilf ihr!“

Der Zauberer konzentrierte sich, sammelte seine Kraft und ließ die Magie durch seinen Körper fließen.

Als die Succubus zu ihm aufschaute und sah, wie er inmitten von violetten Flammen stand, war es bereits zu spät. Blitze zuckten aus der Säule aus Licht und zersprengten sie in tausend Stücke.

Doch danach endete es nicht.

Die Flamme entfachte weiter, loderte höher und höher. Immer mehr und mehr Magie entfaltete sich aus seinem tiefsten Inneren.

Phil sah, wie er hilflos inmitten der Flammen stand und versuchte sich zu konzentrieren. Er wusste, er hatte sich nicht geirrt. Er bat Weya um Beistand, erhob sich und schritt schwankend auf die Säule aus Licht zu.

Krähen strömten aus der Mitte auf ihn zu, warfen sich ihm in den Weg. „Diesmal nicht. Diesmal nicht“, krächzten sie.

Sie war es. Sie versuchte ihn zu beherrschen, seine Magie zu nutzen. Deshalb hatte sie geholfen. Es gab keine Dämonen, es gab nur sie und einen jeden, der nach einer solch gewaltigen Macht verlangte. Tharael war nichts weiter als ein Gefäß, welches sie zu benutzen wusste.

Er sah es in seinem Gesicht, wie er gegen sie ankämpfte. Er wurde schwächer, drohte den Kampf zu verlieren.

Phil setzte schwerfällig seinen Weg fort und begann zu singen. Er sang das Lied, welches er am Meer gesungen hatte, um den Geist des Meeres zu beruhigen. Es waren nichts weiter als die Worte Weyas, deren Licht hell und deren Worte weise waren.

Schließlich tauchte er tief in die Säule aus purer Magie ein und verschwand.

Er fand inmitten völliger Finsternis seinen Verstand wieder. Es war eine Welt jenseits von Zeit und Raum. Eine Welt die nicht existierte, sondern einfach war.

Vorsichtig tastete er sich durch die Dunkelheit bis er einen kleinen roten Punkt entdeckte. Mit jedem Schritt wurde er größer und größer. Bald schon erkannte er ihn als einen roten Kristall, der inmitten der Dunkelheit schwebte. Und noch mehr. In dem Kristall war etwas eingeschlossen worden.

Es war Tharael, der Blick starr und der Mund zu einem stummen Schrei geöffnet.

Der Kristall war hart und kalt, ein unüberwindbarer Käfig, der den Zauberer in seinem Bann hielt.

Jemand lachte laut.

„Zeig dich!“, rief er in die Dunkelheit.

Kichernd glitt sie aus den Schatten hervor und stellte sich ihm. „Das hast du wirklich gut gemacht“, lobte sie ihn.

„Ich wusste, du steckst dahinter!“

„Und doch hast du ihm geholfen? Ohne dich hätte er seinen Traum wohl nie verwirklichen können. Ich muss dir daher in gewisser Weise danken. Aber werd nicht gleich übermütig deswegen.“

„Lass ihn frei!“

„Das geht nicht“, widersprach die Hexe. „Die Macht, welche sich in ihm gesammelt hat, gehört nun mir. Mit ihr wird es mir möglich sein, ganz Tagalan zu unterjochen.“

Weitere Kristalle erschienen. In jedem von ihnen steckte einer seiner Freunde fest.

„Deine Reise war mehr als nur ein Zufall“, sprach sie.

„Lass sie gehen! Sie haben nichts getan.“

„Nein“, sagte die Hexe. „Du wolltest doch wissen wo die Dämonen sind, nicht wahr? Tja, sie stehen direkt vor dir. Das waren sie die ganze Zeit über. Sie sind alle wertvolle Marionetten im letzten großen Theaterstück, das ganz Tagalan tanzen lassen wird. Und das so, wie ich es will.“

„Das sind keine Dämonen, es sind meine Freunde!“

Sie lachte. „Du verstehst es nicht, oder? Ihre Geister sind schwach und doch strotzen sie voller einzigartiger Begabungen.“

„Du redest wirres Zeug, die Magie zerfrisst deinen Verstand. Gier und Rache haben dich blind und krank werden lassen.“

„Oh, nein“, kicherte sie. „Du bist hier der Blinde. Hast du sie dir nie näher angesehen? Du musst es doch bemerkt haben. Sie wohnen in ihnen.“ Die Hexe deutete auf einen der Kristalle. „Sieh dir den Zwerg an. Es ist Gula. Sein unersättliches Verlangen wird das Land aushungern und ganze Kriege entfachen. Sein kleiner Freund, Invidia, wird aus Missgunst rauben und für Mord und Totschlag sorgen. Luxuria wird auf der Laute spielen und sich unentwegt vergehen. Er war es auch, der mir die Augen öffnete. Die kleine Acedia wird zusehen und faulenzen. Sie wird die Trägheit in die Herzen der Sterblichen säen. Die, die sie nicht erreichen kann, werden mit ihrer Schwester, Ira, Seite an Seite kämpfen und das Land verwüsten. Und zuletzt wird Superbia glauben Jene gerecht zu richten, die nur dem Treiben der anderen erliegen."

„Ich glaube dir kein Wort, dafür kenne ich sie zu gut. Nichts dergleichen werden sie tun."

„Bist du dir sicher? Hast du nicht gesehen wie wild deine ach so geliebte Elfin auf den Leib des Ritters einstach? Hast du nicht bemerkt, wie die herzlosen Vampire sich nach der Kleinen sehnen? Sie könnte gewiss eine gute Königin der Blutsauger werden. Hast du nicht den Zwerg getadelt, als er eure Vorräte verspeiste? Hast du nicht eingeschritten, als der Gnom seine Opfer bestahl? Hast du nicht getrauert, als der Barbar den ersten Hüter erschlug? Und hast du nicht all die Zeit von dem Leuchten in den Augen des Zauberers gewusst? Gib es doch zu, du weißt, wie sehr ich im Recht bin."

„Das Einzige, was ich sehe ist, dass du nichts bist und auch nichts hast. Du magst das Schlechte in ihnen sehen, doch ich sehe, wie sie sich gewandelt haben. Was sie wirklich sind. Sie sind…"

„Sie sind nichts weiter als Dämonen", unterbrach sie ihn.

„Oh, nein. Sie sind mehr als du es je sein wirst. Sie sind meine Freunde."

Sie lachte ihn aus. „Wenn das so ist, dann habe ich ein kleines Geschenk für dich.“ Krähen flatterten herbei und hinterließen eine Spitzhacke auf dem Boden. „Sieh es als meine Art, mich bei dir zu bedanken. Nimm dir die Hacke und ich gewähre dir einen von ihnen zu retten. Wenn du geschickt wählst, wird das Ende Tagalans vielleicht ein klein wenig weniger grausam. Oh nein warte. Du solltest die Elfe wählen. Oh, gewiss wirst du sie retten wollen. Wie ein Narr wirst du dich an ihr erfreuen, während die anderen über das Land reiten werden.“

Er zögerte.

„Nun nimm schon. Du kannst mir vertrauen. Einen schenke ich dir. Wo du sie doch so treu hergeführt hast und deine Reise sie gestärkt hat, ihre Laster genährt und ihre Träume gefestigt.“

Er nahm die Spitzhacke und wandte sich dem Kristall zu in dem Penele steckte. Dann sah er zu Nevina herüber.

„Du kannst natürlich auch sie nehmen. Bestimmt wird es sie freuen zu wissen, dass sie bei dir in Sicherheit ist, was auch immer das in einer untergehenden Welt bedeuten mag. Doch du solltest an ihren Zorn denken, wenn du sie nicht wählst. Er wird ihr Potenzial steigern, sie weiter anheizen. Oh, ist es nicht wundervoll? Egal Welchen du jetzt befreist, es wird nicht wirklich besser.“

Er warf die Spitzhacke auf sie und rief dabei: „Du täuschst mich nicht, Hexe! Weder stimmen deine Worte, noch warst du es, die mich in dieses Land rief, um es zu erlösen!“

Sie wich dem spitzen Gegenstand aus und entgegnete: „Spielt das denn überhaupt noch eine Rolle? Aber wie dem auch sei, du hattest deine Chance, du musst also nicht traurig sein, wenn ich sie jetzt doch alle behalten werde."

„Das lasse ich nicht zu!"

„Was willst du denn tun? Mich im Kampf besiegen? Du magst ein paar der Hüter befreit haben, aber du hast sie auch geschwächt. Und jetzt bist auch du schwach geworden."

Er stach mit dem Dolch, den ihm Penele gegeben hatte, auf sie ein, doch sie löste sich einfach auf, tauchte hinter ihm wieder auf und lachte. Dann schleuderte sie ihn durch die Luft, bis er hart und schmerzlich aufschlug.

„Hast du ernsthaft geglaubt, du könntest mich mit einem so mickrigen Ding besiegen?", sagte sie. „Das Einzige was du jemals damit getötet hast war eine schwache hilflose Frau."

„Ich wusste nicht was ich tat. Es war eine Bestie, die du aus ihr gemacht hattest und mich damit getäuscht hast."

„Vielleicht habe ich das. Vielleicht war sie auch bereits tot. Aber ermordet hast du sie." Wieder warf sie ihn durch die Luft.

Lange würde er den Kampf nicht mehr aushalten können.

„Deine Göttin wird dir nicht helfen", lachte die Hexe. „Dafür hast du dich zu weit von ihr entfernt."

„Niemals", keuchte er. „Niemals würde ich sie verleugnen, noch enttäuschen."

„Du hast gemordet und du hast geliebt. Oh, und du hast sogar einen Zwergenkönig bestohlen."

„Das war Jorf, nicht ich."

„Na und? Du hast zugesehen, weil du glaubtest, er hätte es verdient. Du kanntest den Gnom und du wusstest was er tat. Oh, und du kanntest auch Bings und Dita. Wenn ich mich recht entsinne hast du ihnen sogar den Tod gewünscht, nicht wahr?“

„Sie waren…“

„Sie waren schwach? Unwürdig zu leben? Sind sie es denn nicht auch? Dann töte sie. Oder verfluche mich. Oder bete. Oder tu was immer du zu tun vermagst. Du wirst es nicht schaffen das Land zu retten. Du hast versagt.“

Sie warf ihn erneut durch die Luft. Dieses Mal blieb er reglos liegen.

„Wie erbärmlich du bist. Der Tod ist zu milde für dich, doch ich werde ihn dir dennoch schenken!“

Er spürte wie die Finsternis ihn auskühlte. Wie sie durch seinen Körper fuhr und tief in seine Seele glitt. Wie sie sich auf seiner Lunge niederlegte und ihn erstickte.

Es war vorbei. Seine Reise war zu ende. Das hier war das Ende. Es war alles vergebens. Er wusste, er hatte Weya abgesagt, sie enttäuscht und ihre Aufgabe niedergelegt. Er verdiente es zu sterben, er verdiente auch die Qualen. Doch Tagalan verdiente sie nicht. Und auch seine Begleiter verdienten sie nicht. Es war sein Laster, seine Schuld, seine Torheit, seine Reise. Nicht ihre.

Er schloss die Augen und verlor sich in der Schwärze darin. Sein Geist löste sich, als ein schwaches Licht entflammte. Es pulsierte in einem kleinen Teil, der noch von ihm existierte und er hörte eine Stimme. Eine klare Stimme. Er ordnete sie Weya zu. Sie sprach ihm Zuversicht zu und Stärke. Standhaftigkeit und Mut. Er war so weit gekommen, er hatte so viel erreicht, er hatte so vielen geholfen. Er konnte jetzt nicht einfach aufgeben. Tagalan und seine Freunde brauchten ihn. Er war so kurz davor seine Mission zu erfüllen.

Das Licht wurde heller, die Flamme in ihm größer. Sie umschloss ihn, schirmte ihn ab gegen die dunkle Magie der Hexe. Sein Herz begann wieder zu schlagen.

„Nein!", schrie die Hexe. „Das kann nicht sein! Es gibt keine Götter!"

Phil stand langsam auf und schritt ihr entgegen. „Es gibt sie", sagte er. „Und sie werden dich durch meine Faust vernichten."

„Aber… aber", stotterte sie in Angesicht solch einer übernatürlichen Kraft. „Wenn es die Götter gibt, warum sehen sie dann bei all dem zu, ohne etwas zu unternehmen?"

Er packte ihre Hand und ließ das Licht durch sie hindurchströmen.

Die Hexe schrie vor Furcht und Schmerz.

„Weil sie uns so sehr lieben", sagte er.

Dann löste sie sich mit einem letzten Schrei in Luft auf und die Finsternis verschwand. Hinter ihm zerbrachen die Kristalle und gaben, einer nach dem anderen, seine Freunde frei.

Sein Verstand fand den Weg zurück in die Welt des Irdischen. Er stand wieder inmitten des Schlachtfeldes. Die Säule aus Licht und Magie war verschwunden, der Zauberer lag neben ihm.

Er hörte Penele schreien und lief sogleich zu ihr. Unentwegt stach sie auf die Leiche des Dämonenritters ein. Ihr Gesicht war voller Blut.

Er legte seine Hand auf ihre Schulter und sagte: „Es ist vorbei."

Sie hörte auf, drehte sich um und nahm ihn weinend in die Arme.

„Du hast es geschafft", sagte er zu ihr.

Sie ließ ihn los und wandte sich wieder dem Dämonenritter zu.

„Penele", sprach er sanft zu ihr.

Sie beugte sich über ihn und nahm ihm die Maske ab. „Ich muss es wissen", sagte sie. „Ich will wissen, wer oder was er ist."

Sie hielten den Atem an, als sie das Antlitz des vermeintlichen Dämonenritters sahen. Es war König Agaran selbst, der als tollwütiger und blutdurstiger Dämon die Länder von Tagalan heimsuchte, um Krieg und Leid zu ernten. Aus reiner Lust und dem Verlangen sein Imperium auszuweiten.

„Das verstehe ich nicht", sagte sie. „Warum?"

Phil legte seine Hand auf ihre Schulter. „Weil es keine Dämonen gibt", sagte er. „Es gibt nur uns. Unsere Taten und Worte sind es, die die Welt verändern. Wir können ein Paradies erschaffen, doch wir können auch ebenso eines zerstören."

Sie sah ihn an und fragte: „Dann ist es vorbei?"

„Es ist vorbei", sagte er und küsste sie.

ISBN 978-3-7502-6519-6
www.epubli.de